서유기

이원호
기업소설

西遊記

서유기 3

영웅의 조건

황금물고기

차례

1장 도전 7

2장 대한국인 41

3장 주고받는다 89

4장 억만장자 140

5장 영웅의 조건 194

6장 보스의 자격 247

1장

도전

미얀마의 양곤 밍글라돈 공항에 도착했을 때는 밤 11시가 되어 있었다. 방콕에서 두 시간을 기다렸다가 양곤행 타이 항공을 탔기 때문에 베이징에서부터의 여행 시간은 10시간 가깝게 된다.

'어서 오세요, 서동수.'

입국장 대합실에 모여선 인파들 사이에서 꽤 넓고 큰 종이에, 그것도 단정한 고딕체 영어로 그렇게 인쇄된 푯말을 들고 아가씨 하나가 서 있다. 칭다오에서 연락이 닿은 '레이'일 것이다. 서동수가 다가서자 아가씨는 푯말을 내려놓더니 두 손을 모으고 인사를 했다. 입과 눈이 미소를 머금었을 뿐 말은 하지 않았다.

"레이 양인가?"

서동수가 영어로 묻자 아가씨의 입이 열렸다.

"네, 선생님."

“밤늦게 나와 줘서 고맙다.”

“아닙니다. 이것이 제 일인데요.”

서동수가 레이와 함께 청사 밖으로 나오자 비상등을 켠 택시가 다가오더니 멈춰 섰다. 운전사가 뛰어내리는 것을 보면 대기시킨 택시다. 택시가 출발했을 때 앞좌석에 앉은 레이가 몸을 돌려 서동수를 보았다.

“크농 씨하고 상담은 오전 9시 반으로 정했습니다. 장소는 크농 씨 사무실입니다.”

“고마워.”

서동수가 레이의 얼굴을 보았다. 인적사항만 알고 있을 뿐으로 만난 건 오늘이 처음이다. 본래 레이는 3년 전 동양전자의 양곤지사 현지 직원이었다가 작년에 지사가 폐쇄되자 실업자가 되었다. 당시의 월급은 100불. 1인 지사여서 지사장은 방콕에서 파견된 대리급이었는데 실적도 없는데 경비만 많이 들어서 철수했던 것이다. 서동수는 칭다오에서 본사 이찬홍에게 부탁하여 레이의 연락처를 알아낸 것이다.

“레이, 나에 대해서 알고 있나?”

불쑥 물었던 서동수가 덧붙였다.

“내가 어떤 사람이라는 것 말야. 솔직하게 말해줬으면 고맙겠어.”

레이의 얼굴이 조금 굳어졌다. 미인이다. 당연히 수백대 일의 경쟁을 뚫고 동양전자 양곤지사 사원으로 채용됐을 것이다. 양곤대 영문과 졸업, 25세, 늘씬한 몸매에 갸름한 얼굴, 갈색 피부는 윤기가 흘렀으며 눈동자는 흑요석 같다. 그때 레이가 말했다.

“전자팀장이셨다가 칭다오 의류공장으로 전출, 그곳에서 1년 만에 부장대리로 승진하신 것으로 알고 있습니다.”

서동수는 시선만 주었고 레이가 말을 이었다.
"그러다가 다섯 달 전에 독립, 중국 대도시에 의류대리점 판매망을 갖췄고 두 달 전부터 동양전자 아시아지역 에이전시 자격으로 영업을 개시하셨습니다."
서동수는 숨을 들이켰다. 이만하면 완벽하게 파악했다. 서동수는 레이한테 연락할 때 양곤에 머무는 동안의 안내역을 부탁했을 뿐이다. 사흘 동안의 스케줄을 말해 주고 보수를 물었더니 경비 제하고 50불을 요구해서 받아들였다.
"또 조사한 것 있나?"
서동수가 묻자 레이의 눈동자가 조금 흔들렸다.
"크농 씨를 만나겠다고 하셔서 크농 씨에 대한 조사를 했습니다."
"……."
"크농 씨는 요즘 재정 상태가 좋지 않습니다. 직원들한테 석 달째 월급도 주지 못하고 있습니다."
서동수는 숨을 들이켰다. 크농은 전에 동양전자하고 거래하던 바이어였던 것이다.
그때 레이가 말을 이었다.
"무역상으로 마이란 씨가 두각을 드러내고 있습니다. 배경도 좋고요."

벨소리에 서동수는 눈을 떴다. 그러나 그 순간에는 그 벨소리가 초인종인지, 호텔 방 전화인지 구분이 되지 않았다. 피곤했기 때문이다. 벨은 핸드폰에서 울렸다. 침대 옆 탁자에 놓인 핸드폰을 켜고 시계를 보았더니 현지 시간이 7시 20분이다. 다음에 나타난 발신자를 본 서동수가 숨을 들이켰다. 박서현이었던 것이다. 박서현의 현 남편 정영철은 그제 오후에 서울로 돌아갔다. 대동자동차 본사로 함께 가서 계약서에 사인하고 헤어진 것이다. 그제 밤 정영철이 오입을 했다는 것은 양쪽에서 확인이 되었다. 지배인한테서 친구분이 잘 주무셨다는 보고가 온 후에 담당 아가씨도 서동수에게 전화를 했기 때문이다.

"당신 친구가 어젯밤 세 번을 쌌어요."

지배인이 연락을 하라고 시켰겠지만 아가씨는 정영철이 세 번이나 대포를 발사했다는 것까지 보고했다. 자, 서동수는 핸드폰을 귀에 붙였다. 서울은 지금 9시 50분, 세 번 싼 남편놈은 출근했을 터였다.

"응, 웬일이야?"

누운 채 그렇게 묻자 박서현이 말했다.

"고마워, 정말 고마워."

박서현의 목소리에 진심이 담겨 있는 것처럼 느껴졌다.

"우리 그이도 돌아와서 눈물을 글썽이면서 고맙다고 했어."

"……."

"이제 우리 회사 살았어. 그이가 말하는데 신용장만 오면 은행에서 30억까지는 대출이 나올 수 있을 것 같다는 거야."

"……."

"나, 우리 그이가 웃는 얼굴을 어제, 오늘 오랜만에 보았어. 그것을 보니까 눈물이 났어."

"……."

"우리 그이가 꼭 은혜 갚는다고 했어. 나도 갚을게."

그때 서동수가 송화구를 손바닥으로 꽉 막고 말했다.

"이거 정말……."
다시 박서현의 말이 이어졌다.
"또 추가 오더가 온다면서? 그럼 공장 증축을 해야 된대……."
"야, 네 서방은 그제 밤 오입했다. 세 탕이나 뛰었단 말이다. 그 병신이……."
"그럼 매출액이 두 배 이상이 되는 거야."
"야, 미혜 이야기 한마디라도 해봐라."
그러고는 서동수가 송화구를 막았던 손바닥을 떼고 말했다.
"너 은혜 갚는다고 했지?"
"응, 그럼."
대번에 대답한 박서현의 들뜬 목소리가 이어졌다.
"말만 해, 내가 할 수 있는 것은 다……."
"네가 할 수 있어."
"뭔데?"
"나한테 한 번 주라."
말문이 턱 막힌 박서현이 입을 다물었고 이제 서동수는 침대에서 일어나 앉았다.
"뒤치기, 임신했다니까 뒤에서 해줄게. 너, 뒤에서 하는 것도 좋아하잖아?"
"……."
"싫다고? 남편 있어서 안 된다고? 은혜는 다른 방법으로 갚겠다고? 안 돼."
"……."

"한번 네 궁둥이를 내 앞에다 대줘. 그럼 그것으로 서로 채무는 없는 것으로 할 테니까. 네가 지금 전화 끊으면 다 망치게 될 거야. 이건 빈말이 아냐."

"어떻게 하라고!"

하고 박서현이 짧게 외쳤는데 얼굴이 눈앞에 삼삼했다. 많이 보아온 짜증난 얼굴, 어깨를 편 서동수가 소리치듯 말했다.

"이게 나다! 한 번 먹고 끝내자. 어때? 내가 일 끝내고 서울로 갈 테니까 말야."

크농은 40대 중반쯤으로 양곤 시내 중심부에 위치한 사무실에서 서동수를 맞았다. 흰 셔츠에 검은색 바지의 정장 차림으로 검은 얼굴에 환한 웃음을 띠고 있다.

"잘 오셨습니다. 동양이 미얀마에서 다시 사업을 시작하기 바랍니다."

크농의 영어는 유창했다. 3년 전까지만 해도 크농은 연간 200만 불가량의 전자제품을 수입했지만 갑자기 물량이 줄어들더니 몇 달 동안 종적을 감추었다. 그래서 본사에서 난리가 난 것을 서동수도 기억하고 있다. 칭다오 공장으로 발령받기 직전이어서 자세한 내막은 몰랐지만 나중에 알고 보니 그 동안 교도소에 갇혀 있었다는 것이다. 그래서 동양전자는 지금도 크농에게 20여만 불의 미수금이 있지만 포기한 상태라고 했다.

"시장조사차 온 겁니다."

명함을 주고받은 서동수가 말을 이었다.

"저는 동양그룹의 에이전시지만 동양의 지원을 받지 않고 움직입니다."

"그러시군요."

커다랗게 머리를 끄덕인 크농이 열기 띤 눈으로 서동수를 보았다.

"미얀마는 이제 곧 개방이 됩니다. 그럼 수십 개 국에서 투자가 들어올 것이고 값싸고 성실한 노동력이 진가를 발휘하게 되겠지요. 미얀마 임금은 중국의 5분의 1 수준입니다. 또한 양곤항의 입지조건은 동남아 제일입니다."

미얀마의 군부정권이 개방 준비를 하고 있는 것은 맞다. 노동력이 싸고 성실한 것도 맞다. 서동수가 크농의 이야기를 듣고 나왔을 때는 오전 11시 반이었다. 9시 반부터 두 시간 동안 크농의 이야기만 듣고 나온 것이다. 서동수가 말한 시간은 10분도 안 되었다. 그래서 대기시킨 택시를 탔을 때 레이가 물었다.

"사장님, 무슨 일 있으세요?"

"아니, 왜?"

"말씀이 없으셔서요."

"시장조사를 한다고 했지 않아?"

레이의 검은 눈동자 속에 박힌 제 얼굴을 보면서 서동수가 말을 이었다.

"두 시간 동안 강의를 들은 거야. 이건 몇 십만 불어치 강의였어. 미얀마의 시장 상황에서부터 공장 설립, 매장 관계, 사기 예방에 대한 구상을 할 수 있었어."

"……."

"사람은 말이 많으면 제 진심뿐만 아니라 실수도 드러나게 돼. 그러니까 될 수 있는 한 많이 들어야 돼."

"그래서 크농에 대한 판단을 하셨나요?"

"네 이야기를 듣고 선입견이 있었지만 말만 앞세우는 성격 같았다. 자꾸 유력자와의 친분을 내세우는 인간은 믿을 수가 없어."

"유력자하고 친하다면 교도소에 갔을 리가 없지요."

레이도 옆에 앉아 들으면서 거부감을 느낀 것 같다. 오후에 마이란과 상담 약속이 잡혀져 있었으므로 둘은 양곤 시내의 한식당을 찾아 들어섰다.

"어서 오십시오."

한눈에 한국인임을 알아본 한국인 사내가 서둘러 다가와 인사를 했다. 오후 12시 30분, 10개 정도의 테이블에는 손님이 절반쯤 차 있었는데 한국인 손님도 보였다. 관광객 같다. 자리를 잡고 주문을 했을 때 사내가 웃음 띤 얼굴로 묻는다.

"사업차 오셨습니까?"

"맞습니다."

이제는 서동수가 물었다.

"한국에서 사업한다는 사람이 많이 옵니까?"

"작년부터 많아졌다고 합니다. 저도 작년에 방콕에서 들어왔지요."

그러고는 사내가 몸을 돌렸다. 주방 아줌마는 사내의 부인 같다.

미얀마는 1989년까지 버마(Burma)로 불렸는데 지금도 버마를 고집하는 국민들이 있다. 1962년에 네윈이 쿠데타로 집권한 후부터 50년간 군부통치를 해오는 바람에 최빈국이 되었지만 1900년대 초기 영국의 통치 시절에는 동남아에서 가장 부국(富國)이었다. 수도는 2006년에 양곤에서 네피도로 이전했어도 지금도 정치, 경제는 양곤을 중심으로 이뤄

진다. 인구는 비공식 통계이나 5600만 명, 국토 면적은 67만6578㎢로 인도차이나 반도 국가 중 가장 넓다. 대한민국과는 1975년 수교한 후에 아웅산 테러로 국민의 머릿속에 깊게 인식된 국가. 2010년 군사정권은 총선으로 정권을 민간정부에 이양했지만 군의 지원을 받은 통합단결발전당(USDP)이 압승했다. 군(軍)의 영향력이 아직도 건재한 것이다. 오후 3시, 서동수는 레이와 함께 마이란의 사무실로 들어선다.

"어서 오시오."

소파에 앉아 있던 50대 후반쯤인 마른 몸매의 사내가 일어섰다. 머리는 반백, 주름살투성이의 얼굴이었지만 눈빛이 강하다.

"갑자기 뵙자고 해서 실례했습니다."

명함을 건넨 서동수가 정중하게 사과하자 마이란이 고른 이를 드러내며 웃었다.

"난 빅 바이어가 아닙니다. 이렇게 만나자고 찾아오신 것이 반갑지요."

또박또박 발음하는 영어가 오히려 더 친근감이 든다. 셋이서 자리 잡고 앉았을 때 마이란의 시선이 레이에게 향했다.

"그대가 고생 많았어. 그렇게 부탁하지 않았어도 난 시간이 많아서 약속을 정할 수 있었을 거야."

레이를 치켜주는 배려다. 마이란은 퇴역 장군이라고 했다. 당연히 정권 실세와 줄이 닿아 있을 것이다. 겸손하게 처신했지만 이른바 포스가 느껴지는 행동이다. 서동수가 입을 열었다.

"미얀마에서 가장 잘될 가능성이 있는 사업은 무엇입니까?"

그러자 마이란이 풀썩 웃었다.

"짧은 시간에 돈을 많이 버는 사업 말이오?"

"그렇습니다."

"부정한 거래지."

마이란이 지그시 서동수를 보았다.

"그것을 노리는 사람들이 미얀마로 쏟아져 들어오고 있소."

"저는 중국에 사업체가 있습니다."

정색한 서동수가 말을 이었다.

"동양전자 영업팀장이었다가 리베이트 먹은 것이 탄로나 칭다오 의류 공장 총무과장으로 좌천되었지요. 모두 제가 회사에 사표를 낼 것으로 알았을 것입니다."

정색한 마이란이 상반신을 세우더니 경청했고 서동수의 말이 이어졌다. 다 털어 놓았다. 공장에서 리베이트 먹은 것, 그리고 사직하고 독립한 것, 독립 후에 다시 한영복과의 분가, 의류매장의 도시별 확장, 동양그룹의 아시아 에이전시 자격을 받고 계획한 사업 구상까지 말하는데 30분이 금방 지났다. 이곳에서는 서동수가 다 말했고 마이란은 5%도 입을 열지 않았다. 이윽고 서동수가 말을 그쳤을 때 마이란이 길게 숨을 뱉었다.

"서 선생, 당신의 말 속에 당신이 듣고 싶은 해답이 다 들어 있소."

서동수는 눈만 크게 떴고 마이란의 말이 이어졌다.

"그리고 나도 당신의 이야기를 들으면서 사업 구상을 하게 되었소."

그러고는 마이란이 자리에서 일어나 손을 내밀었다.

"우리 함께 일해 보십시다."

"영광입니다. 마이란 씨."

따라 일어선 서동수가 손을 잡았다. 아직 무엇을 할 것인지 내놓지 않았지만 서동수의 가슴은 흥분으로 뛰었다. 됐다.

오후 7시, 양곤 시내의 한식당 한국관에서 서동수는 대우섬유 박기출 사장과 만나 저녁을 먹는다. '대우섬유' 라고 해서 대우그룹과 관계가 있는 것이 아니다. 전혀 상관이 없다. 그런데도 '대우' 상호가 자주 보인다. 한국에서는 대우가 몰락했지만 동남아에서의 '대우' 명성은 아직도 가셔지지 않았기 때문이다. 박기출은 46세, 베트남에서 3년 동안 섬유업을 하다가 미안마로 넘어온 지 2년째, 베트남 이전에는 중국에서 5년을 살았다고 했다. 소주잔을 든 박기출이 웃음 띤 얼굴로 서동수를 보았다.

"여기도 경쟁이 심해지면 인도로 갈 겁니다. 인도도 지금 급발전을 하고 있지만 인구가 많은 데다 교육수준, 손재주가 좋아요, 난 인도까지 가서 서정(西征)을 그치렵니다."

"서정(西征)이라고 하셨어요?"

서동수가 웃으며 묻자 박기출이 손가락으로 탁자에 한문을 써 보였다.

"나 같은 사람이 많습니다. 특히 섬유업계처럼 단순 임가공업체들이 말이죠."

서동수는 칭다오 공장에 있을 적에 박기출의 대우섬유에 대해서 알아놓은 것이다. 이곳은 인건비가 중국의 30% 수준이다. 베트남의 50% 수준이라고 했다. 한 모금에 소주를 삼킨 박기출이 말을 이었다.

"미안마는 금방 개방이 되지는 않을 겁니다. 50년 군부통치가 한순간에 허물어질 가능성은 희박해요. 하지만……"

박기출이 검게 그을린 얼굴을 펴고 웃었다.

"하나씩 나사가 풀어지면서 허점이 드러나지요. 비집고 들어갈 구멍 말입니다. 그 구멍을 파고드는 건 한국인이 제일입니다."

엄지손가락을 세워 보인 박기출이 실핏줄이 번진 눈으로 서동수를 보았다.

"중국도 한국인이 그렇게 뚫고 들어갔지요. 나는 중국 사업가 대부분이 한국 사부들한테서 교육을 받았다는 생각이 들어요. 나도 내 사업체를 내가 가르친 중국인 부장 놈한테 넘기고 떠났으니까요."

서동수의 머릿속에 이인섭의 얼굴이 떠올랐다. 그렇다. 중국의 개방 이후로 한국 사업체, 특히 중소기업체가 물밀 듯이 중국대륙으로 쏟아져 들어갔다. 지금은 단순 임가공업체는 중국에서 괄시를 받는 입장이지만 10년 전만 해도 각 성(省)은 한국 기업체를 유치하려고 온갖 특혜를 다 내놓았다. 서동수가 술잔을 들고 한 모금을 삼켰다. 앞으로 서동수의 의류는 이곳에서 생산할 계획인 것이다. 그러고 보면 사업 수단이 뛰어나다는 유대인, 중국인은 물론이고 인도인까지 훑어봐도 한국인처럼 치열하게 뻗어나가는 민족이 어디 있는가? 대한민국 건국 65년, 제2차 세계대전 이후의 신생국으로 선진 20개국 대열에 든 국가는 대한민국 하나뿐이다. 이것은 모두 이런 기업인들의 열정이 만들었다. 박기출이, 지금 미얀마 손님을 맞는 한국관 주인도, 주방의 부인까지. 서동수가 박기출의 잔에 소주를 채우면서 말했다.

"양곤에 사무실을 차릴 겁니다."

"잘 하셨습니다."

박기출이 얼굴을 펴고 웃었다.

"제가 힘껏 돕지요."

한국관을 나왔을 때는 오후 10시경이다. 영업용 택시는 한국산 중고차였는데 유리창이 절반쯤 내려가서 움직이지 않았다. 그래도 내부는 깨끗했고 잘 달렸다. 서동수를 호텔까지 데려다 주겠다고 함께 탄 박기출이 은근한 표정으로 물었다.

"서 사장님, 한잔 더 하셔도 되겠지요?"

서동수의 시선을 받은 박기출이 눈웃음을 쳤다.

"오신다고 해서 제가 준비를 했습니다."

"어떤 준비 말입니까?"

대충 짐작이 갔지만 서동수가 묻자 박기출이 새끼손가락을 세워보였다.

"여자가 없으면 안 되지요. 제 집에 가십시다."

"집에 가다니요?"

놀란 서동수의 표정을 본 박기출이 소리 없이 웃었다.

"와이프는 서울 갔습니다. 그래서 당분간 내 세상이지요."

"집에 여자가 있단 말입니까?"

"둘 준비해 놓았습니다."

박기출이 웃음 띤 얼굴로 서동수를 보았다.

"집에서 노는 것이 안전합니다. 애들이 영어도 잘 하고 괜찮아요. 오늘밤은 제 집에서 주무시고 가시면 됩니다."

그때 서동수가 머리를 저었다.

"그냥 호텔로 가렵니다."

박기출의 시선을 받은 서동수가 웃었다.

"호의는 감사합니다. 다음 기회에 하지요."

"아니, 전혀 문제가 없습니다. 애들도 괜찮구요."

"다음에 꼭."

서동수가 다시 사양하자 박기출이 의자에 등을 붙이더니 입맛을 다셨다.

"할 수 없지요. 그럼 저 혼자 놀아야겠습니다."

"미안합니다."

성(性) 접대가 가장 활발했던 때가 80년대와 90년대일 것이다. 그때는 접대술을 마시고 2차 가는 것이 필수 코스였다. 90년대 초기에 한국을 떠나온 박기출은 그 습관이 그대로 박혀 있는 것 같았지만 지금은 세상이 변했다. 접대 문화가 남아 있긴 해도 고급화, 다양화되어서 예전처럼 술 마시고 2차를 찾지만은 않는다. 그러나 호텔 앞에서 박기출과 헤어질 때 서동수가 정색하고 해명했다.

"저, 여자 좋아합니다. 하지만 내일 아침에 바쁜 일이 있어서요."

"그러시다면 다음 기회에 하십시다."

박기출은 바이어 입장인 서동수를 2차까지 접대할 작정이었던 것이다.

다음 날 아침 8시가 되었을 때 서동수는 호텔 아래층 식당에서 레이를 맞는다. 테이블에서 기다리던 서동수가 다가오는 레이를 보았다. 아름답다. 흰색 셔츠에 검은색 스커트를 입은 소박한 차림이었지만 주위가 환해지는 것 같다. 레이는 남방계 특유의 넓은 콧등, 광대뼈가 두드러진 용모가 아니다. 콧날이 곧은 데다 갸름한 얼굴형, 도톰한 입술이 단정하게 닫혀 있다. 다가온 레이가 앞자리에 앉더니 흰 이를 드러내며 웃었다.

"어제 소주 많이 드셨어요?"

박기출을 만난 걸 아는 것이다. 레이는 소주를 그대로 한국어로 발음했다. 머리를 끄덕인 서동수가 자리에서 일어서며 말했다. 호텔 아침식사는 뷔페식이다.

"식사를 하면서 이야기하지."

삶은 계란과 토스트, 썰어놓은 야채를 접시에 담아온 서동수가 토마토 주스와 토스트만 가져온 레이에게 말했다.

"양곤에 사무실을 낼 작정이야. 어젯밤에 만난 대우섬유 박 사장이 내 오더를 생산하게 될 텐데 제품생산과 품질을 현장 체크할 사람이 필요해."

긴장한 레이가 몸을 굳혔고 서동수가 말을 이었다.

"당장은 한 사람이 필요해. 레이가 맡아주겠어?"

서동수의 시선을 받은 레이의 얼굴이 붉게 상기되었다. 숨을 한 번 마시고 뱉는 동안 레이는 서동수의 셔츠 두 번째 단추쯤에 시선을 준 채 입을 열지 않았다. 차분한 성품이다. 이곳은 일자리도 많지 않아서 레이는 2년 가깝게 거의 실직 상태다. 이윽고 레이가 머리를 들어 서동수를 보았다. 얼굴이 더 붉어졌다.

"일자리를 주셔서 고맙습니다."

칭다오에 돌아온 것은 그날 밤 12시가 되어갈 무렵이다. 양곤의 밍글라돈 국제공항에서 방콕, 베이징을 거쳐 돌아왔기 때문에 비행기를 갈아탄 시간까지 합하면 걸린 시간이 10시간 반이다.

"아빠, 지금 와?"

자지 않고 기다리던 미혜가 달려와 안기는 바람에 서동수는 콧등이 시큰거렸다. 미혜는 밝다. 어머니와 형수가 그렇게 분위기를 조성한 때문이기도 했지만 천성이 밝다. 베이징 공항에서 산 인형을 안겨 주었더니 좋아서 깡충깡충 뛰었다. 미혜가 안 자는 바람에 같이 놀아준 조카

정미와 영진에게도 선물을 나눠준 서동수에게 형수 박애영이 말했다.

"아주버님은 신경 쓰시는 데가 많아서 피곤하시겠어요."

저고리를 어머니에게 넘겨준 서동수가 얼굴을 펴고 웃었다.

"전혀 그렇지 않아요, 형수."

머리를 저은 서동수가 말을 잇는다.

"머리를 많이 쓰면 이런 일은 보통이 됩니다."

"쓸데없는 소리 말아라."

어머니가 꾸짖었다.

"네 형수는 네가 안정이 되기를 바라는 게다. 이놈아."

서동수가 모르겠는가? 하지만 머리를 많이 쓸수록 함량이 많아진다는 것도 사실이다. 동선 관리만 철저히 해도 보통 인간의 몇 배가 되는 일을 할 수 있는 것이다. 씻고 나왔더니 어느새 집안이 조용해져 있었다. 아이들 방으로 들어선 서동수는 인형을 껴안고 잠이 든 미혜를 내려다보았다. 같은 방을 쓰는 사촌언니 정미도 반대쪽 침대에서 잠이 들었다. 그때 뒤로 다가선 어머니가 목소리를 낮추고 말했다.

"미혜 걱정은 안 해도 된다. 엄마는 없지만 잘 큰다."

"미안해, 어머니."

미혜를 내려다보면서 서동수가 말을 이었다.

"내가 이렇게 생활하다 보니까 미혜를 돌볼 시간이 없어."

"시간이 지나면 된다."

어머니는 아버지를 먼저 보내고 두 형제를 키웠다. 미혜의 머리칼을 쓸어 올리면서 어머니가 말을 이었다.

"다 시간이 해결해주더라, 내가 겪어봐서 안다."

방으로 돌아온 서동수가 문득 침대 옆에 내려놓은 핸드폰이 깜박이는 것을 보았다. 메시지가 저장되었다는 표시다. 핸드폰을 집은 서동수가 메시지창을 켰다. 박서현한테서 온 메시지다. 창가의 의자에 앉은 서동수가 메시지를 읽었다.

"서울 올 때 이틀 전에는 연락할 것."

읽고 난 서동수가 쓴웃음을 지었다. 박서현이 자신의 요구를 받아들이겠다는 내용인 것이다. 한동안 메시지를 바라보던 서동수가 머리를 들었다. 결코 그런 일은 없을 것이다. 화가 난 김에 마음에도 없는 소리를 했다. 박서현의 새 가정을 부숴버리고 싶은 충동이 일어났던 것이다. 그러나 맨정신으로 어찌 그 짓을 하겠는가? 박서현의 새 남편 정영철을 오입시켜 준 것으로 끝내자. 박서현까지 망가뜨려서 남는 것이 무엇인가? 새벽 1시가 되어가고 있다. 박서현은 30분 전에 메시지를 보냈다. 서울은 지금 밤 12시일 테니까 11시 반에 이 메시지를 보냈단 말인가? 남편이 없는 모양이다. 그렇다면, 서동수가 숨을 들이켰다가 길게 뱉었다. 제 딸 미혜의 안부 정도는 물어볼 수도 있지 않겠는가? 한 번 달라는 것에나 집중하고 있다니, 서동수의 어금니가 물려졌고 다시 생각이 바뀌어졌다. 서동수는 호흡을 고르면서 일어섰다. 생각이 많으면 걱정도 많은 것 같다.

"야, 메이가 빨랑 오란다."

우명호의 전화가 왔을 때는 오후 6시 반, 서동수가 마악 사무실을 나온 참이었다. 오늘은 칭다오 매장을 둘러볼 작정이었기 때문에 서동수는 이맛살을 찌푸렸다. 메이의 세탁소 이층은 안 간 지가 다섯 달쯤 되었다. 우명호가 틈틈이 찾아가 즐긴 이야기를 전해 들었을 뿐이다.

"나 바빠, 다음에."

전처럼 그렇게 거절했더니 우명호가 다급하게 말했다.

"야, 오늘은 북한 식당에서 일하는 가수란다. 대동강악단 소속이었다는 거다. 메이가 입에서 침이 마르도록 칭찬했다. 끝내준다는 거야."

우명호가 이렇게 길게 말하는 것도 처음이다. 그것도 부족한지 우명호의 말이 이어졌다.

"마음에 안 들면 메이가 수수료 안 받는단다. 칭다오에 처음 온 애들이래."

마침내 서동수가 헛기침을 했다.

"네가 책임질 거냐?"

"내가 술 살게."

"좋아. 속는 셈 치고 가지."

"7시 반이다. 늦지 마."

요즘 들어 메이의 세탁소 2층도 한물갔다고 제 입으로 씹어댔던 우명호다. 메이가 아무나 끌어들이는 바람에 창녀촌같이 되었다고 했던 것이다. 그러나 혹시나 하고 갔다가 역시나 하고 돌아오는 것이 여자 만나러 술집 가는 놈들의 운명이다. 서동수 또한 '혹시나 축'에 끼어서 메이의 세탁소로 들어섰다. 저녁 7시 30분, 세탁소로 들어서자 메이가 여전히 표정 없는 얼굴로 맞으면서 눈으로 이층을 가리켰다.

"기다리고 계십니다."

"그놈이 벌써 왔구먼."

이제는 중국어로 대답했더니 메이가 대답했다.

"여자들도 와 있습니다."

걸음을 멈춘 서동수가 메이를 보았다.

"메이, 정말 북한 가수야? 조선족이나 탈북자 잡아놓고 위장한 것 아냐?"

"아닙니다."

"아니라는 증거를 대봐."

"만나보시면 알 겁니다."

메이가 똑바로 서동수를 보았다.

"둘은 베이징에 있다가 칭다오로 온 지 일주일밖에 안 되었다고 합니다. 칭다오에 북한 식당을 개업하려고 온 것이랍니다."

"그런데 이렇게 나와도 돼?"

"달러를 벌려고 그런다네요."

메이의 얼굴에 희미하게 웃음이 떠올랐다.

"아주 예뻐요, 마음에 드실 겁니다."

반신반의했지만 마음이 급해진 서동수가 계단을 두 개 세 개씩 건너뛰어 2층에 올랐다. 그러고는 방문을 벌컥 열어젖히고 들어서자 먼저 우명호가 활짝 웃었다.

"웰컴."

서동수가 우명호는 거들떠도 보지 않고 좌우에 앉은 두 여자를 보았다. 그 순간 두 여자가 일어섰는데 키가 크다. 왼쪽 여자는 파마한 머리에 베이지색 재킷과 스커트 차림이었고 오른쪽은 긴 생머리에 몸에 딱 붙는 검정색 원피스를 입었다. 그래서 볼륨 있는 몸매가 그대로 드러났다.

"으음."

저절로 신음을 뱉은 서동수가 앞쪽 자리에 앉고 나서야 우명호를 흘려보았다.

여자 둘이 우명호 좌우에 있었기 때문이다.

"아가씨한테 선택하라고 해."

그러자 두 여자는 서로의 얼굴을 보았다. 아직 선 채였고 긴장된 표정이다. 그때 서동수가 설명했다.

"아가씨들이 남자를 고르란 말씀이야."

서동수의 얼굴에 활기가 띠어졌다.

"코를 보고 고르던가, 나는 두 시간, 저 놈은 10분짜리니까 그걸 기준으로 고르던가."

그때 파마머리가 이쪽으로 다가왔다. 몸을 반듯이 세웠고 웃지도 않아서 찬바람이 일어나는 것 같다. 남자가 여자를 보는 눈은 비슷하다. 같은 미모라면 몸매가 좋은 쪽이 낫고 그것까지 같다면 분위기다. 검정 원피스가 당연히 섹시한 분위기였던 것이다. 그런데 파마가 다가온다. 서동수는 파마의 시선을 받고는 풀썩 웃었다. 복불복이다.

"잘 왔어."

파마의 손을 잡아 옆에 앉힌 서동수가 지그시 얼굴을 보았다. 뽀얀 피부, 동그란 얼굴, 쌍꺼풀이 없는 눈에 복성스러운 콧날, 그리고 이것이 앵두 같은 입술이라고 하는가? 도톰하고 작은 입술은 윤기가 난다. 그때 파마가 말했다.

"저, 이은실입니다."

"나, 서 사장이야."

이은실한테서 연한 향내가 맡아졌다. 비누 냄새에 체취가 섞인 것 같은 독특한 냄새였는데 자극적이다. 서동수의 시선을 받은 이은실의 입가에 웃음이 띄워졌다.

"이곳에서 사업 하세요?"

"맞아. 이곳에 식당을 개업한다구?"

"네, 지금 내부공사 중입니다."

"어디서?"

"다음에 말씀드릴게요."

고분고분 대답한 이은실이 지그시 서동수를 보았다.

"북조선 여자 만나보신 적 있으세요?"

"그럼."

서동수의 시선이 앞쪽을 스치고 지나갔다. 우명호는 이미 정신이 나갔다. 딱 붙어 앉은 원피스의 젖가슴이 우명호의 어깨를 문지르고 있다. 테이블 밑은 보이지 않았지만 우명호의 손이 원피스 안으로 들어가 있는 것 같다. 빠르다. 저 정도는 여자 측이 발동을 걸어야 가능하다. 우명호는 죽었다가 다시 태어나도 저 속도는 내지 못한다. 그때 이은실이 다시 물었다.

"북조선 어떤 여자 만나셨어요?"

"탈북자."

이은실은 시선만 주었고 서동수가 말을 이었다.

"그런데 알고 보니까 조선족이더군."

화장실에서 엿들었다고 말할 필요는 없다. 지금도 생각하면 얼굴이 뜨끔거리는 장면이다.

"그렇군요."

머리를 끄덕인 이은실의 얼굴에 다시 옅은 웃음이 띄워졌다. 스물대여섯쯤은 되었을까? 단정히 앉아서 두 손을 무릎 위에 가지런히 놓았다. 서동수가 맥주잔을 들어 술을 따르면서 말했다.

"그러고 보니 술도 따르지 않았구나."

"그런가요?"

놀란 듯 이은실이 맥주병을 쥐면서 말했다.

"제가 따라 드릴게요."

"아냐, 내가 폭탄주 만들지."

"아, 폭탄주, 저도 베이징에서 폭탄주 마셔 보았습니다."

서동수가 맥주잔에 양주를 따르자 이은실이 말을 잇는다.

"반폭으로 하세요?"

"고향이 어디야?"

이은실에게 술잔을 건네주며 서동수가 물었다.

"왜, 북조선이라고 하지? 차라리 옌볜이나 단둥 출신 조선족이라고 하면 우리가 부담을 덜 느낄 텐데."

"그럼 그렇게 하죠, 뭐."

이은실이 처음으로 활짝 웃었는데 가지런한 이가 드러났다.

"절 옌볜 출신으로 생각하시라구요."

"같이 호텔에 갈 수 있어?"

바로 서동수가 물었더니 이은실이 머리를 저었다.

"여긴 옆방에서도 할 수 있다던데요, 저는 그것이 낫습니다."

"얼마 줄까?"

서동수가 다시 물었다. 머릿속이 약간 혼란스러워졌다. 처음 보았을 때는 반반이었다. 절반쯤 믿지 못했던 것이다. 그런데 지금은 북한산이라는 믿음이 7할쯤 되었다. 그때 이은실이 말했다.

"달러로 500불, 위안화로는 3,000위안."

서동수가 이은실의 시선을 받으면서 폭탄주를 다섯 모금에 삼켰다.

"좋아, 가자."

숨을 뱉으면서 잔을 내려놓은 서동수가 자리에서 일어섰다. 이은실이 따라 일어서자 엉켜 있던 우명호가 눈을 크게 떴다.

"어디 가?"

"넌 여기 있어. 옆방에 갈 테니까."

"벌써?"

"그럼 넌 술이나 퍼먹든지."

방을 나온 서동수가 익숙해진 옆방으로 들어서자 이은실이 따라 들어오며 물었다.

"여기 자주 오세요?"

"가끔, 특별한 경우에."

"오늘이 특별한 경우인가요?"

서동수가 저고리를 벗어 옆쪽 소파에 던지면서 이은실의 위아래를 훑어보는 시늉을 했다.

"다 벗겠어?"

"누가 들어오진 않겠죠?"

"여긴 우리뿐이야. 손님 안 받아."

"다 벗을까요?"

"좋을 대로 해."

"옷 구겨지니까 다 벗을래요."

사람은 겪어보면 안다. 여자도 말을 자꾸 시켜보면 본색이 나타나는 것이다. 옷 구겨질 걱정이 되어서 벗는다는 경우는 생소하다. 바지 혁대를 풀면서 서동수가 머리를 끄덕이자 재킷 단추를 풀던 이은실이 문득 움직임을 멈췄다.

"돈은 언제 주시는 거죠?"

"지금 줄까?"

"주세요."

주머니에서 지갑을 꺼낸 서동수가 백 불짜리 다섯 장을 꺼내 내밀었다. 돈을 받은 이은실이 지폐를 유심히 보았다. 그러더니 양쪽 끝을 당겼다가 천장의 형광등에 대고 비쳐보기도 했다.

"뭘 하는 거야?"

기가 막힌 서동수가 묻자 이은실이 시선도 주지 않고 말했다.

"가짜 식별하기가 참 어려워요."

"누가 가르쳐 주었는데?"

"지배인 동무가요. 아, 맞네."

하더니 이은실이 지폐를 반으로 접어 재킷 주머니에 넣고는 웃었다. 활짝 웃어서 다시 이가 드러났다.

"미안합니다."

"빨랑 벗기나 해."

"네, 선생님."

재킷을 벗은 이은실의 상반신이 드러났다. 희고 미끈한 피부, 브래지어로 덮인 젖가슴은 터질 것 같다. 서동수는 입 안에 고인 침을 삼켰다.

이쪽은 이미 팬티 차림이 되어 있다. 팬티 안에서 솟아오른 남성이 커다란 텐트를 만들었다.

"어머나."

서동수의 팬티를 본 이은실의 얼굴이 금방 붉게 달아올랐다.

"자, 내가 벗겨줄까?"

다가선 서동수가 묻자 이은실이 스커트 후크를 풀면서 물었다.

"불 켜고 하실 건가요?"

"당연히 그래야지."

"저기, 아까 두 시간이라고 하셨는데 정말 두 시간인가요?"

그때 서동수가 스커트와 팬티를 한꺼번에 당겨 벗겼으므로 이은실의 하체는 알몸이 되었다. 서동수는 숨을 들이켰다. 풍만하지만 군살 없는 하체에 눈이 부셨기 때문이다. 그리고 이 검고 무성한 숲, 선홍빛 골짜기는 그야말로 처녀림과 동굴 같다.

"여기 누울까요?"

이은실이 앞쪽 소파를 눈으로 가리키며 물었을 때 서동수는 정신을 차렸다.

"응."

서동수가 팬티를 벗어 던지면서 이은실에게로 다가갔다. 소파에 누우려던 이은실의 어깨를 움켜쥔 서동수가 물었다.

"금방 알 수 있으니까 말해, 이런 일 자주 해봤어?"

"아뇨."

머리를 저은 이은실이 외면하더니 소파에 누웠다. 얼굴이 굳어져 있다.

"얼른 하세요."

"이런 젠장."

갑자기 옷을 도로 주워 입고 싶은 충동이 일었지만 아직 남성은 솟구친 상태다.

그리고 이미 값을 치렀다는 현실적인 계산도 작용했다. 서동수는 이은실의 몸 위로 올랐다. 그러나 당장 하려는 자세는 아니다. 비스듬한 자세로 엎드려 이은실의 허리를 감아 안았다. 이은실은 소파에 누우면서 눈을 감았는데 숨이 가쁘다. 약간 벌린 입 사이로 가쁜 숨소리가 뿜어졌고 브래지어가 벗겨진 가슴이 출렁거렸다. 서동수는 먼저 이은실의 젖가슴 한쪽을 입안에 가득 넣었다. 그 순간 놀란 이은실이 두 손으로 서동수의 머리를 움켜쥐었지만 밀지도 당기지도 않는다. 서동수는 입안에 든 이은실의 젖꼭지를 혀로 굴렸다. 그리고 손 하나를 뻗어 허벅지와 무릎을 부드럽게 어루만졌다. 이은실의 숨소리가 점점 거칠어지기 시작했다. 젖꼭지는 땅콩 알만 했는데 어느새 발딱 일어섰고 허벅지 안쪽을 손바닥이 훑고 지나갈 때마다 이은실은 무릎을 세웠다가 내린다. 서동수의 입이 다른 젖꼭지로 옮겨졌다. 허벅지를 쓸던 손이 이제는 엉덩이와 무릎 뒤쪽을 문지르기 시작했다. 여자의 성감대는 수십 군데다, 분위기가 뜨거워졌을 때는 성감대가 아닌 곳이 없다. 발가락과 발바닥, 발뒤꿈치에서 목덜미와 겨드랑이, 등과 치골, 동굴과 항문 사이의 계곡까지 전류를 일으킨다. 이제 서동수의 입이 아랫배로 옮겨졌다.

"아유, 선생님."

이제는 이은실이 서동수의 머리칼을 두 손으로 움켜쥐면서 신음했다. 두 무릎을 세워 서동수의 머리를 조이려고 했다가 다시 뻗는 동작을 되풀이한다. 서동수의 손이 아래쪽의 골짜기로 밀려 내려간 순간 이은실이 비명을 질렀다.

"그만 해요. 그만."

그러나 골짜기를 덮은 서동수의 손은 금방 젖었다. 뜨거운 애액이 흘러나오고 있었기 때문이다. 이것은 몸이 사랑한다는 증거다. 본인의 의지와는 상관없이 몸이 사랑하는 경우도 많은 것이다. 서동수의 손이 동굴을 건드리자 이은실의 신음은 더 높아졌다. 이제는 서동수의 어깨를 잡아 몸을 일으키려는 시늉을 하더니 마침내 소리쳤다.

"선생님, 빨리요."

"아직 멀었어."

서동수는 두 시간을 채우기로 마음먹었다.

손가락 하나가 동굴 안으로 진입한 순간 긴장한 이은실의 몸이 굳어졌다가 금방 받아들였다. 엉덩이를 치켜들어 손가락과 리듬을 맞추면서 이은실이 절정으로 솟아오르기 시작했다. 서동수는 상반신을 일으켜 이은실의 입술에 키스했다. 이은실이 두 손으로 서동수의 목을 감아 안더니 혀를 내밀었다. 서동수는 달콤하고 말랑한 이은실의 혀를 빨았다. 이제 되었다. 잠깐 입술을 떼자 이은실의 입에서 신음이 터져 나오기 시작했다.

손가락의 움직임이 거칠고 깊어지면서 이은실이 솟아오르기 시작한 것이다. 이윽고 이은실이 허리를 힘껏 치켜 올리면서 폭발했다. 절정의 외침은 비명 같다.

늘어져 있던 이은실이 눈을 떴을 때는 10분쯤이 지난 후였다. 온몸이 땀이 맺혀 번들거렸고 얼굴은 아직도 붉게 상기되었다. 호흡은 겨우 가라앉았지만 숨결은 뜨겁다. 한쪽 팔을 받치고 소파에 비스듬히 누운 서동수와 시선이 마주치자 이은실의 얼굴이 더 빨개졌다.

"왜 봐요?"

"나, 아직 안 한 거 알지?"

"알아요."

말대답은 재깍재깍 한다. 서동수가 이은실의 한쪽 어깨를 감아 안으면서 몸을 붙였다. 소파는 넓은 편이었는데 둘이 몸을 붙이자 여유가 더 많아졌다.

"옆방에서 다 들었을 거야. 이제는 소리 좀 낮춰."

"그게 텔레비전 음량처럼 낮춰질 수 있는 겁니까?"

"손가락으로 그런 소리가 났는데 진짜가 들어가면 세탁소가 떠나가겠다."

"놀리지 마시라고요."

이은실이 눈을 흘기는 시늉을 했을 때 서동수가 몸 위로 오른다.

"살살 해주시라고요."

서동수의 어깨를 두 손으로 움켜쥐면서 이은실이 올려다보았다. 조금 벌린 입에서 품어진 숨결이 가슴에 닿는다. 서동수는 남성을 동굴 끝에 붙였다. 심장 박동이 거칠어지면서 온몸의 에너지가 상승했다. 긴장한 이은실의 허리가 꿈틀거리자 호흡을 가눈 서동수가 천천히 남성을 진입시켰다.

"으으으."

이를 악문 이은실이 서동수의 어깨를 힘껏 움켜쥐었다.

"어이구 아파."

이은실이 비명처럼 말했지만 서동수는 환호하며 반기는 동굴을 느낀다.

"으음."

서동수의 입에서도 탄성 같은 신음이 터졌다. 용암으로 가득 찬 이은실의 동굴 안 탄력이 강했기 때문이다. 강하면 강할수록 남성은 접촉면의 쾌감이 증대되는 법이다. 동굴을 가득 채웠던 서동수의 남성이 빠져나가는 순간이다. 턱을 젖힌 이은실의 입이 쩍 벌어졌으므로 다급해진 서동수가 손바닥으로 입을 막았다. 그때 이은실이 두 다리를 들어 서동수의 하반신을 감는다. 얼굴을 흔들어 손바닥을 떼어낸 이은실의 비명이 방안에 퍼졌다.

두어 번 같은 동작을 하고 나서 두 몸의 움직임이 리듬을 타기 시작했다. 올리고 내리면서 받고 치솟는 것이다. 네 쌍의 사지가 빈틈없이 엉켰다가 떼어졌고 자세를 바꾸면서 다시 리듬을 맞춘다. 이제 서동수도 이은실의 외침을 상관하지 않았다. 다 잊고 몰두한 것이다. 이윽고 이은실이 다시 터졌다. 둘은 방바닥에 떨어져 있었는데 이은실이 상위 자세다. 상반신을 번쩍 세운 이은실이 머리까지 젖히고 비명을 질렀을 때 서동수는 두 손으로 젖가슴을 움켜쥐었다. 두 몸은 땀으로 젖었고 방안은 마치 폭풍이 휩쓸고 지나간 것 같다. 기진한 이은실이 서동수의 몸 위로 엎드렸을 때 옆쪽 벽을 두드리는 소리가 들렸다. 그러고는 우명호의 투덜거리는 소리로 이어졌지만 무슨 말인지는 알 수가 없다.

"아유, 나 몰라."

그때서야 정신이 든 이은실이 몸을 빼어 일어났다가 비틀거렸다. 알몸이어서 젖가슴이 덜렁거렸고 커다란 엉덩이가 눈앞에서 흔들렸다.

"창피해서 어떻게?"

아직도 붉어진 얼굴로 팬티를 찾아든 이은실이 서동수에게 눈을 흘겼다.

"친구분이 놀리겠어요."

그때 서동수가 정색하고 이은실을 보았다.

"이봐, 우리 앞으로 더 만날까?"

이런 경우는 아주 드물다.

"맞다."

다음 날 오후 1시쯤 되었을 때 전화를 걸어온 우명호가 대뜸 말했다. 서동수는 사무실 안에서 전화를 받는다.

"걔들 북한식당 종업원 맞아. 식당이 지금 내부공사 중인 것도 맞고, 다음주에 개업한단다."

우명호의 목소리는 활기에 차 있었다. 어젯밤 섹시한 원피스를 만난 흥분이 아직도 가시지 않은 눈치다. 서동수가 예고한 대로 10분 뛰고 끝내는 바람에 옆방의 뜨거운 함성을 고스란히 들었던 우명호다. 그러나 그렇다고 기가 죽을 우명호가 아니다.

"킹덤호텔 옆이라니까 개업식날 찾아가 보기로 하자."

제멋대로 결정을 한 우명호가 전화를 끊었다. 서동수가 핸드폰을 귀에서 떼자 앞쪽에 앉은 박세영이 시선을 들었다. 사무실에 박세영이 찾아온 것이다. 박세영은 지난달에 매장을 정리하고 다시 백수가 되었다. 운영자금이 모자라서 할 수 없이 정리했다지만 서동수가 보기에는 관리 미숙이다. 최소한 3개월 후의 자금과 생산 준비가 되어 있어야만 했는데 박세영은 주먹구구식이었다. 의욕이나 계획만 가지고 사업을 유지할 수는 없다. 자금과 인력까지 갖춰야만 한다.

"사장님, 저, 한국으로도 돌아갈 수 없게 되었어요. 빚쟁이들 때문에."

불쑥 말한 박세영이 서동수의 시선을 받더니 울상을 짓고 웃었다. 눈은 웃는데 입이 우는 꼴이다.

"제 남친한테도 돈을 빌려서 갚지를 못하고 있거든요. 일가친척 중 돈 좀 있는 사람한테는 다 빌렸어요."

"……."

"신불자가 되어서 카드도 못 써요. 결혼이라도 하고 싶지만 빚까지 껴안고 데려갈 남자가 있겠어요?"

"……."

"하긴 남친도 돈 보고 친해졌으니 뻔하죠. 아마 곧 저를 사기로 고발할지도 몰라요."

"자, 이제 그만하시고."

손을 들어 보인 서동수가 벽시계를 보는 시늉을 했다. 박세영이 들어온 지 20분쯤 되었다.

"박세영 씨, 용건이 뭐요?"

사장실 안에 잠깐 정적이 덮여졌다. 바깥 사무실에서 이인섭의 전화 받는 소리가 들렸다. 주문을 받는 것이다. 그때 박세영이 말했다.

"중요한 정보를 팔려고 왔어요. 저한테 이 정보를 사지 않으면 엄청난 손해를 보실 겁니다."

서동수는 시선만 주었고 박세영이 말을 이었다.

"10만 위안만 주세요. 달러도 좋아요."

"……."

"며칠 안에 조처해야 될 거예요. 그 조처 방법도 알려 드릴게요. 그냥 덤빌 수가 없는 일이니까요."

"한영복 사장에 대한 일이군."

서동수가 낮게 말하자 박세영이 피식 웃었다.

"감을 잡으실 줄 알았어요."

"대충은."

"제가 한 사장하고 얼마 동안 친하게 지낸 것도 아시겠군요?"

"대충은."

"남자는 벗고 방아를 찧는 동안은 입이 가벼워지죠. 누르고 있는 여자가 제 종처럼 느껴지는 놈들은 더욱."

"10만 위안 가치가 있는 일인가?"

"그 열 배쯤의 손해를 막으려면 그쯤은 내셔야죠."

"5만 낼 테니까 말해요."

"그럼 7만으로 합의하십시다."

자리를 고쳐 앉은 박세영이 서동수를 보았다.

다음날 오후 3시, 옌타이 시 외곽의 국제섬유공사, 사장실에서 주광 사장이 손님들을 맞는다. 손님은 셋, 서동수와 칭다오 공안국의 전 선생, 그리고 옌타이 시 공안국의 위 선생이다. 긴장한 주광이 셋에게 자리를 권하고 차를 준비시켰는데 당황하고 있다. 여직원에게 시킨 일을 또 시켰고 물잔을 치우다가 엎지르기도 했다. 주광은 30분 전에 갑자기 공안의 방문 통보를 받아서 분주하게 사방으로 연락해 보았지만 도무지 무슨 영문인지 알 수가 없다. 그래서 더 불안한 것이다. 이윽고 제각기 인사가 끝나고 자리를 잡았을 때 먼저 위 선생이 나섰다.

"주 사장님, 성동실업 인수 계약을 하셨지요?"

"성동실업 말씀입니까?"

되물은 주광의 눈동자가 흔들렸다. 예상하지 못한 것 같다. 그러나 대답은 했다.

"예, 했습니다."

"계약서 있습니까?"

"예? 예."

"보십시다."

40대 중반쯤의 위 선생이 소파에 등을 붙이면서 말했다. 관록 있는 태도다. 위 선생은 전 선생과 친분이 있는 모양으로 하나를 설명하면 둘을 알아들었다. 이것은 칭다오, 옌타이 공안의 합동조사 격이다. 주광이 서두르며 가져온 계약서가 앞에 놓이자 셋의 머리가 모아졌다. 이제는 핸드폰에 중국어로 문자를 보낼 수 있는 서동수다. 서동수는 중국어로 된 계약서를 읽었다. 매도 계약서다. 한영복이 주광에게 성동실업을 350만 위안에 양도한다는 내용이다. 계약금 35만 위안은 10일 전에 지급했고 중도금 지급일이 5일 후로 다가왔다. 머리를 든 위 선생이 가방에서 서류를 꺼내 주광에게 내밀었다. 한영복과 서동수가 공동명의로 성동실업을 인수한 계약서다. 이 계약서는 한국어로 되어 있었지만 중국어로 번역을 해놓았다. 계약서를 들여다보는 주광의 넓은 얼굴이 굳어졌다. 그때 위 선생이 말했다.

"여기 있는 서 선생이 성동실업의 공동소유자요. 서 선생이 한영복을 사기 혐의로 공안에 고발을 했고 우리는 중국인을 보호하기 위해서 나온 겁니다."

주광의 굳어졌던 얼굴이 풀리면서 대신 눈썹이 치켜 올라갔다.

"난 모르고 있었던 일입니다. 그놈이 제 소유라고 했단 말입니다. 하마터면 큰일 날 뻔했지 않습니까? 나도 그놈을 고발하겠습니다. 그래야 내가 결백하다는 증명이 될 것 아닙니까?"

주광의 목소리에 점점 열기가 띄워졌다.

"그놈이 급하게 서둘러서 이상하긴 했지만 공동소유인 줄 누가 알았겠습니까? 그런데 계약금은 찾을 수 있겠지요?"

그때 전 선생이 엄격한 표정으로 주광에게 말했다.

"주 사장은 내일 오전 10시까지 한영복 씨하고 옌지 공안에 출두하세요."

이제 한영복의 성동실업 매매는 허사가 되었다. 그 동안 한영복은 간쑤성의 공장도 정리를 했고 매장도 팔아치운 상태였다. 이제 제일 큰 덩어리인 성동실업만 처리하고 인도네시아로 도망칠 계획이었던 것이다. 어제 박세영한테 7만 위안을 주고 산 정보가 바로 이것이다. 전 선생의 말을 위 선생이 이었다.

"한영복 사장은 우리가 직접 통보하지요. 그럼 이 계약서는 증거물로 가져갑니다."

서류를 챙긴 위 선생이 자리에서 일어섰고 둘은 잠자코 따라 일어섰다.

"내일 대질 신문을 해도 좋습니다."

뒤를 따르면서 주광이 화난 표정으로 말했다.

"그, 한국 사기꾼놈, 감옥에 보내야 됩니다."

2장
대한국인

그사이 미얀마에 첫 오더가 투입되었는데 물론 의류다. 이인섭이 작성한 오더시트가 양곤 지사의 레이에게 보내졌고 그것이 양곤 대우섬유로 전달된 것이다. 의류 매장은 1년째가 되면서 중국 전역에 27개로 확장되었고 흑자를 기록했다. 한영복은 공안에 체포되었다가 곧 풀려났지만 중국 사업을 접을 작정을 하고 다시 성동실업을 매물로 내놓았다. 옌타이의 주광 사장이 다시 성동실업을 인수했는데 이번에는 서동수가 인수금의 절반인 175만 위안을 받고 마무리를 지었다. 사기양도 사건이 일어난 지 한 달 만에 종결이 된 것이다. 앞으로 미얀마의 공장은 성동실업을 대신해서 동성브랜드 의류를 생산하게 될 것이었다. 서동수는 한영복과 갈라선 후부터 동성브랜드를 전 매장, 전 제품에 부착시키면서 소량 다품종, 고가품 정책을 썼다. 동성의 선임 디자이너 겸 칭다오 매장 관리자 진영아는 거의 이틀에 한 번꼴로 동대문의 수십 개 납품업체로부터 수백 가지 스타일의 제품을 납품받아 전 매장에 공급하고 있다. 이제 서동수의 의류 사업은 기반을 굳혀가고 있었지만 방심하지 않았다. 셀 수도 없는 경쟁업체가 창립했다가 금방 쓰러지면서 끊임없이 추격해오고 있기 때문이다. 추격을 피해 앞서 달려가는 것만이 능사가 아니다. 기반을 굳히면서 선두에 서야 한다. 기반이 약하면 달리다가 넘어져서 끝난다.

오후 6시, 사무실에서 서동수가 전화를 받는다. 발신자는 이은실, 지난번 메이의 세탁소 2층 룸에서 진한 정사를 나눈 후에 두 번 만났다. 그러나 그 두 번은 개업한 식당으로 찾아가 식사를 한 것으로 끝났다.

"응, 웬일이야?"

반가운 목소리로 물었더니 이은실의 반응도 밝다.

"오늘 시간 있으세요?"

"밥 먹으러 오라고?"

"아뇨, 밤에."

"나갈 수 있단 말야?"

"내일 오전 6시까지는 숙소에 돌아와야 해요."

"그럼 만나야지."

해놓고 서동수가 끈적끈적한 목소리로 덧붙였다.

"차츰 네 몸하고 신음소리가 희미해져가는 참인데 잘됐다."

"12시쯤 만날 수 있어요. 어디로 가요?"

"국빈장호텔 알지? 그 식당에서 사거리 하나만 건너면 돼."

"거기, 특급호텔이죠? 비쌀 텐데."

"너하고 같이 자려면 그쯤 돼야지."

"500불요."

불쑥 이은실이 말했으므로 어깨를 부풀렸던 서동수가 소리 죽여 숨을 뱉었다.

"알았어, 달러로 줄까?"

"네, 달러가 나아요."

"그럼 12시에 호텔 로비에서 전화해. 방 번호 알려줄 테니까."

핸드폰을 귀에서 뗀 서동수가 잠깐 생각하다가 버튼을 눌렀다. 신호음이 두 번 울리더니 곧 응답 소리가 들렸다. 우명호다.

"응, 웬일이냐? 이 시간에."

대뜸 그렇게 물었던 우명호가 이쪽이 입을 열기도 전에 말을 이었다.

"나, 오늘 저녁에 약속이 있어서 안 돼."

"금강산식당의 김옥향이냐?"

서동수가 물었더니 우명호가 잠깐 말을 그쳤다가 되물었다.

"어떻게 아냐?"

"그럴 것 같아서"

"갑자기 만나자는 연락이 왔거든. 그날 어설프게 뛰어서 오늘 내 진면목을 보여줄 작정이다."

서동수는 숨을 골랐다. 개인플레이는 아니다.

"나, 내일 이집트로 간다."

한식당에서 낚지볶음 안주로 소주를 마시면서 서동수가 우명호에게 말했다. 우명호와 김옥향과의 약속도 12시였기 때문에 둘은 저녁을 같이 먹고 갈라서기로 한 것이다. 우명호가 예약한 호텔은 대양호텔이다.

서동수가 말을 이었다.

"테러가 자주 일어나 공항에서부터 경호를 받도록 경호업체하고 계약을 했어. 하루 24시간에 2,000달러야."

"젠장. 그래서 장사가 돼?"

이맛살을 찌푸린 우명호가 한 모금 소주를 삼키고는 물었다.

"며칠 출장인데?"

"닷새."

"경호비만 1만 달러구먼."

"돈 많아 보이는 놈은 위험하지. 내가 좀 있어 보이지 않냐? 관광객들은 안전한 것 같더라."

며칠 전 동양전자 기조실의 의뢰를 받은 것이다. 기조실은 의뢰라기보다 서동수의 의사를 타진했다는 것이 맞는 표현이다.

그렇지만 이집트는 지금도 전시 상황이나 마찬가지다. 무바라크 체제가 축출되고 나서 새로운 정권이 수립되었지만 정국은 불안정했다. 그러니 경제가 잘될 리가 없다. 매월 수십 명이 테러로 사상하는 현실인 것이다. 우명호가 다시 물었다.

"무슨 일로 가는 건데?"

"전자제품에서 의류까지 모두 걸려 있어."

두 손을 벌려 보인 서동수가 정색하고 말을 이었다.

"넉 달 전에 동양의 대리인이 거리에서 피살당한 후에 모든 업무가 중단되었다는 거야. 미수금이 200만 달러 정도 있었지만 그보다 연간 6,000만 달러 정도의 제품을 구입해갈 계획이 틀어졌다는군."

한 모금에 소주를 삼킨 서동수가 우명호를 보았다.

"그래서 한 달 전에 요르단에서 사람을 보냈다는 거다. 현지 상황을 체크하고 카이로의 지사 업무를 다시 시작하려고 말이지."

"……."

"그런데 그 친구도 호텔에서 피살되었어."

"동양 직원이야? 한국인이냐고?"

"아니. 요르단인."

"하긴 한국인이었다면 신문 방송에 나갔을 테니까 내가 몰랐을 리 없지."

하더니 우명호가 똑바로 서동수를 보았다.

"너, 미혜는 어떻게 할 작정으로 그런 데로 뛰어드는 거냐?"

"내 재산 다 어머니하고 형, 미혜 앞으로 넘겨지게 되어 있다. 돈 걱정은 안 하고 살 거야."

"얀마, 사람이 돈만 갖고 사냐?"

"내가 이것저것 가릴 바에는 이렇게 나오지 않았어."

대답은 그렇게 했지만 팀장이었을 때도 물불 가리지 않고 일했던 서동수다. 30년 전만 해도 한국인은 세계 각국의 전쟁터, 오지를 가리지 않고 뛰어들어 오늘의 기반을 닦은 것이다. 입맛을 다신 우명호가 손목시계를 보았지만 벽시계가 오후 8시 반을 가리키고 있다.

"그럼 오늘 밤은 네 환송연인 셈이군."

우명호가 못마땅한 표정으로 말했다.

"그 계집애들 일찍 나와서 한잔 마시고 호텔 가면 좋을 텐데 말이야. 삭막하긴."

"하긴 그렇다."

맞장구를 쳤던 서동수가 머리를 들고 우명호를 보았다.

"걔들 둘이 같이 나오는 건 윗선의 허락을 받은 거야. 그러니까 네가 지금 전화를 해봐. 이곳으로 둘이 나오라고."

손가락으로 탁자를 가리켜 보인 서동수가 말을 이었다.

"9시 반까지 오라고 해. 만일 못 나온다면 오늘 밤 우리를 만나지 못한다고 말이야. 그럼 나올 거다. 내기를 해도 돼."

9시 35분 되었을 때 한식당으로 두 여자가 들어섰다. 이은실과 김옥향이다. 식당 안이 환해지는 것 같았고 소란스럽던 분위기가 순식간에 조용해졌다. 손님 대부분은 한국인이며 모두 중국 생활을 오래 한 사업가들이다. 아마 열에 여덟은 두 여자가 조선족이라고 짐작했을 것이었다. 조선족 여자로 이만큼 아름다운 여자는 또한 열에 여덟은 룸살롱 아가씨가 되어야 한다. 사내들의 눈이 번들거리고 있는 것도 그 때문이다. 내가 그토록 룸살롱을 다녔어도 왜 저년들을 만나지 못했을까? 모든 낯짝에 그렇게 쓰여 있다.

"어, 잘 왔어."

다가온 두 여자를 서동수와 우명호가 반갑게 맞는다. 둘 또한 그만큼은 뻔뻔한 터라 슬쩍슬쩍 식당 안을 훑고 지나는 시선은 용용 죽겠지 하는 것 같다.

"뭐가 그렇게 바쁘시다고 이렇게 일찍 불러낸단 말입니까?"

우명호의 옆에 바짝 붙어 앉은 김옥향이 코맹맹이 소리로 아양을 떨었다. 둘 다 중저가 브랜드 제품의 재킷에 바지를 입었다. 그러나 몸매가 미끈하고 미인이어서 옷차림은 무시되었다.

"한 시간이라도 빨리, 오래 얼굴을 보고 싶어서 말야."

느글느글한 표정으로 우명호가 말하더니 종업원을 불러 요리를 더 시켰다. 서동수가 머리를 돌려 이은실을 보았다. 이은실은 생글생글 웃기만 했지 아직 입을 열지 않았다.

"무슨 일 있어?"

귀에 대고 낮게 물었지만 이은실은 그 얼굴로 머리만 저었다. 불빛 각도가 맞아 볼의 솜털이 드러났다. 복숭아 솜털 같다.

"같이 외박 허가받은 거야?"

다시 묻자 이번에는 끄덕끄덕, 서동수가 식탁 밑으로 손을 뻗어 이은실의 손을 찾아 쥐었다. 이은실이 마주 잡으면서 힘을 주어 쥔다. 그러나 여전히 시선은 앞쪽 우명호를 향한 채 생글거리고 있다. 서동수가 어깨를 올렸다가 내리면서 소리 죽여 숨을 뱉었다.

"자, 한잔."

우명호가 권한 술잔을 받느라고 이은실의 손이 빠져나갔다. 식당 안은 다시 떠들썩해졌는데 홀 안 분위기가 조금 급해진 거처럼 느껴졌다. 홀에는 네 테이블의 손님이 모두 한국인이었지만 그중에 여자는 한 사람도 끼어 있지 않았다. 얼른 마시고 2차를 가려는 것 같다.

"식사부터 해."

우명호가 시킨 밥과 국이 먼저 나왔으므로 서동수가 여자들에게 권했다.

"그래야 술도 잘 들어가고 허리 운동도 잘되는 거야."

김옥향은 손으로 입을 가리고 웃었지만 이은실은 눈웃음만 쳤다. 밝은 불빛에 비친 이은실의 얼굴은 더 앳되어 보였다. 스물다섯이라고 했지만 화장기가 없는 얼굴은 스물한두 살 같다. 그러고 보니 이은실의 이름과 나이 외에는 아는 것이 없다. 메이의 세탁소 2층에서 긴 시간을 보냈어도 이야기는 별로 하지 않은 것이다. 이은실이 맛있게 밥을 먹는다. 그 동안 두 번이나 식당으로 찾아갔을 때 이은실은 서동수에게 인사만 했지 아는 척도 하지 않았던 것이다.

"외박은 몇 번째야?"

이은실이 밥을 다 먹었을 때쯤 서동수가 다시 낮게 물었더니 이번에는 눈을 흘겼다. 작고 도톰한 입술이 삐죽거렸다.

"처음이에요."

"개업하고 나서?"

화가 났는지 이은실이 입을 다물었으므로 서동수가 잔에 소주를 채워 건네주었다. 처음이면 어떻고 다섯 번째면 어떤가? 하지만 거짓말을 하면 실격이다.

호텔 방에 들어섰을 때는 11시가 되어갈 무렵이다. 이은실은 소주를 한 병 반 정도 마셨는데 얼굴이 멀쩡했다. 눈 주위만 조금 붉어졌을 뿐이다.

"아유, 방이 좋습니다."

응접실까지 갖춰진 특실을 둘러본 이은실이 감탄하더니 소파 귀퉁이에 앉았다.

재킷을 벗지도 않았으므로 서동수가 뒤로 다가가 말했다.

"옷 벗겨줄게."

"고맙습니다."

일어선 이은실이 몸을 틀어 옷이 벗겨지는 것을 돕더니 서동수를 보았다.

"억지로 나오신 거 아니죠?"

"그게 무슨 말이야?"

놀란 서동수가 다가가 옆에 앉았다. 이은실을 당겨 붙어 앉은 서동수가 다시 물었다.

"억지로 나오다니? 내가 그럴 리가 있어? 은실이를 얼마나 보고 싶었다고."

"서 선생님은 여자가 많으실 것 같아서요."

생글거리던 이은실과는 전혀 다른 분위기가 되어 있다. 그러나 서동수에게는 이 분위기가 더 낫다. 성적 매력이 더 풍기는 것이다. 서동수가 팔을 뻗어 이은실의 어깨를 감싸 안았다.

"왜 그렇게 보는 거야? 누가 그래?"

"지배인 동지가 그랬어요."

서동수는 입을 다물었다. 금강산 식당 지배인하고는 인사도 하지 않은 사이인 것이다.

얼굴만 보았을 뿐이다, 그런데 그 놈이 내 뒷조사를 했단 말인가?

그때 이은실이 말을 이었다.

"가게를 수십 개 가지고 계시다면서요? 무역사업도 크게 하시고."

"……."

"서 선생님이 옆에 계시다고 하니까 지배인 동지가 일찍 내보내 주셨다고요. 우 선생 혼자 계셨다면 어림도 없었습니다."

"……."

"전 오늘 서 선생님한테 전화하라고 했을 때 불안했었습니다. 혹시나……."

"잠깐."

이은실의 어깨를 안았던 팔을 내린 서동수가 심호흡부터 했다.

"나한테 전화를 하라고 했어? 누가?"

"지배인 동지가요."

"……."

"모르고 계셨어요? 저는 아시는 줄 알았는데."

"아, 짐작이야 했지만."

"오늘부터는 약속을 정해도 된다고 했어요. 물론 서 선생님이 절 만나고 싶으시면 말이죠."

"물론 만나고 싶지."

"그럼 저, 씻고 올까요?"

얼굴이 밝아진 이은실이 일어섰으므로 서동수는 머리를 끄덕였다. 이은실이 욕실로 들어서자 서동수는 저고리를 벗어 던지고는 소파에 몸을 기대고 앉았다.

탈북자로 가장한 조선족 룸살롱 아가씨한테 지갑을 털어준 적도 있는 서동수다. 마음에 딱 드는 북한 아가씨하고의 연애를 왜 거부하겠는가? 그러나 지배인의 허락까지 받고 나왔다는 것이 조금 걸린다. 비밀 연애가 정상이었기 때문이다. 지배인의 허락을 받았다면 당국의 묵인이 있다는 의미인가?

깊게 빠지는 건 싫다. 더구나 지배인이 나에 대한 조사까지 해놓았다니, 그것도 다 털어놓은 이은실이 순진한 것은 사실이다. 이은실이 욕실에서 나오는 것은 30분쯤이 지난 후였다. 그때는 서동수도 가운 차림으로 냉장고에서 꺼내 맥주를 마시고 있었는데 이은실의 모습을 보고는 빙그레 웃었다. 이은실도 가운 차림이었지만 안에 아무것도 걸치지 않은 것이 분명했기 때문이다.

"그래, 여긴 중국 땅이야. 너하고 나는 각각 타국 국민이고."

그 타국인들이 장사판을 벌이고 있다.

이은실은 빈틈없이 안겼지만 몸이 제대로 따라오지 않았다. 긴장하고 있는 것이다. 가쁜 숨소리에 섞여 쉴 새 없이 신음이 터져 나왔어도 '박자'가 맞지 않았다. 처음에 고음으로 시작한 노래가 나중에 턱 막혀 엉망이 되는 것과 같은 이치다. 이은실도 처음부터 과장되게 신음을 뱉었다가 곧 박자를 맞추지 못했다. 그러다보니 당황해서 몸의 움직임이 흐트러졌고 나중에는 신음이 진짜 고통의 신호가 되었다. 전위 자세로 움직이던 서동수는 그것을 다 읽고 있다. 도사가 아니더라도 다 느낄 정도인 것이다. 이 또한 그만큼 이은실이 순진하다는 증거였다. 이윽고 이은실이 시늉만의 절정으로 솟아올랐고 서동수가 맞춰서 움직여 주었다. 그리고 탄성과 함께 이은실이 몸을 늘어뜨렸다. 절정에 오른 것이다. 오래전에 서동수가 지방의 유곽에 간 적이 있다. 그곳은 술을 마시고 그 자리에서 2차까지 해결해주는 곳으로 가격대가 저렴해서 서동수가 두어 번 가본 곳이다. 당시에는 나무에 치마만 둘러도 서는 시절이어서 미추청탁을 불문하고 세워서 꽂았는데 그때의 여자 반응과 이은실의 지금이 비슷했다. 물론 동굴의 반응을 말한다. 이른바 립 서비스인 교성은 비교가 되지 않는다. 유곽의 여자는 진짜로 하는 동안에 껌을 씹으면서 만화책을 보는 경우도 있었으니까. 자, 몸을 뗀 서동수가 가쁜 숨을 뱉으면서 천장을 향하고 누웠다. 옆에 누운 이은실도 역시 신음 섞인 숨을 뱉어내고 있다.

"저, 좋았어요?"

숨을 고르며 이은실이 물었으므로 서동수는 벽시계를 보았다. 넣은 지 18분 만에 나왔다. 지난번과 비교하면 너무 빠르다.

"응, 좋았어."

"한 번 더 하실 거죠?"

"오늘은 그만."

"왜요?"

그 순간 서동수의 가슴이 부글부글 끓는 느낌이 오더니 머리도 뜨거워졌다. 서동수가 심호흡을 하고 나서 말했다.

"은실이 넌 참 착한 여자야."

이은실은 숨을 죽였고 서동수의 말이 이어졌다.

"너하고 오래 만나고 싶어. 네가 고향으로 돌아갈 때까지."

몸을 일으킨 서동수가 팬티를 주워 입었다. 오늘은 씻을 생각도 나지 않는다. 냉장고로 다가간 서동수가 생수병을 꺼내면서 물었다.

"물 줄까?"

"아뇨, 괜찮아요."

서동수가 물을 마시고 나서 말을 이었다.

"어려운 일 있으면 이야기해. 언제든지 말야."

바지를 찾아 입던 서동수가 지갑에서 돈을 꺼내 탁자 위에 놓고 말했다.

"500달러하고 네 차비로 1,000위안 놓았다."

"지금 가시게요?"

시트로 알몸 젖가슴을 가린 이은실이 상반신을 일으키며 물었다. 12

시 반밖에 되지 않았다. 이은실의 두 눈이 둥그레져 있다.

"응, 내일 출장을 가야 돼."

"언제 돌아오시는데요?"

"일주일쯤 걸릴 거야."

시트를 젖힌 이은실이 가운을 찾아 알몸 위에 걸치고 다가와 섰다.

"드릴 말씀이 있었어요."

서동수의 시선을 받은 이은실이 입술 끝만 올리면서 희미하게 웃었다.

"죄송해요. 오늘 긴장해서 몸이 굳어져 있었어요. 억지로 분위기를 맞추려고 했지만 오히려 더 안 되었어요."

이제는 이은실이 시선을 내리고 말했다.

"드릴 말씀이 있었기 때문인데 그건 출장 다녀오신 다음에 할게요."

카이로 공항 입국 대합실로 나온 서동수의 앞으로 사내 하나가 다가와 섰다. 양복 차림의 아랍인이다.

"미스터 서?"

그렇게 묻더니 손을 내밀었다.

"카림입니다."

"반갑습니다. 카림."

메일로 전송된 카림의 얼굴을 기억한 서동수가 손을 잡았다. 카림이 경호업체의 서동수 담당 팀장이다. 그때 사내 하나가 다가오더니 서동수가 내려놓은 가방 두 개를 집어 들었다. 카림의 일행이다.

"자, 가시죠. 차가 기다리고 있습니다."

카림이 앞장을 섰고 서동수가 뒤를 따른다. 오후 4시 반이다. 칭다오에서 베이징을 거쳐 16시간을 날아온 여행이다. 밖에는 검은색 밴이 기다리고 있었는데 일사불란하게 움직였다. 짐과 사람을 실은 밴이 떠나는 데 20초도 걸리지 않았다. 밴이 공항 건물을 벗어났을 때 옆 좌석에 앉은 카림이 말했다.

"압둘라는 지난달에 저택에서 폭사했습니다. 어떤 놈들이 폭탄을 던지고 총을 난사해서 어린 아들하고 두 번째 부인만 살아남았습니다."

서동수는 숨을 들이켰다. 압둘라는 동양의 도매상 중 하나다. 동양지사는 무바라크 체제가 무너진 후에 대리인에게 업무를 위임하고 한국인 직원은 모두 철수했던 것이다. 그런데 대리인이 피살되더니 가장 큰 도매상인 만수르는 영국으로 피신해버렸다. 그리고 남은 도매상 압둘라까지 폭사했다는 것이다. 다시 카림이 말을 이었다.

"부탁하신 세 명 중에 한 명인 핫산은 현재 실종 상태입니다. 저택은 다 부서진 채 비워졌고 어디로 도피했는지 알 수가 없습니다."

머리를 든 카림이 서동수를 보았다. 콧수염을 단정히 기른 카림은 이마에 세로로 상처 자국이 있다.

"오마르는?"

서동수가 묻자 카림이 핸드폰을 꺼내더니 버튼을 누르면서 말했다.

"그 사람도 찾는 데 애를 먹었습니다. 구시가에서 은신하고 있는데 전화번호도 바뀌었습니다."

카림이 휴대폰을 귀에 붙이더니 곧 아랍어로 대화를 나누고는 서동수에게 건네주었다.

"오마르입니다."

서동수가 핸드폰을 받아들고 통화했다.

"오마르 씨? 내가 동양에서 온 대리인 서동수요."

"카림한테서 들었습니다. 반갑습니다."

오마르의 영어는 유창했다. 동양전자의 기록을 보면 55세, 카이로 출생이며 영국 런던대학을 수료하고 정부 관리 생활을 하다가 무역상이 된 지 15년, 동양 측에서 보면 중급(中級) 거래상이다. 그러나 연락이 닿은 유일한 바이어인 것이다. 카림이 찾아내지 못했다면 동양의 거래선은 없어질 뻔했다. 서동수가 말했다.

"오마르 씨, 오늘밤이라도 만나고 싶은데요. 내가 찾아가도 됩니다."

"그렇다면 밤 10시가 어떻습니까? 구시가지에서."

"좋습니다. 약속장소를 알려 주시지요."

"카림 씨를 바꿔 주시죠. 그 친구가 지리를 잘 알 테니까요."

서동수가 카림에게 핸드폰을 건네주자 카림이 통화를 끝내더니 서동수에게 말했다.

"약속했습니다."

카림의 경호업체와는 24시간 계약을 했기 때문에 밤의 활동도 포함이 된다. 그때 카림이 머리를 돌려 서동수를 보았다.

"오신 김에 관광까지 하시지요. 이집트는 관광에 익숙한 나라여서 관광객들한테는 거의 피해를 입히지 않습니다."

"한국에서 오셨습니까?"

옆쪽 테이블에 앉은 사내가 한국어로 묻는 바람에 서동수가 머리를 들었다. 오후 6시 반, 저녁을 먹으려고 호텔 식당으로 내려왔던 것이다.

"예, 그렇습니다."

서동수가 웃음 띤 얼굴로 사내를 보았다. 옆 테이블에는 두 사내가 앉았는데 둘 다 한국인 같다. 그중 뿔테 안경을 쓴 사내가 다시 물었다.

"사업 때문에 오셨지요?"

"예."

그러자 사내는 빙그레 웃었다.

"딱 표시가 나거든요. 혼자 아니면 둘이 다니고 옷차림이나 행동이……."

그건 서동수도 알아볼 수 있다. 현지 거주인, 관광객, 사업 출장자까지 세 부류로 구분할 수도 있는 것이다. 일본인, 중국인, 한국인을 정확하게 가려내는 것은 기본에 든다. 서동수가 둘을 번갈아 보았다. 둘 다 40대로 현지 거주인 같다.

"카이로에 계십니까?"

서동수가 묻자 지금까지 가만있던 검은 피부의 사내가 피식 웃었다.

"거 봐. 내가 현지인 다 되었다니까."

곧 사내들은 자신들을 소개했는데 검은 피부가 한국에서 출장을 나와 석 달째 머물고 있는 김상덕, 먼저 말을 건 사내는 포트사이드에서 무역상을 하다가 때려치우고 카이로에 들어온 이규황이라고 했다. 김상덕은 조명기구 회사의 영업부장인데 미수금 400만 불을 받으려고 고군분투 중이었다. 출장비도 부담이 되어서 숙소를 시내 여관 수준으로 옮겼다는 것이다. 중소기업인 회사는 이미 법정관리에 들어갔고 여기서 미수금을 받지 못하면 거지가 된다고 담담하게 말했다. 조명기구 회사는 사장이 김상덕의 형이었으니 가족회사나 같았다. 김상덕의 사연이 끝나자 이규황이 이어받았다.

"난 포트사이드에 10년 있었는데 그럭저럭 살았지. 자식 둘을 영국 유학 보낼 만큼은 살았다는 거요."

뷔페 식당이어서 그사이에 김상덕은 음식을 가지러 갔고 서동수는 양고기를 씹으면서 듣는다. 경호팀원 하리드는 입구 쪽 테이블에서 식사를 하면서 이쪽을 힐끗거리는 중이다. 김상덕이나 이규황은 하리드의 존재를 눈치 채지 못하고 있다. 이규황이 말을 이었다.

"그러다 이번에 정권이 바뀌면서 난리가 일어났을 때 카이로에서 한탕 해야겠다는 생각이 들더구먼. 포트사이드 장사도 내리막길인데다 마누라하고 자식들은 영국에 있지. 내 나이 마흔여덟이야. 다시 한 번 도약할 시기라고 생각했단 말요."

"그래서, 뭐 좀 잡으셨습니까?"

흥미가 일어난 서동수가 묻자 음식을 들고 와 앉은 김상덕이 대신 대답했다.

"잡기는, 정권 실세라고 장군 한 놈을 잡았다가 그놈이 숙청당하는 바람에 죽그릇이 엎어져버렸지."

"그놈이 재기만 하면 난 순식간에 기반을 굳혀. 그때 자네 미수금도 받아줄 테니까."

그때 김상덕이 서동수에게 물었다.

"소속이 어디쇼?"

"동양에이전시올시다."

"아."

둘이 동시에 머리를 끄덕이더니 이규황이 먼저 말했다.

"이번에 완전히 박살이 났지요? 그걸 수습하러 오셨구먼."

현지인의 정보가 가장 정확하긴 하다. 서동수가 소리 죽여 숨을 뱉었다. 이제는 지구 구석구석까지 한국인이 파고들었다. 거기서 한국인끼리 서로 피 튀기는 경쟁을 하는 것이다. 만약 둘이 경쟁업체였다면 서동수는 신분을 밝히지도 않았다.

밤 10시, 올드 카이로의 제법 번화한 거리에서 서동수는 카림을 따라 걷는다. 허름한 셔츠에 바지 차림이어서 뒤에서 보면 근처 사람으로 보일 것이다. 거리는 좁고 좌우 건물은 낡았지만 상가여서 행인이 많다. 관광객이 드문드문 보였는데 대부분이 서양 남녀다. 카림이 옆쪽 골목으로 꺾어지더니 눈으로 앞을 가리켰다. 이곳은 주택가 같다. 상점 간판이 없는 대신 건물 베란다마다 빨래가 가득 널려 있다.

"왼쪽 건물 302호실이오. 지금 기다리고 있을 겁니다."

카림이 말하더니 손목시계를 보는 시늉을 했다.

"나는 여기서 기다리지요."

"한 시간쯤이면 될 거요."

서동수가 왼쪽 건물로 다가가며 말했다. 거리의 공터에서 차와 팀원 한 명이 대기하고 있는 것이다. 건물 입구로 들어서자 불도 켜놓지 않아서 어두웠지만 계단 쪽의 불빛으로 앞은 보였다. 퀴퀴한 냄새에다 고기 비린내까지 섞여 구역질이 치밀어 올랐다가 진정되었다. 시멘트 계단은 지저분했다. 사방에서 소음이 울렸지만 계단과 복도는 텅 비어 있다. 이윽고 3층 복도로 들어선 서동수는 오른쪽 문에 흰색 페인트로 써진 302를 보았다. 오마르의 은신처다. 벨이 보이지 않아서 노크를 했더니 금방 문이 열렸다.

“어서 오세요.”

그 순간 서동수는 숨을 들이켰다. 여자다. 그것도 숨이 막히는 느낌이 들 정도의 미인. 어두웠던 복도가 갑자기 환해진 것 같다. 그때 여자가 다시 말했다.

“제가 오마르의 딸 슈나입니다.”

유창한 영어다. 여자가 비켜섰으므로 서동수가 들어서면서 말했다.

“서동수라고 해요. 반갑습니다.”

집은 겉보기와는 다르게 깨끗했고 컸다.

안으로 들어서자 오마르가 두 손을 벌리며 다가왔는데 웃음 띤 얼굴이다.

“잘 오셨습니다. 미스터 서.”

“만나서 기쁩니다.”

명함을 건네준 서동수가 들고 온 술과 초콜릿 상자를 내밀었다. 선물이다. 오마르가 기쁜 얼굴로 받더니 슈나에게 넘겨주며 말했다.

“내 딸 슈나가 보좌역을 맡고 있습니다. 내 대를 이어갈 자식이죠.”

이집트는 경제력으로 중동 산유국가에 뒤지지만 정치, 문화면에서는 리더 역할을 해왔다. 중동의 유력자들은 카이로에 유학을 다녀온 것을 가문의 자랑으로 삼고 있는 것이다. 또한 이집트는 여성의 사회활동이 활발하다. 그때 슈나가 서동수 앞에 서류를 내밀었다.

“오신다고 해서 시장 동향과 오퍼를 작성해놓았습니다.”

서류를 받아본 서동수가 감탄했다. 그러나 내색은 하지 않았다. 슈나는 현 시장상황을 분석해 놓았을 뿐만 아니라 종류별 오더까지 만든 것이다. 금액은 500만 달러 정도였지만 반년 가깝게 거래가 끊겼던 이집트 시장이다. 본사에서는 크게 반길 것이다. 서동수가 오퍼시트를 끝까지 읽고 나서 머리를 들었다.

"90일 외상거래는 받아들일 수 없습니다. 위험 부담이 너무 커서 본사에서는 오더를 포기한 상태거든요."

오퍼시트에 신용장 거래조건이 90일 외상거래로 적혀 있었기 때문이다. 즉 수입업자는 물품을 인도받고 90일 후에 대금을 입금시킨다는 방식이다. 서동수의 시선을 받은 오마르가 머리를 끄덕였다.

"정국이 안정될 때까지는 현금거래 방법을 쓰도록 노력해보지요. 이해합니다."

슈나는 웃음 띤 얼굴로 입을 열지 않았다. 오마르가 이쪽 반응을 떠본 것 같다. 상담에서는 급하게 서두르는 쪽이 언제나 진다.

숙소인 게지라섬의 알 게지라 쉐라톤호텔로 돌아오던 중에 길가에서 불타오르는 차량을 보았다. 앰뷸런스가 세워졌고 군경이 경비를 서고 있는 것을 보면 폭탄 테러다.

"정부 관리나 또는 반군 차량이겠지요."

서동수의 표정을 본 카림이 시큰둥한 표정으로 말했다.

"난 특수부대 소령으로 제대했지만 어느 한쪽에 치우치지 않습니다. 모두 전에 내 동료였으니까요."

그것이 지혜로운 처신이다. 어느 한쪽에 줄을 대었다가 패가망신은 물론이고 목숨까지 잃는 경우가 비일비재한 것이다. 난리통에는 가만있는 것이 낫다고 서동수가 어릴 적에 할아버지는 옛날이야기로 말해주었다. 6·25 때 인민군이 내려왔을 때는 군, 경, 공무원, 지주 가족이 죽고,

국군이 수복하면 다시 부역자 가족이 당했다는 것이다. 그러니 가만있었던 사람들만 살았다고 했다. 카림이 말을 이었다.

"오마르는 정부 측에서 수배자 리스트에 올렸지만 곧 풀린다고 합니다. 오마르는 정부 측에도 친구가 있더군요."

"그렇군요."

서동수가 쓴웃음을 지었다. 가만있는 것보다 양측에 친구를 갖고 있는 것이 더 나을 수도 있을 것이다. 그러나 잘못되면 두 배로 위험해진다. 호텔에 도착했을 때는 새벽 1시가 되어가고 있었다. 카림과 함께 로비를 질러가던 서동수가 걸음을 멈췄다. 로비 구석의 소파에 혼자 앉아 있는 김상덕을 보았기 때문이다. 미수금을 받으려고 온 조명회사 부장이다. 한 손에 핸드폰을 움켜진 김상덕의 표정이 굳어져 있었으므로 주춤거리던 서동수가 그쪽으로 발길을 돌렸다. 카림이 비켜서더니 기둥 옆으로 다가가 서동수를 주시했다. 서동수가 바짝 다가가 섰을 때에야 김상덕이 눈동자의 초점을 잡더니 알아보았다.

"아, 서 사장님."

"이 시간에 혼자 뭐 하십니까?"

김상덕의 숙소는 시 북서쪽의 모한디센 지구다. 차로 30분이면 갈 수는 있다. 그때 김상덕이 억양 없는 목소리로 말했다.

"조금 전에 연락을 받았는데 이규황 씨가 카페 안에 있다가 폭발 사고로 죽었답니다."

서동수는 숨을 멈췄고 김상덕의 말이 이어졌다.

"이규황 씨하고 같이 일하던 이집트 사람한테서 연락을 받았어요."

"……."

"누구하고 만나고 있었는데 어떤 놈이 폭탄을 던졌다는 겁니다."

"이거, 어떻게 하죠?"

"글쎄, 나도, 이거."

손에 쥔 핸드폰을 들어 보인 김상덕의 눈동자가 흔들렸다.

"영국에 있다는 이규황 씨 가족 전번도 모른단 말입니다, 내가."

"……."

"여기서 석 달 전에 만나 수십 번 같이 밥 먹고 술도 마셨지만 가족 전화는……."

"대사관은 알게 되겠지요."

"그, 그거야."

눈동자의 초점을 잡은 김상덕이 똑바로 서동수를 보았다.

"대사관한테만 맡기기에는 내가 너무 미안하고 그 양반이 불쌍해서……."

"……."

"만리타향에서 이렇게 죽어 나가는 것이 너무 허무하단 말이오. 내가 그 양반에 대해서 아무것도 모르고 있다는 것도 가슴이 미어지는구먼."

"……."

"몸뚱이가 다 찢어져서 머리만 찾았다고 합디다."

그러고는 마침내 김상덕이 눈물을 흘렸다.

방으로 들어선 슈나가 히잡을 벗자 풍성하게 파마한 머리가 드러났다. 히잡은 이슬람계 여성이 머리카락만 감추는 헤드스카프다. 오전 11시, 슈나는 정확하게 시간을 맞춰 방문했다.

"슈나, 당신은 아름답습니다."

서동수가 정중한 표정으로 말했더니 슈나가 가지런한 이를 드러내고 웃었다.

"고맙습니다, 서."

숨을 들이켠 서동수가 슈나에게 소파에 앉기를 권하고 나서 물었다.

"슈나, 뭘 드실래요."

"제가 찾아 먹어도 되죠?"

"물론이죠."

그러자 자리에서 일어선 슈나가 냉장고로 다가갔다. 슈나는 몸에 딱 붙는 검정 원피스를 입었다. 그래서 풍만한 젖가슴과 잘록한 허리와 등의 곡선, 치솟은 엉덩이가 그대로 드러났다. 엉덩이 부분의 스커트는 터질 것만 같다. 그리고 무릎 15센티 정도까지 올라간 원피스 덕분에 미끈한 두 다리가 눈앞에 펼쳐졌다. 냉장고 문을 연 슈나가 뭘 꺼내느라고 허리를 숙였기 때문에 엉덩이가 더 탱탱해졌다. 숨을 삼켰던 서동수가 결국은 외면했다. 그때 오렌지주스 캔을 꺼내 든 슈나가 서동수를 보았다. 똑바로 선 슈나의 키는 1미터 70쯤 될 것이다. 서동수는 순간 눈앞이 흐려졌고 현기증이 났다. 아까부터 슈나가 풍긴 강한 향내가 방안을 뒤덮고 있다.

"서, 이것 마시겠어요."

"마음대로."

다시 서동수의 옆을 지나 소파로 가면서 슈나가 말했다.

"어젯밤 아버지하고 검토를 해보니까 1차 오더는 300만 달러 정도로 해야 될 것 같습니다. 현금 준비가 그것밖에 안 됩니다."

소파에 앉은 슈나가 말을 이었다.

"물론 2차 오더는 물량이 많아지겠지요. 그 동안 수입을 못했기 때문에 제품은 금방 소진될 테니까요."

무바라크 시절에 현지 지사를 통한 오마르의 수입량은 연간 1,000만 달러 정도였다. 전체 수입량의 16% 수준이다. 앞쪽 자리에 앉은 서동수가 슈나를 보았다. 초승달 같은 눈썹 밑에 눈동자는 흑수정 같다. 곧고 높은 콧날과 단정하지만 육감적인 입술, 갸름한 얼굴형에 피부는 티 한 점 없이 매끄럽다. 신(神)은 아랍 땅에도 이런 미인을 창조하셨다.

"슈나, 아버지 오마르 씨와 무역업을 한 지 얼마나 됐습니까?"

"3년 됐지요."

검정 매니큐어를 칠한 손가락 세 개가 서동수 앞에 펼쳐졌다. 가늘고 긴 손가락이다. 매니큐어를 바른 손톱과 스커트, 눈동자와 머리칼이 모두 검정이다. 입안의 침을 삼킨 서동수가 다시 묻는다.

"참고로 묻겠습니다. 슈나 씨는 결혼했습니까?"

"물론 미혼이죠. 이집트는 아랍권에서 개방된 국가 축에 들지만 와이프를 이렇게 호텔 방으로 혼자 내보낼 정도는 아니에요. 미혼이니까 찾아왔죠."

"그렇군요."

"저도 참고로 묻겠는데 미스터 서는 결혼하셨나요?"

"이혼했습니다."

서동수가 이혼했다는 말을 이렇게 거침없이 뱉은 것은 처음이다. 슈나의 시선을 받은 서동수가 말을 이었다.

"일곱 살 된 딸이 하나 있지요. 그 딸을 내가 키우고 있습니다."

"그렇군요."

"할머니, 그러니까 내 어머니가 같이 살면서 키우니까 별 문제가 없습니다."

지금 서동수는 내가 왜 이러지? 하는 생각도 미처 못하고 있다. 물론 바로 깨닫게 될 것이지만.

슈나는 스물일곱, 영국에서 대학을 졸업하고 귀국한 지 4년이 되었다고 했다. 아버지 오마르도 영국 유학파였으니 대를 이은 셈이다. 호텔 아래층 식당에서 점심을 같이 먹으면서 슈나가 말했다.

"오빠 무스타파는 터키 여자하고 결혼해서 이스탄불에서 살고 있지요. 그곳에서 꽤 큰 건설회사를 해요."

오마르는 일부일처제로 살았고 일남일녀를 둔 것이다. 식당 안은 서양인 손님들이 많았는데 남자들의 시선이 슈나에게로 모아졌다. 동서양을 막론하고 미녀에 대한 남자들의 반응은 같다. 그리고 요즘은 서양이나 동양이나 기준도 같아졌다. 슈나의 시선이 출입구 쪽 테이블에 앉은 카림과 동료에게로 옮아갔다. 둘도 식사를 하는 중이다.

"24시간 경호를 받으시는군요."

"여러 가지로 편리해서요."

"경호비가 비쌀 텐데 빨리 끝내고 가셔야겠지요?"

포크를 내려놓은 서동수가 잠자코 슈나를 보았다. 슈나의 검은 눈동자가 똑바로 이쪽을 주시하고 있다. 1미터 정도의 거리여서 눈동자 속의 제 얼굴이 보이더니 곧 빨려 들어가는 느낌이 들었다.

"그렇다고 서두르면 안 되지요."

"룩소르에 가 보셨어요?"

숨을 들이켠 서동수가 커피 잔을 쥐었다.

"한 번 가보았지요."

"차로 가셨어요?"

"그렇습니다. 그런데 지금도 유람선이 갑니까?"

"그럼요. 유람선이 얼마나 좋아졌는데."

그러고는 슈나가 지그시 서동수를 보았다. 슈나의 시선을 받은 서동수가 다시 숨을 죽였다. 눈빛이 뜨겁게 느껴졌기 때문이다. 서동수는 그것이 착각이 아니라고 자신했다. 이 눈빛은 호감, 호의, 성적인 유혹까지도 이어질 수 있다. 시선을 떼지 않고 서동수가 물었다.

"룩소르는 왜 묻습니까?"

"유람선으로 가 보시지 않을래요? 저하고 같이요."

오렌지 주스 잔을 든 슈나가 이를 드러내고 환하게 웃었다.

"3박 4일 일정쯤 될 거예요. 유람선은 안전하니까 경호팀은 데려가지 않아도 되고요."

"……."

"경호팀 경비만으로도 유람선 특등실을 탈 수 있을 거예요. 룩소르 관광보다 유람선 여행이 더 좋다고 하더라고요."

서동수는 문득 슈나의 입을 막고 싶은 충동을 느낀다. 그만해라. 슈나. 이건 제의가 아니라 유혹이다. 이 뜨거운 눈빛, 클레오파트라가 이런 얼굴이었을까? 윤기가 흐르는 흑갈색 피부, 곧은 콧날 밑의 육감적인 입술, 시바 여왕의 후손일지도 모르겠다. 이윽고 소리 죽여 숨을 뱉은 서동수가 입을 열었다.

"슈나, 난 내일 요르단으로 떠날 예정이오. 티켓도 끊어 놨습니다."

"그래요?"

슈나의 얼굴에 실망의 기색이 덮어졌다.

"같이 유람선 여행을 하고 싶었는데."

"다음에……."

서동수의 가슴이 다시 답답해졌다. 이것은 마치 100억 원짜리 저택이 5억 원 경매로 내놓아진 것 같다. 도대체 왜 저러는가?

정색한 서동수가 슈나를 보았다.

"슈나, 나한테 할 이야기가 있습니까?"

"네."

금방 대답한 슈나의 눈동자에 초점이 잡혀졌다.

"시장 상황과 앞으로의 계획까지 한두 시간으로는 모자랄 것 같아서요."

슈나의 눈빛이 다시 뜨거워진 것 같았으므로 서동수는 당황했다. 내가 잘못 본 것일까? 오해했다면 이런 실례가 없다.

그렇다. 슈나가 남자였다면 룩소르 여행 제의를 받았을 때 바로 할 이야기가 있느냐고 물어보았을 것이다. 눈빛이 뜨겁게 느껴지느니 어쩌느니 저 혼자 북치고 장구를 쳤다. 그때 슈나가 서동수를 보았다. 이제는 눈빛이 차분하게 느껴진다.

"서, 오늘 저녁에 시간을 내주실 수 있어요? 사업계획을 이야기하고 싶습니다."

"시간을 내야지요."

어깨를 편 서동수가 바로 대답했다.

개 눈에는 똥만 보인다는 옛 성현의 말씀이 맞다. 부처님 눈에는 부처가 보인다고 했던가? 서동수가 말을 이었다.

"오후 5시부터 시간이 있어요. 저녁식사까지 같이 하십시다."

"방에서 상담하는 것이 낫겠네요."

머리를 끄덕인 슈나가 냅킨으로 입술을 눌러 닦았다. 그것을 본 서동수가 숨을 들이켰다. 갑자기 목구멍이 막힌 느낌이 들었기 때문이다. 붉은 입술, 흰 냅킨, 손톱의 검은 매니큐어가 섞여져 움직이는 것에도 충동을 받다니. 한심해진 서동수가 소리 죽여 숨을 뱉었다. 눈꺼풀에 뭔가 씌었다. 그래서 멀쩡한 여자를 마녀로 보았다. 중세의 마녀사냥은 나 같은 놈들의 소행이라고 서동수는 자책했다.

"저, 잠깐 화장실에 다녀올게요."

가방을 집어든 슈나가 말했으므로 서동수는 머리만 끄덕였다. 다시 남자들의 시선을 받으면서 슈나가 화장실로 간다. 단단한 엉덩이와 쭉 뻗은 다리, 발을 뗄 때마다 온몸이 한들거리며 움직였는데 선정적이다. 서동수는 어금니를 물었다. 슈나의 매력은 그야말로 압도적이다. 저런 여자의 눈짓 한번, 말 한마디에 보통 남자는 이성을 잃는 것이다. 잠시 후에 다가오는 슈나를 본 서동수는 숨을 삼켰다. 슈나는 차도르로 몸을 감싸고 있었기 때문이다. 화장실에서 차도르를 꺼내 걸친 것이다. 얼굴만 드러낸 차도르 차림이 된 슈나가 이를 드러내며 웃었다.

"집에 가려면 이렇게 해야 시선을 끌지 않죠."

앞쪽에 선 슈나한테서 은근한 향내가 맡아졌다. 체취가 섞인 독특한 냄새다.

"그럼 5시에 돌아올게요. 서."

"기다리지요."

자리에서 일어선 서동수에게 슈나가 검은색 차도르에서 빠져나온 손을 내밀었다. 서동수는 슈나의 부드럽고 따뜻한 손을 쥐었다. 눈길이 마주쳤고 슈나의 얼굴에 다시 웃음이 떠올랐다.

"저녁에 봐요."

슈나의 손이 빠져나가는 순간 서동수는 온몸이 찌릿한 느낌을 받는다. 조금만 방심해도 이렇게 끌려 들어간다. 큰일 났다는 생각이 들었지만 서동수의 시선은 슈나의 뒷모습에서 떼어지지 않았다. 차도르가 출렁이면서 잠깐씩 드러나는 엉덩이 쪽 흔적을 애타게 쫓고 있는 것이다.

오후 2시 반이 되었을 때 서동수는 호텔 로비에서 김상덕과 마주앉아 있다. 김상덕과 만나기로 한 것이다. 씻지도 않은 듯 더러워진 얼굴을 들고 김상덕이 말했다.

"아, 글쎄, 이규황 씨 형이 대구 근처에 살고 있다는데 형편상 이곳에 오지 못한다는군요."

서동수는 눈만 끔벅였고 김상덕이 갈증이 난 것처럼 냉수를 들이켜더니 말을 이었다.

"이규황 씨가 이혼했다는 말을 안 했단 말입니다. 형한테 들었는데 이규황 씨는 10년쯤 전에 이혼을 하고 생활비, 자식들 학비는 여기서 보내줬다고 합니다. 에이."

입맛을 다신 김상덕이 어깨를 늘어뜨리더니 쓴웃음을 지었다.

"대사관에서 시신은 한국 형한테 보내기로 했습니다. 전처하고 자식들은 연락이 안 되니 나중에야 알게 되겠구만요."

이렇게 살다가 가는 한국인도 있는 것이다.

상담을 끝냈을 때는 밤 11시가 되어갈 무렵이었다. 5시에 만나 방에서 저녁을 시켜 먹고 계속해서 일한 것이다. 슈나는 이번 오더뿐만이 아니라 향후 3년간의 계획까지 작성해 왔는데 서동수가 놀랄 정도였다. 시장 분석이 예리했고, 내용에 군더더기가 전혀 없었으며 결론과 대책까지 명쾌했다. 서동수가 직장생활에서 얻은 교훈은 사회생활에서 겪은 경험과 비슷했다. 거짓말이거나 머리가 빈 인간들의 말은 길고 갖은 미사여구로 가득했다. 보고서도 마찬가지다. 읽기 쉽고 결론이 간단한 보고서가 정답에 가깝다. 서류를 덮은 서동수가 벽시계를 보는 시늉을 하면서 물었다.

"슈나, 이 시간에 집에 돌아가도 괜찮습니까?"

"그럼요. 안전합니다."

아무렇지도 않은 듯이 말한 슈나가 서동수를 보았다.

"스카치 한 잔 마실 시간은 있어요, 서."

"좋지요. 나도 술 생각이 났습니다."

반색한 서동수가 선반에서 위스키와 얼음을 준비하자 슈나는 잔과 안주를 탁자에 벌여놓았다. 저녁에는 슈나가 바지에 셔츠 차림을 했고, 운동화를 신고 왔다. 머리는 뒤로 묶어서 전혀 다른 분위기가 되어 있다. 다시 술잔을 들고 마주 앉았을 때 서동수가 웃음 띤 얼굴로 슈나를 보았다.

"슈나, 당신이 곧 오마르 씨의 뒤를 잇겠군요."

"이미 이었어요."

정색한 슈나가 한 모금에 위스키를 삼키더니 말을 이었다.

"이 계획도 제가 세운 겁니다. 오마르 상사의 대표는 이제 저예요."

"그렇군요."

"위기는 기회라고 했어요. 저는 이 혼란기에 시장을 장악해서 동양의 대리인이 되는 게 목표입니다."

"계획대로만 이루어지면 본사에서도 대리인 계약을 할 겁니다."

"당신의 협조가 필요해요."

슈나의 검은 눈동자가 불빛을 받아 번들거렸으므로 서동수는 숨을 들이켰다. 다시 눈에 열이 오르더니 목구멍이 좁아지는 느낌이 온다. 상담을 할 때는 서로 일에 열중한 터라 시선도 마주치지 못했지만 이제 긴장이 풀어졌다. 그랬더니 슈나의 얼굴이 선명하게 드러났고 향내도 짙어진 것 같다. 슈나의 시선을 받은 서동수가 얼굴을 펴고 웃었다.

"슈나, 당신은 내 협조가 없어도 얼마든지 성공할 수 있는 사람이오. 이미 당신의 계획만으로도 가능성이 있습니다."

"더 빨리, 더 확실하게."

한마디씩 말한 슈나가 서동수의 눈을 마주보며 따라 웃었다. 웃는 모습도 가슴이 미어지도록 고혹적이다. 도대체 이 여자의 마력은 어디까지인가? 문득 서동수는 슈나가 절정에 올랐을 때의 모습을 떠올렸다. 눈을 치켜뜨고 입을 딱 벌리면서 괴성을 지를 것인가? 인간은 눈 깜박하는 순간에도 수많은 장면, 수많은 대화를 상상할 수 있다. 다시 서동수의 눈앞에 슈나의 알몸이 떠올랐다. 황갈색의 풍만하고 탄력이 강한 두 다리를 활짝 벌리면서 자신을 맞는 장면이다. 그때 슈나가 말했으므로 상상이 끊겼다.

"서, 당신은 절제력이 강한 사람 같아요."

술잔을 내려놓은 슈나가 두 손으로 턱을 괸 자세로 서동수를 보았다. 손이 양쪽 볼을 감싸고 있어서 꽃과 꽃잎, 줄기처럼 보였다. 슈나가 그

모습 그대로 말을 잇는다.

"일과 사생활을 잘 구분할 수 있는 사람."

숨을 죽인 서동수를 향해 슈나가 웃었다.

"서, 오늘밤 여기서 자고 가도 되죠?"

슈나의 검은 눈동자가 불빛에 반사되어 반짝이고 있다. 웃음 띤 얼굴, 서동수는 자신의 눈이, 얼굴이, 몸이, 슈나의 눈 안으로 빨려 들어가는 느낌을 받는다. 귀에는 아무 소리도 들리지 않았고 몸에는 감각이 없어졌다. 오직 눈앞의 슈나만 보인다. 이윽고 서동수가 심호흡을 하고 나서 말했다.

"그럼요, 슈나. 자고 가도 됩니다."

"고맙습니다, 서."

자리에서 일어선 슈나한테서 향내가 났다. 옷자락이 펄럭이면서 풍겨 나온 짙은 향기, 바로 색향(色香)이다.

"씻고 오겠어요."

머리를 끄덕인 서동수가 엉덩이를 살랑거리며 욕실로 다가가는 슈나의 뒷모습을 본다. 매혹적이다. 이 유혹을 누가 견뎌 낸단 말인가? 문득 서동수의 얼굴에서 쓴웃음이 번졌다. 슈나가 욕실로 들어서자 서동수는 리모컨으로 TV를 켰다. 창으로 다가가 창문을 열자 나일강을 훑고 온 바람이 방 안으로 몰려 들어왔다. 커튼이 펄럭였고 물비린내가 맡아졌다. 검은 나일강 위로 불을 켠 배들이 오가고 있다. 강가에 정박한 3층 여객선은 식당으로 사용되고 있다.

창틀을 짚고 선 서동수의 머리에 문득 폭사한 이규황의 모습이 떠올랐다. 뿔테 안경을 낀 얼굴이 선명했다. 이규황도 이른바 80년대 세대다. 비록 중동건설 일꾼으로 불렸던 산업역군 시대의 막차를 탔지만 선배 세대의 뜨거운 열정을 그대로 흡수한 전사(戰士), 그렇다. 한때 그들은 무역전사라고도 불렸다. 오지에서 강도를 만나 죽거나 일사병으로 죽기도 했으며 경쟁국과 그야말로 피 튀기는 경쟁을 했으니 전사가 맞다. 그렇게 대한민국의 기반이 굳어졌던 것이다. 나일강을 내려다보던 서동수의 얼굴에 다시 쓴웃음이 번졌다. 자신이 이렇게 카이로에 오게 된 동기도 위험지역을 피하려는 본사 직원들 때문이었다. 이제는 목숨을 걸고 일하는 상사원이 드물어졌다. 현장에서 직접 부딪치지 않아도 해결할 수 있는 기기(器機)가 많아졌기도 하지만 상사원의 의기와 사명감은 많이 쇠퇴되었다. 어려운 시절을 겪지 못한 세대는 시련에 약하다. 호시절은 끝없이 이어지지 않는다. 시련은 인간을, 기업을 강하게 만드는 반작용이 있는 것이다. 단 그것을 이겨낸 대상이 선택을 받는다.

"서, 무슨 생각을 해요?"

갑자기 옆에서 슈나가 묻는 바람에 서동수는 정신이 들었다. 강바람 때문에 슈나의 기척도 듣지 못했고 냄새도 맡을 수가 없었던 것이다. 놀란 서동수의 시선을 받자 슈나가 온 얼굴을 펴고 환하게 웃었다. 슈나는 머리를 뒤로 묶어 올렸고 흰색 실내 가운 차림이다. 가운 깃 사이로 슈나의 풍만한 젖가슴 골짜기와 양쪽 능선 절반이 드러났다. 흑갈색 피부는 윤기가 흐른다.

"내 나라 생각."

서동수가 짧게 대답했더니 슈나의 시선이 나일강으로 옮겨졌다. 어깨가 서동수의 몸에 밀착되었고 탄력이 느껴졌다.

"한국은 평온하겠죠?"

"물론이지."

잠깐 서동수의 머릿속에 한국의 정치, 사회문제가 떠올랐다가 지워졌다. 대한민국은 평온하다. 그때 슈나의 어깨가 더 바짝 붙여졌고 탄력이 강해졌다.

"서, 추워요."

서동수는 팔을 벌려 슈나의 어깨를 감싸 안았다. 그러자 슈나가 몸을 틀더니 서동수와 젖가슴을 맞대었다. 자연스러운 동작이다. 서동수는 빈손으로 슈나의 허리를 감싸 안았다. 그때 슈나가 두 팔로 서동수의 목을 감아 안았다.

서동수는 슈나의 입술에 부드럽게 키스했다. 슈나가 바로 입을 벌리더니 서동수의 입을 맞는다. 더운 숨결이 품어지면서 슈나의 혀가 내밀어졌다. 서동수는 슈나의 혀를 빨았다. 끌어당겨 마신다는 표현이 맞다. 슈나의 혀가 서동수의 입안에서 꿈틀거리다가 늘어졌다. 가쁜 숨결이 품어지면서 슈나의 입에서 신음소리가 났다. 그때 하반신을 비벼대던 슈나가 헛소리처럼 말했다.

"허니, 어서, 응?"

이미 서동수의 남성은 단단해져 있었던 것이다. 슈나가 하반신을 더 거칠게 부딪치면서 반쯤 뜬 눈으로 서동수를 보았지만 초점이 흐려졌다. 서동수는 다시 슈나의 입술을 빨았다. 강에서 배의 경적이 울렸다. 굵지만 맑은 소리다. 그때 서동수가 얼굴을 떼고는 슈나의 허리를 감은 손을 풀었다. 그리고 옆으로 비껴 섰으므로 둘의 몸이 떼어졌다. 그러나 아직 슈나의 두 팔은 서동수의 목에 감긴 상태다. 슈나의 시선을 받은 서동수가 웃음 띤 얼굴로 말했다.

“슈나, 밤은 길어. 난 이야기도 하고 싶어, 당신을 안고.”

슈나의 어깨를 감아 안은 서동수가 안쪽 소파를 눈으로 가리켰다.

“뜨거운 섹스는 맨 나중의 성찬으로 남겨 두기로 하지.”

“좋아요, 서.”

슈나가 상기된 얼굴을 펴고 웃었다. 그 사이에 가운의 깃이 느슨해져서 안쪽 젖가슴이 통째로 드러나 있다. 그러고 보니 슈나의 가운 밑은 알몸이다. 소파로 다가간 둘은 나란히 앉았다.

“서, 그러고 보니 당신은 옷을 갈아입지도 않았네요.”

웃음 띤 얼굴로 말한 슈나가 손으로 서동수의 허벅지를 쓸어 올렸다. 서동수는 아직도 바지 차림이다. 이제 뜨거운 열기가 가라앉으면서 분위기는 훨씬 부드러워졌다.

“그렇지, 나도 옷을 갈아입고 올 테니까.”

서동수가 슈나의 이마에 가볍게 입을 맞추고 일어서자 슈나가 머리를 끄덕였다.

“그 동안에 난 술상을 준비하죠. 룸서비스로 안주를 시킬까요?”

“당신이 좋아하는 음식으로 시켜.”

주머니에서 10달러 지폐를 꺼낸 서동수가 탁자 위에 놓았다.

“이건 룸서비스 팁이야, 슈나.”

그때 슈나가 활짝 웃었는데 그 순간 동수는 가슴이 미어지는 느낌을 받는다. 슈나의 모습에 가슴이 미어지도록 감동을 받은 것이다. 그것이 미모, 또는 성적 매력 때문인지는 알 수 없다. 서동수는 가끔 이런 감동을 받았고 그때는 대부분 여자하고 함께 있을 때다. 욕실로 들어간 서동수는 샤워를 한다. 도망가지 않을 여자를 방에 두고 씻을 때가 가장 행복하다고 서동수의 친구 한 놈이 말했었다. 바로 이런 경우다. 역시 체험으로 배우는 공부가 가장 낫다. 그때 욕실 문이 열리더니 슈나가 가운을 들고 들어섰다.

"가운 여기 놓을게요."

거울 앞에 가운을 내려놓은 슈나가 서동수의 알몸을 훑어보면서 웃었다.

"서, 내 몸 잠깐 보여줄까?"

가운 깃을 양쪽으로 쥔 슈나가 물었으므로 서동수가 샤워기의 레버를 눌러 물을 끊었다.

"부탁할게, 슈나."

정색하고 서동수가 말하자 슈나는 가운을 벗었다. 그러자 슈나의 알몸이 드러났다. 서동수는 저절로 입안에 고인 침을 삼켰다. 신(神)이시여. 여체의 아름다움은 그 어떤 미사여구로도 모자란다. 더구나 색욕으로 눈이 뒤집힌 사내에게는 말할 것도 없다. 서동수는 눈을 부릅떴다.

오전 8시 반, 서동수는 침대 끝에 앉아 슈나의 알몸을 내려다보고 있다. 햇살이 환하게 방안을 비추고 있어서 슈나의 종아리에 난 솜털까지 드러났다. 옆쪽으로 비스듬히 누운 슈나는 아직도 깨어나지 않았다. 어젯밤 둘이서 위스키를 두 병, 캔맥주를 열 개쯤 마신 것이다. 욕실에서 알몸 구경을 실컷 한 후에 서동수는 먼저 슈나를 보내고 샤워를 마쳤다. 두 번째로 분위기를 바꾼 셈이다. 예전의 서동수라면 창가에서 슈나가 안겼을 때 그대로 침대를 향해 갔을 것이다. 룸서비스 안주가 들어온 후부터는 술을 마셨는데 술 접대라면 이골이 난 서동수다. 결국 슈나는 취해서 쓰러졌고 어젯밤에 아무 일도 일어나지 않았다. 서동수의 시선이 슈나의 아랫배와 검은 숲, 선홍빛 골짜기 안쪽까지를 주의 깊게 훑고 지나갔다. 슈나는 바이어다. 지금은 서로 돕는 상황이 되어 있지만 오더를 시작하기도 전에 엉킬 수는 없다. 손목시계를 내려다본 서동수가 침대에서 일어나 방을 나왔다. 1층 커피숍으로 내려왔더니 구석 자리에 앉아 있던 카림이 자리에서 일어섰다. 카림과 8시 반에 만나기로 한 것이다. 오늘 출국이어서 카림에게 경호비 잔금을 지불해야만 한다. 준비해온 봉투를 카림에게 건넨 서동수가 웃음 띤 얼굴로 말했다.

"어젯밤에는 술을 많이 마셨어요."

봉투 안의 달러를 확인한 카림이 머리를 들더니 서동수를 보았다. 정색하고 있다.

"감사합니다. 보스."

"앞으로도 계속 이용하고 싶어요, 카림."

"최선을 다하지요."

머리를 끄덕인 서동수가 말했다.

"어젯밤 오마르 씨의 딸 슈나가 내 방에서 잤어요."

"알고 있습니다. 보스."

카림이 보스 칭호를 썼지만 전혀 어색하지 않았으므로 서동수는 놔두었다. 물잔을 든 서동수가 다 마시고는 말을 이었다.

"하지만 아무 일 없었어요, 카림. 조금 찜찜해서 말이오. 비즈니스가 되기 전에 깊은 관계가 되는 것이 마음에 들지 않았거든. 참기 힘들었지만 참았지."

경호책임자 카림이 알고 있는 것은 당연했다. 복도에 팀원 하나가 배치되어 있었던 것이다. 그러나 이렇게 털어놓을 필요까지는 없었으므로 서동수는 곧 입을 다물었다. 카림한테 체면을 세워 보려는 의식이 작용한 것 같다. 그때 카림이 머리를 들고 서동수를 보았다.

"지난달에 슈나가 일성전자 대리인과 힐튼호텔에서 상담을 했다고 합니다. 저도 다른 경호회사 직원한테서 들었습니다."

서동수는 심호흡을 했다. 일성전자는 매출 순위 1위의 대기업이다. 동양은 한국전자와 2, 3위를 다투지만 일성의 절반 수준이다. 슈나가 일성과 거래한단 말인가? 그때 카림이 말을 이었다.

"어젯밤 슈나가 보스의 방에 들어가는 것을 보고 일성의 경비를 맡았던 그 업체 직원에게 물어보았더니……."

입맛을 다신 카림의 얼굴에 쓴웃음이 떠올랐다.

"슈나가 일성 직원의 방에서도 자고 나왔다는군요. 그 직원하고는 3일 동안 잤다고 합니다."

서동수가 어깨를 늘어뜨렸고 카림은 외면했다. 카림은 서동수가 슈나하고 아무 일 없었다는 말을 듣고 나서야 이 말을 해주었다. 잤다면 해줄 리가 없다. 아마 한국놈들은 다 똑같다고 생각하면서 입을 다물었을 것이다. 그래서 서동수가 말했다.

"안 하기 잘했구먼. 했다면 이 이야기를 못 들었을 테니까 말이오."

머리를 든 카림은 웃지 않았다.

체크아웃을 한 서동수가 손목시계를 보았다. 오후 12시 10분이다. 그때 옆에서 부르는 소리가 들렸다.

"서 사장님."

머리를 든 서동수는 김상덕을 보았다. 김상덕 옆에 동양인 하나가 서 있었는데 한국인 같다.

"지금 떠나시는 겁니까?"

다가선 김상덕이 물었으므로 서동수가 머리를 끄덕였다. 카림은 이미 가방을 차에 실어 놓았다.

"네, 3시 반 비행기니까 시간은 있습니다. 커피 한잔 하시죠."

이규황이 죽고 나서 찜찜했던 참이다. 인사도 못하고 떠날 줄 알았는데 잘 되었다는 생각이 든 서동수는 그들과 1층 커피숍에 마주앉았다.

"이분은 인도에서 오신 최 사장이십니다."

김상덕이 50대쯤의 사내를 소개했다. 후줄근한 셔츠 차림에 대머리다.

"이집트에 액세서리를 수출하고 계시지요."

명함에 적힌 이름은 최기호. 인도에서 생산한 액세서리를 중동 지역에 수출하고 있다는 것이다. 본래 공장이 서울에 있었다가 12년 전에 중국 광저우로 이전했고 다시 6년 전에 인도 남부로 옮겼다고 했다. 액세서리는 섬유와 함께 한국산 수출품의 견인차 역할을 했다. 그러나 인건비, 원부자재 가격 상승으로 경쟁력을 잃고 인건비가 싼 개발도상국, 미개발국가로 전전하는 신세가 되었다.

"여기서 바이어를 만나기로 해서요."

최기호가 쓴웃음을 띤 얼굴로 말했다. 게지라 쉐라톤은 특급호텔이다. 상담하기도 좋고 안전하다. 그것은 김상덕도 마찬가지다. 강 건너 싸구려 호텔에 묵고 있지만 매일 이곳에 나와 있는 것이다.

"내가 경비가 부족해서 최 사장하고 내 호텔 방을 같이 쓰기로 했습니다. 최 사장도 돈 없는 건 마찬가지여서……."

웃음 띤 얼굴로 말한 김상덕이 곧 정색하고 서동수를 보았다.

"이규황 씨 전처와 자식들이 영국 리버풀에 있답니다. 하지만 시신은 내일 오전에 한국으로 옮겨진답니다."

"……."

"그래서 여기 이집트에 남아 있는 교민, 사업자들이 성금을 모아 대사관에 내기로 했습니다. 대사관에선 그 성금을 자식들한테 전달해준다는군요."

"……."

"한국에 있는 형님은 장례만 치르면 될 테니까요. 그래서 나하고 여기 최 사장님도 50불씩 냈습니다."

"누구한테 냅니까?"

서동수가 묻자 김상덕이 주머니에서 구겨진 쪽지를 꺼내 내밀었다.

"여기, 대사관 전번입니다. 담당 영사 이름도 적혀 있습니다. 전화하시면 직접 가지 않으셔도 직원이 올 겁니다."

머리를 끄덕인 서동수가 소리 죽여 길게 숨을 뱉었다. 김상덕은 이틀 생활비를 성금으로 낸 셈이었다. 김상덕도 이집트에서 물품대금을 받으려고 두 달 반째 체류 중이었는데 하루 생활비를 25불씩 쓴다고 했던 것이다.

"알겠습니다. 저도 영사한테 전화하고 성금은 호텔 프런트에 맡겨놓지요."

"고맙습니다."

서동수의 말을 들은 김상덕이 얼굴을 찌푸리며 웃었다.

"과부 사정은 과부가 안다고, 다른 사람들은 이런 분위기를 모를 겁니다."

자리에서 일어선 서동수가 프런트로 다가가다가 문득 뒤쪽에 서 있던 김상덕을 손짓으로 불렀다. 김상덕이 다가와 서자 서동수가 지갑을 꺼내 100불짜리 11장을 꺼내 내밀었다.

"100불은 성금 내시고 1,000불은 김 부장님 견디시는 데 쓰세요. 김 부장님도 사셔야죠."

동성브랜드 제품은 서울과 거의 동시에 중국 매장에서 판매된다. 서울 공장에서 동시에 공급하기 때문이다. 또한 진영아의 주도하에 중국 디자이너를 고용, 제품의 중국화를 시도했다. 각 지역을 전문 대리인 책임제로 운용하되 매장은 소형화, 고급화 정책을 썼다. 또한 매장 수를 늘리면서 투자자를 모아 체인점 형식으로 변형시켰다. 본사의 자금 부담을 덜면서 영역을 확산시키려는 의도다. 서동수가 이집트 출장에서 돌아온 다음날 오전, 본사에서 의류사업 회의를 끝낸 후다. 본사 의류사업부 관리부장을 맡고 있는 이인섭이 사장실로 들어섰다. 이인섭은 와이프가 옌타이 지역의 전문 대리인이어서 직접 매장 2개를 운영하고 있다. 부부가 모두 동성의 식구인 터라 매달 수익금이 5만 위안이 넘는다. 이인섭의 얼굴은 활기가 넘치고 있다.

"사장님, 소천이 찾아왔습니다."

이인섭이 웃음 띤 얼굴로 말을 이었다.

"사장님하고 만날 약속을 했다는데요."

"아, 그거야……."

열흘쯤 전에 약속은 했다. 그러나 정확한 시간을 정하지는 않았지만 상대는 소천이다. 그래서 이인섭도 따지지 않은 것 같다. 잠시 후에 소천이 들어섰는데 이인섭은 따라오지 않았다. 소천은 산뜻한 정장 차림이어서 날씬한 몸매가 더 두드러졌다. 그런데 동성브랜드 제품이다.

소파에 단정히 앉은 소천이 서동수를 향해 눈웃음을 쳤다. 그 순간 서동수의 눈앞에 소천의 알몸이 떠올랐고 곧 꿈틀거리며 신음을 뱉던 장면으로 이어졌다. 심호흡을 한 서동수가 소천을 보았다.

"자, 찾아왔으면 용건을 말해야지."

이제는 중국어다.

"네, 사장님."

시선을 준 채 소천이 말을 이었다.

"사장님하고 다시는 그런 관계를 맺지 않겠다고 약속하면 동성에 입사시켜 주실 건가요?"

"안 돼."

"왜요?"

"내가 나를 믿을 수 없거든. 특히 너에 대해서는."

"그거 칭찬으로 들어도 되나요?"

"너한테는 칭찬 같다. 네 매력이 강하다는 뜻이니까."

"동성에 저 같은 영업 관리직이 필요해요. 이인섭 부장은 매장 관리를 맡고 제가 영업 관리를 맡으면 균형이 맞을 것 같더군요."

"그래도 안 돼."

"제가 결혼하면 되겠군요?"

서동수의 시선을 받은 소천이 이제는 정색하고 한마디씩 분명하게 말했다.

"사장님하고 같이 일하고 싶어요. 동성의 발전에 저도 한몫 하고 싶다고요."

소천이 들고 온 가방에서 서류를 꺼내 서동수의 앞에 놓았다. 꽤 두툼한 서류다.

"동성의 영업 방향과 목표, 대책까지 기획안을 작성해왔어요. 그 동안 동성 매장을 수시로 들러 현황 파악을 했고 시장조사도 했거든요."

"……."

"제 능력을 한 번 펼쳐 보이고 싶어요."

그러더니 소천이 숨을 고르고 나서 다시 똑바로 서동수를 보았다.

"사장님하고 같이 잤다고 해서 불이익을 받으면 억울하다고요, 사장님은 왜 거꾸로죠? 다른 사람들은 섹스 파트너를 측근으로 끌어들인다던데."

"이런……."

마침내 쓴웃음을 띤 서동수가 서류를 앞으로 당겼다.

"내가 서류는 보겠어. 하지만 앞으로 섹스라는 단어가 한 번이라도 더 나오면 너를 두 번 다시 안 볼 줄 알아."

그러자 소천의 얼굴이 환해졌다.

미혜가 가장 재미있게 놀 때는 제 또래인 친구들하고 모였을 때다. 어머니는 학교가 끝나면 자주 근처에 사는 친구들을 불렀는데 거기에 두 살 위의 언니 정미가 끼어 놀았다. 형수는 성품이 착하고 자상해서 항상 미혜부터 챙겼으니 어머니의 빈자리가 드러나지 않았다. 그러나 서동수는 미혜를 보면 가슴이 아팠고 미안했다. 어머니의 자리는 정신없게 만들고, 또는 물질로, 대역으로 채워지는 것이 아니다. 악처라고 해도, 악질 엄마라고 해도 없는 것보다 낫다고 했다. 특히 어린 나이 때는 더욱 그렇다는 것이다. 그것에 서동수는 전적으로 공감하고 있다.

"이 시점에서 새엄마는 안 돼요."

일요일이다. 서동수는 가능하면 일요일에는 집에서 미혜와 함께 놀았는데 전에는 안 그랬다. 박서현과 살 때는 일요일에도 대부분은 나가 일했다. 미혜는 제 친구들하고 집 안에서 숨바꼭질을 하는 중이었고 소파에 서동수와 어머니, 형수 박애영이 둘러앉았다. TV에는 한국 드라마가 재방되는 중이었는데 음소거를 시켰다. 둘의 시선을 받은 서동수가 말을 이었다.

"오히려 미혜 정서에 해롭습니다. 혼란스러워지고 새엄마한테 아빠를 빼앗겼다는 의식이 들 것이고 어머니, 형수하고의 조화도 깨집니다. 아무리 그 여자가 잘해도 말이지요."

어머니가 입을 벌렸다가 닫았는데 말을 참는 눈치였다. 박애영은 외면한 채 듣기만 한다. 이야기의 발단은 어머니가 서동수에게 재혼을 재촉했기 때문이다. 그때 방에서 미혜와 정미가 달려 나와 2층 계단으로 사라졌다. 미혜는 활짝 웃는 얼굴이다. 미혜의 뒷모습에서 시선을 뗀 서동수가 쓴웃음을 지었다.

"내가 사업 때문에 집에 있는 시간도 드문데 새엄마까지 등장시켜 보세요. 미혜가 감당할 수 없을 겁니다."

"너는?"

마침내 어머니가 물기 없는 목소리로 물었다. 어머니가 주름진 얼굴을 더 찌푸리고 서동수를 보았다.

"이놈아, 네 인생은? 마누라 없이 살아갈 작정이냐?"

"집 지키는 마누라 말인가요?"

불쑥 물었던 서동수가 곧 시선을 내리더니 머리를 저었다.

"어머니, 내 걱정은 말아요. 난 미혜한테 죄를 지었고 그 죗값으로 혼자 살 겁니다. 여기서 새엄마를 미혜 앞에 등장시키면 안 돼요."

"내가 죽으면 어떻게 할래?"

어머니가 턱을 쳐들고 물었을 때 박애영이 나섰다.

"아휴, 어머님도, 왜 그러세요? 시아주버니 속상하라고 일부러 그러시죠?"

이번에도 박애영이 수습했다. 소리 죽여 숨을 뱉은 서동수가 어머니를 보았다.

"엄마는 나보다 더 오래 살아야 돼. 미혜를 위해서라도 말이야."

"아이고, 이 망할 놈, 말하는 것 좀 봐."

어머니가 펄쩍 뛰었으므로 서동수는 자리에서 일어섰다. 당분간 어머니는 재혼 이야기를 하지 않겠지만 언젠가는 또 시작한다. 그런데 그날 저녁이 되었을 때 서동수가 박서현의 전화를 받았다. 이제는 집안사람 모두, 미혜까지도 눈치를 챈 듯 찾지 않는 박서현이 전화를 해온 것이다. 서동수가 베란다로 나오고 나서 통화를 시작했다.

"무슨 일이야?"

대뜸 물었더니 박서현이 잠깐 주춤하다가 대답했다.

"미혜 잘 있지?"

서동수가 숨을 들이켜자 박서현이 다시 묻는다.

"서울에는 언제 오는 거야?"

칭다오에서 인천공항까지는 비행기로 1시간 거리다. 칭다오로 갈 적에는 맞바람을 받아서 1시간 15분쯤 걸리지만 돌아올 때는 뒷바람 덕분에 50분 만에 도착할 때도 있다. 서동수가 서울 시내로 진입했을 때는 오후 1시 경이다. 뒷바람을 타고 50분 만에 왔지만 시간을 1시간 더 먹어서 2시간이 걸렸다. 서울과 칭다오는 1시간 시차가 있는 것이다. 예약한 서교동의 호텔 방에 들어간 지 10분도 안 되었을 때 핸드폰이 울렸다. 느긋한 태도로 핸드폰을 거낸 서동수가 발신자를 보았다. 박서현이다. 어제 전화가 왔을 때 이곳에서 만나기로 한 것이다. 통화 버튼을 누른 서동수가 핸드폰을 귀에 붙였다.

"여보세요."

"어디야? 나, 지금 커피숍에 있는데."

박서현의 목소리를 들은 순간 서동수는 숨을 들이켰다. 가슴이 뛰었고 입 안이 갑자기 바짝 말랐다. 그러나 서동수가 목소리를 낮추고 말했다.

"나, 1208호실에 있어."

그러자 잠깐 주춤했던 박서현이 말했다.

"내가 올라갈게."

핸드폰을 귀에서 뗀 서동수가 창가로 다가가 창밖을 내다보았다. 어느덧 연말이 다가오고 있다. 문득 그 동안 참 열심히 살았다는 생각이 들었으므로 서동수의 가슴이 뿌듯해졌다. 그때 문의 벨이 울렸다. 서둘러 다가간 서동수가 문을 열자 선물상자를 든 박서현이 잠자코 안으로 들어섰다. 잠깐 시선만 주었을 뿐 인사도 없고 조금 굳어진 얼굴이다. 선물상자를 탁자 위에 내려놓은 박서현이 코트를 입은 채로 소파에 앉았다. 파마한 머리는 잘 어울렸고 옷차림은 세련되었다. 코트를 입었기 때문인지 임신 7개월째의 몸으로 보이지 않는다. 서동수도 입을 다물고는 앞쪽 소파에 앉았다. 네가 만나자고 했으니 이야기를 하라는 표시다. 그러나 짐작하고는 있다. 지난번 오더를 만들어준 대가를 받아야겠다고 한 것을 잊지 않고 있는 것이다. 그 대가가 바로 몸이다. 이윽고 시선을 든 박서현이 서동수를 보았다. 얼굴이 창백해져 있다.

"내가 당신이 그렇게 비열하고 더러운 인간인지 잠깐 잊고 있었던 거야, 그래서 오더 만들어준 거에 잠깐 감동을 했지."

"……."

"내 몸을 더럽히면 우리 가정을 깨뜨리는 기분이 들겠지만 천만에 말씀이야. 당신 뜻대로 안 돼."

"……."

"그래, 한강에 배 지나간 거야, 난 아무렇지도 않아, 아무것도 변하지 않을 것이라구."

그러더니 박서현이 코트의 벨트를 풀면서 자리에서 일어섰다. 코트를 벗자 원피스 밑의 둥근 배가 드러났다. 임신부의 배다. 그 순간 서동수는 숨을 들이켰다. 미혜를 임신했던 박서현의 모습과 비슷했기 때문이다. 그때 얼마나 가슴이 뛰었던가? 저 배에 귀를 붙인 적도 수십 번이다. 배에 귀를 붙이고 있다가 안에서 발길질을 하는 바람에 놀란 적도 한두 번이 아니다. 그때 박서현이 원피스를 벗으면서 말했다.

"뒤에서 해."

서동수의 시선이 탁자 위에 놓인 선물상자로 옮겨졌다. 자리에서 일어선 서동수가 선물상자의 뚜껑을 열었다. 그러자 바비 인형이 드러났다. 미혜가 좋아하는 인형이다. 인형을 집어든 서동수가 물었다.

"이거 누구 인형이야?"

그때 원피스를 벗던 박서현이 내쏘듯 말했다.

"놔 둬, 내 딸 거야."

서동수가 숨을 들이켰다. 제 딸이라니?

3장

주고받는다

동성브랜드의 매장은 소규모다. 대부분이 10평 남짓에 직원 세 명 안팎이다. 동성은 동대문 상가에서 유행하는 제품을 시차를 두지 않고 동시에 중국 대륙으로 공수해와 판매했다. 그렇게 일정과 운송계획을 세운 것이다. 그래서 동성 매장에 가면 한국에서 오늘 판매되는 제품을 볼 수가 있다. 이것은 동대문의 디자이너 박세영의 아이디어를 서동수가 차용하여 사업화에 성공한 것이다. 그러나 동업자로 참가했던 박세영은 또 다른 동업자였던 한영복의 정보를 팔아먹고 지금은 잠적한 상태다. 한영복마저 중국을 떠난 터라 서동수만 남았다. 이제 동성 매장은 중국 전역에 180개, 한 달 매출이 3,000만 위안이 되었다. 한화로 60억 원이다. 동성브랜드로 시작한 지 1년 반만의 결과다.

그 동안 서동수는 동양 대리인 사업에도 심혈을 기울여 본사로부터 실적을 인정받아 고정 대리인이 되었다. 동양에서 퇴직한 후에 오히려 동양과 더욱 밀접한 관계가 맺어진 셈이다. 그것은 또한 서동수가 동양에 재직했기 때문에 가능한 일이었다. 동양 직원들이 하지 않고 하지 못했던 일을 나가서 시도했던 것이다. 이른바 틈새사업이다. 동성브랜드도 대기업, 대규모 유통회사의 손에 닿기 어려운 시장 틈새에 파고들었다. 오후 3시가 되었을 때 사장실로 소천이 들어섰다. 소천은 동성의 기획실 과장이다. 기획실장이 공석인 터라 소천이 직원 둘과 함께 기획실을 이끌고 있다. 동성에 입사한 지 반년이 되어가는 데다 서동수의 업무스타일에 익숙해진 소천이다. 앞쪽 의자에 앉은 소천이 물었다.

"사장님, 미얀마의 호텔 설립 건은 어떻게 하실 겁니까?"

미얀마의 전(前) 장군 마이란이 레이를 통해 호텔 설립을 제의해온 것이다. 서동수가 소천에게 되물었다.

"네 생각은 어때?"

"아직 시기상조입니다. 상황은 좋지만 불쑥 진행하기엔 위험 부담이 큽니다."

둘은 지금 중국어로 대화를 나누고 있다. 서동수가 머리를 끄덕였다. 미얀마의 공장은 이미 궤도에 올라 박기출 사장은 동성 제품만 생산하는 데도 라인을 3배로 증설했다.

"미얀마도 좋지만 유럽 쪽에 더 좋은 상품이 매물로 나와 있다고 들었습니다."

다시 소천이 말을 이었다. 단정한 얼굴에서 두 눈이 반짝이고 있다. 열기를 띤 모습이 아름다웠으므로 서동수는 숨을 들이켰다.

"그리스, 터키, 이태리 등에 매물로 나온 호텔들을 조사해보았습니다. 경기가 풀리지 않아도 그 가치만으로도 충분히 투자비용을 건질 수 있을 것 같았습니다."

"그렇다면……."

어깨를 부풀렸다가 내린 서동수가 지그시 소천을 보았다.

"소천, 너, 몇 살이지?"

"스물일곱입니다."

바로 대답한 소천의 눈동자가 흔들렸다. 민감한 여자다. 눈 밑이 붉어진 것도 같다. 서동수가 다시 물었다.

"유럽 쪽 호텔 자료는 언제까지 준비할 수 있지?"

"일주일이면 됩니다."

"나하고 같이 출장갈 수 있지?"

"그것 때문에 나이 물으신 건가요?"

쓴웃음을 지은 소천이 머리를 기울였다.

"둘이 같이 다닌다면 소문이 날 것이고 회사 내부에서 문제가 될 것 같습니다."

"그렇지. 방을 따로 쓴다고 해도 말이야. 하루 이틀도 아닌 출장인데."

입맛을 다신 서동수가 쓴웃음을 지었다.

"이것이 여자 임원이 드문 이유 같다."

그러자 소천이 정색하고 말했다.

"제가 따로 출장을 가서 만나면 안 될까요?"

이은실의 전화가 온 것은 퇴근시간이 되어갈 무렵이었는데 서동수는 핸드폰을 귀에 붙이기 전에 달력부터 보았다. 이집트에 다녀온 후에 서너 번 전화만 했을 뿐이다. 그것도 이은실과 안부 전화만 하고 끊었다.

서동수도 일이 바쁜 데다 왠지 내키지 않아서 만나자는 말을 하지 않았다. 그렇게 7개월 가깝게 지난 것이다.

"웬일이야?"

인사가 끝났을 때 서동수가 부드럽게 물었더니 이은실이 바로 대답했다.

"오늘 시간 있으시면 만날 수 있어요?"

그 동안 우명호는 파트너 김옥향을 서너 번 더 만났다고 했다. 금강산식당은 그런 대로 영업이 잘된다는 것이다. 잠깐 이은실의 알몸을 떠올렸던 서동수가 어깨를 늘어뜨리면서 말했다.

"그래, 저녁 같이 먹을까?"

"아뇨. 방 잡고 전화 주시면 갈게요. 오늘은 오후 8시 이후에는 아무 때나 좋습니다."

사무적인 대화가 싫을 때도 있지만 호감이 가는 분위기도 있다. 바로 지금 같은 경우가 될 것이다. 저절로 웃음이 번진 얼굴로 서동수가 대답했다.

"알았어. 방에서 9시쯤 전화하지."

서동수가 시내 국제호텔에서 전화를 했을 때는 9시 10분이었는데 문에서 벨소리가 들린 것은 9시 40분이다. 금강산식당에서 국제호텔까지는 차로 30분 거리였으니 전화를 받고 바로 차 타고 온 셈이다.

"안녕하셨어요?"

인사를 한 이은실의 얼굴이 핼쑥해졌지만 더 교티가 풍겼다. 몸매도 더 날씬해진 것 같다. 소파에 앉은 이은실이 어색한 듯 모은 무릎 위에 두 손을 짚고는 외면했다. 그래서 농담을 뱉으려던 서동수가 냉장고로 다가가며 물었다.

"마실 것은 뭘 줄까?"

"아무 거나요."

오렌지주스 캔을 들고 온 서동수가 이은실 앞에 내려놓고 옆쪽에 앉았다.

"오랜만이네. 그렇지?"

"네."

"오래되어서 네 몸을 잊어먹었어."

안하려고 했다가 이은실이 굳어 있는 바람에 농담이 나와버렸다. 이은실의 무릎이 더 딱 붙여진 것을 보자 서동수의 말이 더 야해졌다.

"어때? 너도 내 그것 잊어먹었지? 두꺼운지, 긴지, 다 잊어버린 것 아냐?"

"……."

"아, 네가 지르던 고함소리는 생각난다."

"저, 좀 도와주실 수 있어요?"

이은실이 묻자 서동수의 표정이 차분해졌다. 소파에 등을 붙인 서동수가 이은실을 보았다.

"뭔데?"

"저, 한국으로 가고 싶어요."

"한국으로?"

"네, 탈북하고 싶단 말입니다."

"왜?"

"이렇게 살기 싫어서요."

서동수는 입을 다물었고 이은실의 말이 이어졌다.

"평양에 아버지가 계시지만 새엄마하고 살아서 얼굴 안본 지 10년도 넘어요. 하나 있었던 오빠는 4년 전에 군에서 사고로 죽었고요."

"……."

"사장님하고는 요즘 만나지 않는 줄 다 알고 있어요. 오늘도 옷 산다고 나왔어요. 그러니까 사장님한테 피해는 없을 것 같습니다."

"내가 어떻게 도와주면 되나?"

그렇게 물었지만 대답은 알고 있었다. 돈이다. 탈북도 돈이면 다 해결된다. 그때 이은실이 대답했다.

"돈을 모을 수가 없었어요. 돈이 필요해요."

다음날 오전 11시경이 되었을 때 서동수는 사무실에서 사내 하나와 마주보고 앉아 있다. 사내는 칭다오 영사관의 김 영사. 몇 번 안면만 있는 사이였지만 오늘은 서동수하고 처음 단둘이 만난다. 서동수의 이야기를 들은 김 영사가 쓴웃음을 짓고 말했다.

"제가 알아보겠습니다, 서 사장님."

김 영사는 국정원 요원이다. 전에는 국정원 요원 하면 기관원으로 위압감이 느껴졌는데 요즘은 평범한 상사원 같다. 그래서 서동수가 바로 아침에 연락을 했더니 사무실로 찾아온 것이다. 김 영사의 이름은 김한수다. 30대 후반쯤의 김한수가 웃음 띤 얼굴로 말을 이었다.

"돈은 아직 안 주셨죠?"

"아, 예, 실은 지난번에도 룸살롱에서 탈북자 흉내를 낸 조선족한테 털린 적이 있어서요."

서동수가 지난 일을 줄여서 말했더니 김한수가 소리 내어 웃었다.

"서 사장님뿐만 아닙니다. 여럿이 당했어요."

"모르고 지났으면 좋았을 텐데 괜히 화장실에서 들어서……."

"하하, 글쎄 말입니다."

웃음을 그친 김한수가 서동수를 보았다.

"톈진(天津)에서도 비슷한 일이 발생했습니다. 두 달쯤 전인데 한국인 사업가가 조선족 사기단한테 속아서 돈을 털린 적이 있습니다. 그 경우도 여자가 끼었다는군요."

"탈북자는 도와야지요."

정색한 서동수가 말하자 김한수도 머리를 끄덕였다.

"그럼요. 최선을 다하고 있습니다."

자리에서 일어선 김한수가 손을 내밀었다.

"언제 시간 만들어서 술 한잔 하십시다."

"언제든지 말씀만 하십시오."

서동수가 손을 흔들며 웃었다. 이은실의 사연을 털어놓았더니 체증이 뚫린 것 같았던 것이다. 그리고 그날 저녁에 다시 이은실한테서 전화가 왔다. 식당 밖에서 전화를 한다는 것이다.

"사장님, 오늘은 바쁘죠?"

"왜?"

"오늘은 몸이 아프다고 휴가 냈어요."

"……."

"오늘 만날 수 없어요?"

"약속이 있는데……."

그래놓고 문득 서동수는 이은실이 안쓰럽게 느껴졌다. 도사는 도사

기준으로 판단하게 마련이다. 유유상종이란 말도 그래서 생겨났다. 서동수의 기준으로 보면 이은실의 이런 행태는 너무나 속을 보이는 것이었다. 숙련된 여자는 참고 튕긴다. 이렇게 바로 연락하지 않는다.

"은실이 너, 요즘 괴로우냐?"

불쑥 그렇게 물었던 서동수는 소리 죽여 숨을 뱉었다. 김한수는 곧 이은실에 대해서 알려줄 것이었다. 어제 이은실은 탈북에 필요한 돈이 5,000달러라고 했다. 어젯밤 헤어질 때도 500달러를 주었으니 10번 자는 값이다. 그때 이은실이 말했다.

"좀 힘들어요. 사장님."

"……."

"무섭기도 하고."

"……."

"떠나기 전에 사장님한테 잘 해드리고 싶었는데, 어젯밤, 저 좋았어요?"

"응, 좋았어."

"정말요?"

"그래."

대답은 그렇게 했지만 이은실의 몸에 대한 호기심은 이미 다 사라진 상태다. 전혀 그립지가 않은 것이다. 처음부터 돈을 주고 몸을 사는 관계였다가 이제는 거금을 요구하는 단계가 되었으니 당연한 결말이다. 그래서 거짓말에 대한 죄책감도 일어나지 않았다.

진영아는 이혼한 후에 서울에서 고생하며 살다가 중국에 온 후부터 물 만난 고기가 되었다. 동대문에서 활동하던 경력을 발휘하여 동성 의류의 수석디자이너로 성장, 칭다오와 베이징에 자체 매장 5개를 소유했다. 서동수는 전체만 관리했지 각 부문별 사업은 떼어 맡기는 방식으로 회사를 운영했기 때문에 사업장이 수백 개가 되는 셈이었다. 서동수의 사업신조는 간단했다. 즉 '주고받는다' 는 것이다. 그것은 곧 '주면 받는다' 또는 '주어야 받는다' 로도 해석이 된다. 따라서 중국에서 발생한 수익을 아낌없이 중국에 재투자를 했다. 동성의 가게 직원 월급이 최고 수준이라고 언론에 보도된 적도 있을 정도였다. 그래서 올해부터는 동성 직원 채용 경쟁률이 미국의 미크로하드사의 경쟁률보다도 더 높아졌고 브랜드 가치도 상승했다. 오후 7시 반, 서동수는 진영아와 프린스호텔 한식당에서 저녁을 먹는다. 방에 둘이 마주앉아 한정식을 시켜먹는 것이다. 이제 진영아는 표정이 밝고 여유가 있다. 전에는 매사에 서둘렀는데 지금은 달라졌다. 제가 만나자고 해놓고 용건을 나중에야 꺼낸다. 정식 반찬을 안주로 소주를 석 잔씩 마셨을 때에야 진영아가 용건을 꺼냈다. 눈 주위가 붉어져 있다.

"사장님, 우리 서영이가 미혜하고 같은 국제학교에 다니는 거 아시죠?"

"어, 그래."

어머니한테 들은 것이다. 진영아의 딸 서영은 이제 6살이 되어서 국제학교 부속 유치원에 입학했다. 국제학교는 외국인학교다. 외국의 상사 주재원 자제가 다니는 터라 수준이 높고 교육비가 비싸다. 서동수의 딸 미혜는 국제학교 2학년, 형의 남매는 각각 4학년과 6학년이 되어 있는 것이다. 같은 학교인 터라 서영을 데리고 간 진영아의 어머니와 어머니가 학교에서 여러 번 만났다고 했다. 서동수의 시선을 받은 진영아가 자작으로 따른 소주를 한 모금에 삼켰다. 얼굴이 처음에는 빨개졌다가 슬슬 하얗게 되어간다. 이것이 진영아의 체질이다. 그것을 본 서동수가 입맛을 다셨다.

"웬 뜸을 그렇게 들이는 거냐?"

진영아는 젓가락으로 안주를 뒤적였고 서동수가 말을 이었다.

"너, 그렇게 마시다가 오늘 섹스 제대로 할지 모르겠다."

"……."

"넌 술 많이 마시면 리듬을 못 맞추잖아? 너 혼자 들썩이는 바람에 말이야."

그러자 시선을 든 진영아가 눈을 하얗게 되도록 흘겼다.

"남은 힘들어 죽겠는데 계속 그런 소리나 할 거예요?"

"뭐가 힘들단 말이냐?"

"정말 모르세요?"

"돈 많이 벌겠다. 어머니가 요즘처럼 좋은 때가 없다고 하셨다더만, 우리 어머니한테 말이다."

"내가 서영이 이야기 꺼낸 이유를 모르세요?"

"서영이가 왜?"

했다가 서동수는 어깨를 늘어뜨렸다. 술기운이 가시면서 가슴이 미어졌다. 죄책감 때문이다. 또 미혜를 잊고 있었다. 미혜가 반쪽 가정에서 자라고 있다는 것을, 서동수가 굳게 입을 다물어버렸으므로 젓가락을 내려놓은 진영아가 심호흡을 했다.

"사장님. 저, 어떻게 생각하세요?"

"너?"

서동수도 심호흡을 하고 나서 대답했다.

"침대에서 기교가 끝내주는 여자지. 네 몸속에 들어가 있으면 모든 것을 잊게 돼."

그때 빈대떡이 날아와 서동수의 얼굴에 붙었다.

빈대떡을 떼어낸 서동수가 진영아를 보았다. 정색한 표정이어서 시선을 맞받은 진영아가 숨을 들이켰다가 콧구멍이 움찔거렸다. 그러나 입술만 부풀렸을 뿐 웃음이 터지지는 않았다.

"용건을 말해."

서동수가 말하자 진영아는 다시 호흡을 조정했다.

"저기, 저는 일해야 돼요. 동성에선 제가 절대적으로 필요하다구요."

"그래서?"

"전 이 상태에서 결혼할 수가 없어요. 마음에 드는 남자도 없을 뿐만 아니라 집에서 아이만 보는 아빠 또는 밖에서 일하는 아빠, 다 맞지가 않아요."

"그래서?"

"그렇다고 서영이를 저렇게 엄마한테만 맡길 수가 없다구요."

"빌어먹을!"

혼잣소리로 투덜거린 서동수가 잔을 들고 한 모금에 술을 삼켰다.

"그래서, 내가 필요하단 말이냐?"

"엄마하고도 상의했어요."

진영아가 똑바로 서동수를 보았다.

"같이 안 살아도 돼요, 가끔 들러주시기만 해도 돼요."

"……."

"서영이 아빠가 돼주세요."

"……."

"서영이 동생을 만들어주셔도 돼요."

"이런."

눈을 치켜뜬 서동수가 진영아를 노려보았다.

"그럼 미혜는?"

서동수의 목소리가 높아졌다.

"서영이 생각만 하고 우리 미혜는?"

"받아들여 주신다면 같이 살 수도 있어요."

이미 준비를 한 듯 진영아가 바로 대답했다. 혀로 입술을 축인 진영아가 말을 이었다.

"형수님이 미혜를 봐주시지만 언제까지 같이 사실 수는 없지 않아요? 가장 좋은 방법은 당분간 모두 같이 살면서 정을 익혀 가는 거죠."

"……."

"사장님은 출장에 바쁘시니까 내가 회사일 끝나면 바로 집에 돌아와 애들 챙기겠어요."

"……."

"미혜한테 신경 많이 쓸게요. 전 애들 좋아해서 자신 있어요."

"……."

"어머니, 형수님도 함께 계시니까 더 좋아요. 울 어머니도 좋다고 하셨고."

"이게 제멋대로 이야기를 어디까지 끌고 가는 거야?"

투덜거렸지만 서동수의 목소리가 약해졌다. 미혜를 앞세우면 무기력해지는 것이 서동수의 본성이다. 약점이기도 한 것이다. 그때 서동수의 잔에 술을 채우면서 진영아가 말했다. 다시 다소곳한 표정이 되어 있다.

"이런 생각은 일 년쯤 전부터 했어요. 그 동안 사장님은 수없이 바람을 피우고 다니셨지만 말이에요."

숨을 멈춘 서동수의 귀에 진영아의 말이 이어졌다.

"아세요? 남자는, 특히 사장님처럼 바람기가 있는 남자는 중심이 있어야 된다구요. 그 중심은 곧 와이프예요. 바가지 긁는 와이프가 아니라 그 존재 자체만으로도 흔들리지 않게 된다구요. 난 바가지 긁는 스타일도 아녜요."

이제 서동수가 시선을 들었고 진영아가 똑바로 받는다.

"내 기교가 끝내준다고 하셔서 하는 말인데 그 따위는 별것도 아니라는 걸 사장님이 알고 계실 거예요. 그러니까……."

"그만."

손바닥을 펴 보인 서동수가 말했다.

"여기서 밤샐 거냐?"

이번에는 진영아 집 근처의 호텔로 갔다. 밤 11시 반쯤 되었다. 침대에 비스듬히 누운 서동수가 한쪽 손으로 머리를 받쳐 들고 진영아를 내려다보았다. 진영아는 반듯이 누워 천장을 보았지만 아직 숨결이 가라앉지 않았다. 땀이 밴 이마에 머리칼이 붙여졌고 얼굴은 상기되었다. 알몸의 가슴이 출렁이며 흔들리고 있다. 서동수가 손끝으로 진영아의 이마에 붙여진 머리칼을 옆으로 갈라 주었다. 황홀한 정사를 마친 여자의 얼굴은 빛이 나는 것 같다. 지쳐 늘어진 것 같지만 실제는 에너지를 가득 충전시킨 것이다. 서동수의 손길이 젖가슴을 부드럽게 움켜쥐자 진영아의 시선이 옮겨왔다.

"좀 쉬었다 해요."

진영아가 앓는 소리로 말했다.

"여운을 좀만 더 즐기구요."

"누가 한대?"

"자기는 안 한 줄 알고 있어요."

서동수의 손이 아랫배로 옮겨지자 진영아가 허리를 비틀더니 조금 위로 몸을 올렸다. 그것은 손이 그 밑쪽까지 닿게 해주려는 것이다. 서동수의 얼굴에 저절로 웃음이 번졌다.

"만져달라고 올라오는군."

"나도 모르게 그런 걸 어쩌라구."

눈을 흘긴 진영아의 모습에 끌린 서동수가 입을 맞췄다. 진영아가 몸을 비틀더니 서동수의 목을 두 팔로 감았다. 서동수가 달콤한 진영아의 혀를 빨았다. 낮에는 사장님이 되었다가 밤에는 자기로 변하는 관계가 걸림돌일 뿐이다. 참지 못한 서동수가 몸 위로 오르자 진영아가 자세를 갖추면서 말했다.

"빨리 올라갈 테니까 자기도 빨리해요."

이미 초점이 흐려지기 시작한 눈으로 진영아가 서동수의 어깨를 움켜쥐었다.

"나 몰라 정말, 자기 때문에 나……."

그 순간 진영아가 입을 딱 벌렸고 다시 방안에 폭풍이 휘몰아쳤다. 문득 서동수의 눈앞에 전처 박서현의 얼굴이 떠올랐다. 미혜를 잊지 않고 있다는 것은 확인했지만 그래서 어쨌단 말인가? 다 부질없다. 어차피 박서현과는 실패한 관계이고 미혜는 새롭게 시작해야만 한다.

"자기야, 자기야."

말했던 대로 진영아가 빨리 올라오고 있다. 서동수의 수고를 덜어주려는 배려였지만 몸이 빨리 달아오르는 체질이기도 하다. 그러고는 곧 진영아가 온몸을 뻗으면서 폭발했다. 눈부신 알몸이 환한 불빛 아래에서 거침없이 환호하고 있다. 서동수는 진영아의 이마에 입술을 붙이면서 같이 터졌다. 그러자 두 쌍의 몸이 한 덩어리가 되면서 뭉쳐졌다. 빈틈없이 뭉쳐지는 것이 마치 열에 녹아 붙는 것 같다. 서동수가 진영아를 부둥켜안은 채로 거친 숨을 뱉으면서 말했다.

"서둘지 마, 미혜가 요즘에야 새 환경에 맞춰가는 상황이거든."

진영아는 안긴 채 들었고 서동수의 말이 이어졌다.

"너도 마찬가지야, 아이한테 무조건 대역만 붙인다고 되는 게 아냐. 이미 상처 준 것이고 그 상처를 덮을 수는 없다구."

서동수가 진영아의 귓불을 입술로 물었다.

"상처에 미안해서 서둘러 덮으려고 했다가 더 커질 수가 있겠더라. 이것 내 경험이야. 그러니까 천천히, 한 계단씩 밟아가자구."

"딴 여자가 생기더라도,"

진영아가 숨결을 가라앉히면서 말을 이었다.

"날 집처럼 생각하고 와 줘요. 기다리고 있을 테니까."

서동수는 진영아의 입을 맞췄다. 착한 여자다. 내놓을 줄을 아는 여자인 것이다.

결재서류에서 시선을 뗀 서동수가 진관을 보았다. 30대 중반의 진관은 동성 현지법인의 경리부장이다. 경리책임자인 것이다.

"진 부장, 회사용 기물 구입에 대한 기준이 있어?"

"없습니다. 사장님."

진관이 바로 대답했다. 미국계 전자부품 회사에서 경리직원으로 일하던 진관은 4개월 전에 동성에 채용되었다. 전(前) 회사가 폐업해서 반년간 실직 상태였던 것이다. 서동수가 말을 이었다.

"그렇다면 기준을 만들어야겠지. 회사용 기물은 모두 중국산 제품을 구입하도록 하지."

"예, 사장님."

진관이 결재서류를 집더니 한쪽에 메모를 했다.

"비품에서 자동차까지 모두 말이야."

"알겠습니다."

"중국에서 번 돈은 중국에서 소비한다는 것이 내 신조야."

서동수가 중국어로 한마디 한마디씩 분명하게 말했다. 적기를 멈춘 진관이 서동수를 보았다.

"그렇게 조치하겠습니다."

"직원들에게도 그것을 공지시켜 알리도록."

자리에서 일어선 진관이 머리를 숙여 보이고는 방을 나갔다. 경리부장은 심복이 맡아야 된다. 사주와 함께 온갖 금전거래를 처리하기 때문이다. 그러나 서동수는 중국인이며 전혀 인연도 없었던 진관에게 회사의 자금 관리를 맡겼다.

그것은 숨길 것이 없다는 표시이기도 했다. 진관이 나가고 30분쯤이 지났을 때 역시 결재서류를 든 소천이 들어섰는데 웃음 띤 얼굴이다.

"사장님, 전 사원에게 메일로 공지가 돌았는데 읽으셨어요? 경리부장이 보냈는데……."

"아직 안 읽었어."

소파 앞쪽에 앉은 소천이 결재서류를 내려놓고 무릎 위로 스커트를 당겼다. 흰 다리가 드러났고 행동이 의도적이지만 신선하다.

"사장님 지시인데요. 앞으로 동성은 모든 기물, 자재, 업무용 차량, 교통편까지 중국산을 이용한다는 내용입니다."

"조금 전에 말했는데 빠르군."

"잘 하셨어요."

소천이 눈웃음을 쳤다.

"동성은 중국 회사로 인정받게 될 거예요."

그렇다. 이미 동성은 '중국화' 되었다. 중국에서 사업을 하는 것이니 중국 회사가 되는 것이 당연하다. 그것이 서동수의 신조다. 그래서 동성 본사의 직원도 한국인 국적은 서동수를 포함하여 디자이너, 영업 전문의 10여 명뿐이다. 95%가 중국인 직원이다. 그때 결재서류를 편 서동수의 얼굴에 쓴웃음이 번졌다. 소천의 출장계획서였던 것이다. 소천은 계획서를 두 장 작성했는데 하나는 회사 제출용이었고 또 한 장은 서동수에게 보이는 것이다. 서동수가 잠자코 회사용 계획서에 사인을 하고는 다른 한 장은 집어서 주머니에 넣었다. 이것은 서동수의 출장계획서다. 소천은 제 계획서의 첫 기착지에서 일정을 바꿔 서동수와 합류하게 될 것이었다.

"조사는 다 해놓았지?"

"네, 사장님."

서동수의 시선을 받은 소천의 눈 밑이 조금 상기되었다.

"제가 하루 먼저 출발하게 되었으니까 먼저 가서 기다릴게요."

"방은 두 개 잡아놔."

"알겠습니다."

서동수의 시선이 다시 소천의 미끈한 다리로 옮아졌다가 떼어졌다. 자리에서 일어선 소천이 몸을 돌리더니 문을 향해 걸었는데 엉덩이가 더 흔들리는 것 같다.

방콕에서 미얀마 양곤의 밍글라돈 공항에 도착했을 때는 오후 5시경. 공항에는 레이가 기다리고 있었다. 차가 양곤을 향해 출발하자 레이가 서동수를 보았다.

"사장님, 마이란 씨가 내일은 언제든지 좋다고 하셨습니다."

"그럼 오전 10시에 만나지."

의자에 등을 붙이면서 서동수가 말했다. 소천은 이미 아테네에 도착해 있을 것이었다. 양곤의 일정은 1박 2일로 내일 오후에 출발해야만 한다. 레이는 한국산 소나타를 운전하고 있었는데 서동수가 구입해준 것이다. 옆자리에 앉은 서동수가 레이의 옆모습을 보았다. 콧날과 입술의 선이 깎은 것처럼 곱다.

"레이, 네 의견을 듣자, 마이란 씨의 호텔 공동설립 건은 어떻게 생각하나?"

소천은 미얀마의 투자는 잠시 보류하는 것이 좋겠다는 의견이었다. 아직 조건이 성숙하지 않았다는 것이다. 레이가 잠깐 머리를 돌려 서동수를 보았다.

"매물로 나와 있는 오션호텔의 가격이 너무 높습니다. 그것이 첫 번째 문제이고,"

앞쪽을 응시한 채 레이가 말을 이었다.

"객실 120개짜리 호텔인데 수리비용도 많이 들 것입니다."

마이란의 제의를 레이에게 검토시키지도 않았으므로 서동수는 얼굴을 펴고 웃었다. 이것이 사원의 자세다. 시킨 일만 하는 것은 로봇이나 같다.

"또 있나?"

그러자 레이가 기다렸다는 듯이 말했다.

"투숙률이 마이란 씨가 보내온 투자계획서의 57%보다 훨씬 낮았습니다. 제가 뇌물을 써서 지난 1년분 호텔 장부를 체크했더니 36%였습니다."

"……."

"그리고 내부 직원들의 부패가 심해서 모두 갈아 치우는데도 경비가 많이 들 것입니다."

"조사를 많이 했군, 레이."

"제 할 일을 한 것입니다. 보스."

보스라는 호칭에 서동수가 다시 웃었다.

"사장이나 선생님 호칭보다 낫다."

레이는 이제 미얀마 지사장이다. 시내 사무실에는 직원 2명이 더 근무하고 있는 것이다. 레이가 말을 이었다.

"그보다도 가장 문제는 마이란 씨하고의 동업입니다. 보스."

서동수의 시선을 옆얼굴에 받은 채 레이가 말했다.

"동업 관계가 증명이 되더라도 보스가 외국으로 추방되거나 무슨 일이 일어나면 호텔 경영권을 찾기 힘들어집니다."

잠깐 머리를 돌린 레이가 서동수를 보았다.

"이것은 최악의 경우지요. 제 아버지는 항상 최악의 경우를 예상하고 있어야 한다고 하셨습니다."

레이의 아버지는 대학교수였는데 10년쯤 전에 병으로 죽었다고 했다.

"고마워, 레이. 참조하겠다."

머리를 끄덕인 서동수가 다시 의자에 등을 붙이면서 문득 물었다.

"대우 박 사장은 요즘 납기가 며칠씩 늦어지던데, 무슨 문제가 있나?"

"보고 드리려고 했습니다."

레이가 다시 서동수를 보았다. 차는 이제 양곤 시내로 진입하고 있다.

"박 사장의 자금 사정이 좋지 않은 것 같습니다. 지난달 직원 임금을 주지 못해서 4일간 휴업을 했습니다. 저한테는 공장 수리 관계로 휴업을 했다고 했는데 제가 알아보니까 직원들이 작업 거부를 했더군요."

임가공비를 선수금으로 지급해주었는데 임금을 주지 않았다니. 서동수가 천천히 머리를 끄덕였다. 현지 사무소가 없었다면 이런 일도 모를 뻔했다.

오후 7시, 양곤의 한국관에서 서동수와 대우섬유 사장 박기출, 그리고 레이까지 셋이 둘러앉았다. 주위에는 손님이 많았고 대부분이 한국인이다. 샤부샤부에다 고기구이까지 시킨 박기출이 웃음 띤 얼굴로 말했다.

"해외의 한국 식당이 한국의 식당보다 맛이 있는 이유는 한국보다 몇 배나 더 경쟁이 심하기 때문이죠."

손으로 식당 안을 가리키며 박기출이 말을 이었다.

"한국 손님은 한정되어 있으니까요. 몇 배 더 노력하지 않으면 손님을 빼앗기게 됩니다."

서동수가 머리를 끄덕였다. 손님이 많은 것을 보면 맛있는 식당이다. 한국에서도 맛있는 식당을 찾으려면 손님이 많은 곳을 골랐는데 대부분 들어맞았다. 요리가 날라져 왔을 때 서동수가 영어로 말했다.

"레이도 들어야 하니까 영어로 하시죠."

"그래야겠군요."

박기출이 영어로 대답하더니 레이에게 말했다.

"앞으로 레이 씨가 한국어를 배워야 하지 않을까?"

"지금 배우고 있습니다."

얼굴을 붉힌 레이가 대답했다. 샤부샤부는 맛이 있었다. 음식에 곁들여 소주를 마시면서 서동수가 박기출에게 물었다.

"지난달에 선적이 지연된 물품이 5건이나 되었는데 공장 수리는 다 끝났습니까?"

"네, 다 끝났습니다. 앞으로는 그런 일 없을 겁니다."

자신 있게 말한 박기출이 서동수의 잔에 소주를 채우면서 물었다.

"사장님, 오신 김에 말씀드려야겠는데 임가공비 선금을 주실 수 없습니까? 공장에 자동벨트 시스템을 도입할 예정인데요. 그럼 생산량이 15%는 증가되거든요."

박기출의 영어는 유창했다. 술잔을 든 박기출이 서동수와 레이를 번갈아 보았다.

"45만 달러가 필요합니다. 시설은 약 100만 달러가 드는데 제가 55만 달러는 만들어놓았거든요."

"검토해보지요."

옆얼굴에 레이의 시선을 받으면서 서동수가 말을 이었다.

"본사에 돌아가서 진지하게 검토해 보겠습니다."

임가공비 선금이란 계약분 이외의 자금을 빌려달라는 뜻이다. 박기출의 매월 임가공비가 10만 달러 정도였으니 4개월 반 분의 대금을 미리 달라는 것이었다. 저녁을 먹고 나서 호텔로 돌아가는 차 안이다. 레이가 앞쪽을 향한 채로 말했다.

"보스, 어떻게 하실 계획이죠?"

임가공비 선금을 묻는 것이다. 서동수가 기다렸다는 듯이 바로 대답했다.

"거절했을 경우의 상황을 검토해보도록."

"알겠습니다. 보스."

"그런 경우를 많이 보았어. 임가공비 선금은 양쪽에 좋지 않아."

"그렇습니다. 보스."

"내가 잘 왔군. 직접 듣고 너한테서도 바로 조언을 받을 수 있어서 말이야."

"제가 소문을 들었어요."

레이가 말했으므로 서동수가 옆얼굴을 보았다. 가로등이 드문 양곤의 거리여서 레이의 얼굴 윤곽이 오히려 더 선명하게 드러났다.

"무슨 소문인데?"

"제가 보스의 현지처라는 소문요."

서동수가 숨을 들이켰지만 레이는 앞쪽을 향한 채로 말을 이었다.

"소문의 진원지는 최 사장이더군요. 한식당의 한국분한테서 들었어요. 절 생각해주시는 분들이 있거든요."

그때 레이가 핸들을 쥔 채 서동수를 보았다. 두 눈이 반짝이고 있다.

차가 호텔 앞에 멈출 때까지 둘은 말을 잇지 않았다. 양곤은 미얀마의 전(前) 수도고 랭군(Rangoon)이라고 불렸다. 양곤은 '분쟁의 끝'이라는 뜻인데 랭군의 영국식 발음인 것이다. 차에서 내리면서 서동수가 손목시계를 보았다. 밤 9시 반이 되어가고 있다.

"현지처 이야기를 듣고 나니 방에서 이야기하자는 말을 못 하겠군."

서동수가 혼잣소리처럼 말했을 때 레이가 운전석 문을 열고 밖으로 나왔다.

"방에 따라 갈까요?"

레이가 똑바로 서동수를 보면서 말을 이었다.

"저는 그런 말 신경 안 씁니다, 보스."

서동수가 머리를 끄덕이자 레이는 주차요원에게 키를 넘기더니 다가왔다. 그러고는 서동수를 향해 웃었다.

"그런 소문은 당연한 것이죠. 우리 직원들도 모두 그렇게 믿고 있는데요, 뭐."

"너한테 불이익이 오는 거 아닌가?"

엘리베이터로 다가가면서 서동수가 묻자 레이는 옆으로 붙었다.

"오히려 일하는 데 편리합니다. 그런 소문이 없었다면 여러 곳에서 유혹을 해왔을 테니까요."

엘리베이터 손님은 둘뿐이다. 버튼을 눌러 엘리베이터가 올라갈 때 레이가 말을 이었다.

"특히 박 사장 같은 분이 절 유혹했을 것입니다."

"그런가?"

쓴웃음을 지은 서동수가 박기출이 제 집에 가자고 했던 것을 떠올렸다. 여자들을 준비해놓았다고 했었다. 엘리베이터에서 내렸을 때 나란히 걷던 레이와 어깨가 부딪쳤다. 레이한테서 약한 향내가 맡아졌다. 독특한 향내다. 체취에 꽃향기가 섞인 것 같다. 숨을 들이켠 서동수가 마침내 레이에게 물었다.

"레이. 그래서 넌 내 현지처 취급을 받아도 좋단 말이야?"

"노 프로블럼."

자르듯 말한 레이가 옆에서 발을 멈췄다. 어느덧 방문 앞에 다가섰기 때문이다. 서동수는 키를 꽂으면서 문득 이 문을 열고 함께 들어간다면 온전하게 나올 수 없을 것이라는 생각이 들었다. 물론 온전하게 나오지 못할 당사자는 레이다. 그러나 서동수가 문을 열고 말했다.

"들어가, 레이."

레이가 먼저 들어섰고 뒤를 따른 서동수가 방 안의 불을 켰다.

"레이, 편히 앉아."

소파를 가리키면서 서동수는 마음을 가다듬고 말했다.

"내 앞에서도 현지처 행세를 해도 괜찮아, 레이."

"감사합니다, 보스."

레이가 소파에 단정하게 앉으면서 말했다.

"레이, 마실 것 줄까?"

"오렌지주스 주세요."

냉장고에서 오렌지주스 캔을 꺼낸 서동수가 유리잔과 함께 들고 와 앞쪽에 앉았다. 잔에 주스를 따르면서 서동수가 정색하고 레이를 보았다.

"레이, 넌 아름답고 섹시한 여자다. 지성적인데다 내가 원하는 지사원의 자격을 갖춘 여자야."

어느덧 레이도 서동수를 응시하고 있다.

"그리고 나 또한 혈기가 넘치는 남자다. 아름답고 섹시한 여자를 보면 성적 충동을 느끼는 남자란 말이야."

그러고는 서동수가 레이의 시선을 받은 채 빙그레 웃었다.

"너는 이미 내가 준 대가 이상을 지불한 상태야. 그러니까 더 이상 내놓지 않아도 돼. 그걸 명심하도록."

그러자 레이가 머리를 끄덕였다.

"그럼 지금부터는 제 본의의 행동이 되겠네요."

서동수는 레이의 두 눈이 반짝이는 것을 보았다. 아름답다. 얼굴 전체가 환하게 빛나는 것 같다. 이 경우는 카이로의 슈나와는 다르다. 슈나는 바이어 입장이었지만 계획적이었다. 육체를 미끼로 더 좋은 수입조건을 획득하려는 의도를 품고 있었던 것이다. 그러나 레이는 손을 내밀고 있다. 보호 또는 동반자 요청을 하는 것이나 같다. 유혹을 견디려면 당신이 필요하다는 제의, 즉 서로 주고받겠다는 것이다. 서동수가 얼굴을 펴고 웃었다.

"좋아, 레이, 네 뜻대로 해."

"씻고 가운으로 갈아입어도 되죠?"

자리에서 일어선 레이가 물었으므로 서동수는 심호흡부터 했다. 레이의 당돌한 태도에 몸이 갑자기 뜨거워지는 것 같은 느낌이 들었기 때문이다.

"아, 그럼."

"같이 씻으시겠어요?"

머리를 든 서동수가 레이를 보았다. 신선함이 지나쳐 충격적이다. 다소곳한 성품으로 보였던 레이에게 이런 당돌함이 있다니, 레이의 시선을 받은 서동수가 머리를 끄덕였다.

"레이, 오늘은 다른 사람 같구나."

"처음이니까 제가 리드를 하는 거예요. 보스가 어색하실까 봐서요."

몸을 돌린 레이가 말을 잇는다.

"욕조에 물 채워 놓을게요. 제가 부르면 들어오세요."

옷장으로 다가간 레이가 가운을 꺼내더니 욕실로 들어갔다. 다시 길게 숨을 뱉은 서동수가 소파에 등을 붙였다. 욕실에서 물 떨어지는 소리가 들렸다. 집기 치우는 소리도 났다. 리모컨을 쥔 서동수가 TV를 켰지만 어색한 세트를 배경으로 드라마가 방영되고 있다. 음소거를 시킨 서동수가 그림만 보고 있을 때 욕실 문이 반쯤 열리더니 레이가 머리만 내놓고 말했다.

"들어오세요."

레이는 머리에 샤워캡을 쓰고 있어서 긴 목이 드러났다. 자리에서 일어선 서동수가 옷을 벗어 던지고는 욕실로 들어섰다. 물론 알몸이다. 안으로 들어선 서동수는 욕조 앞에 서있는 레이를 보았다. 레이도 알몸이다. 시선이 마주치자 레이는 두 손으로 음부를 덮었지만 몸을 돌리지는 않았다.

"욕조 안으로 들어가세요."

레이가 말했으나 서동수는 발을 떼지 않았다. 세 발짝쯤 앞에 서 있는 레이의 몸에 시선을 준 채로 움직이지 않았다. 레이의 몸은 황토색 대리석을 깎아 만든 것 같았다. 둥근 어깨, 봉긋하게 솟아 오른 젖가슴, 우아한 곡선을 그리면서 허리와 엉덩이로 흘러간 몸매, 길고 통통한 다리와 단단한 허벅지, 손바닥을 펴서 가리고는 있었지만 검은 숲이 드러났다. 몇 초밖에 안 되는 순간이었지만 서동수의 심장 박동은 거칠어졌고 머리는 뜨거워졌다. 어느 새 남성은 거침없이 흔들리고 있다.

"아름답다."

서동수는 자신의 목소리가 바짝 메말라 있는 것을 들었다. 저절로 발을 뗀 서동수가 레이의 어깨를 두 손으로 움켜쥐었다. 레이의 시선이 그때서야 밑으로 내려갔고, 서동수는 어깨를 끌어 당겼다. 품에 안긴 레이가 허벅지에 닿은 남성을 의식하고는 상반신을 뒤로 빼었다가 곧 체념한 듯 다시 붙였고 서동수의 입술을 받는다. 이제 서동수의 허리를 두 팔로 안은 레이가 입을 열어 혀를 내밀었다. 서동수는 말랑하게 빠져나온 레이의 혀를 빨았다. 욕실 안에 가쁜 숨소리가 섞여 울리고 있다. 이윽고 입술을 뗀 서동수가 레이의 허리를 안고는 욕조 안으로 함께 들어갔다.

욕조는 두 사람이 나란히 눕고도 남을 만큼 컸다. 서동수는 레이와 욕조에 나란히 앉았다. 레이의 어깨를 감아 안은 서동수가 다른 손으로 젖가슴을 감싸 쥐었다. 레이의 선홍빛 젖꼭지는 땅콩알만 했고 이미 단단해져 있다.

"레이, 내 현지처로 소문이 나면 결혼에도 지장이 있을 텐데."

젖가슴을 애무하면서 서동수가 말하자 레이가 손을 뻗어 남성을 쥐었다.

"난 보스의 현지처로 살 거예요."

레이가 서동수의 남성을 부드럽게 애무했다.

"그 소문이 났을 때부터 그런 생각을 했어요, 보스."

"넌 나를 잘 모르지 않아?"

"이만하면 많이 아는 편이죠."

이제 서동수의 손도 레이의 골짜기로 내려왔다. 레이가 입을 벌리더니 낮은 신음을 뱉었다. 얼굴은 붉게 상기되었고 눈동자의 초점은 흐려져 있다. 서동수의 손가락이 골짜기를 문지르자 레이의 신음은 더 높아졌다.

"보스, 걱정하실 것 없어요."

몸을 비틀면서 레이가 말했다.

"난 현지처를 내세워 업무에 지장을 주지는 않을 테니까요."

이제 레이는 서동수의 몸 위로 올라와 있다. 거친 숨을 몰아쉬면서 레이가 꿈틀대는 바람에 욕조의 물이 넘쳐흘렀다. 레이가 서동수의 목을 두 팔로 감아 안으면서 물었다.

"보스, 여기서?"

서동수는 레이를 안고 몸을 일으켰다.

"침대에서."

그러자 레이가 몸을 비틀어 떼더니 타월을 집어 서동수의 몸을 닦았다. 날렵한 행동이다. 욕실을 나온 둘은 침대에 올라 다시 엉켰다. 흰 시트 위에 반듯이 누운 레이의 몸은 기름을 칠한 것처럼 윤기가 났다. 서동수는 레이의 입술에 다시 키스했다. 이미 반쯤 열려진 레이의 입술에서 살구 맛이 났다. 금방 뽑혀 나온 혀는 달콤했다. 그사이에 젖가슴을 지나 아랫배로, 다시 골짜기로 훑고 내려간 손바닥은 샘에서 흘러내린 뜨거운 생수를 만난다. 레이의 샘은 넘치고 있다. 서동수의 입술이 입술에서 젖가슴으로 내려왔다. 젖가슴을 입안에 넣은 서동수가 혀로 젖꼭지를 굴리자 레이의 신음이 다시 터졌다.

"어서요."

레이가 그렇게 말했다.

"해주세요."

두 다리를 꼬면서 레이가 재촉했다. 서동수는 마침내 레이의 몸 위로 올랐다. 기다렸다는 듯이 레이가 팔을 뻗어 서동수의 허리를 감싸 안았다. 골짜기 끝에 닿은 남성을 느끼고는 허리를 꿈틀거리고 있다. 그 순간 둘의 몸이 합쳐졌다.

"아아아."

턱을 뒤로 젖힌 레이가 거침없이 신음을 뱉는다. 두 다리가 서동수의 허리를 감았다가 곧 떼어지더니 온몸을 딱 붙인다. 서동수는 남성에 전해진 압박감을 견디려고 어금니를 물었다. 레이의 동굴은 좁고, 탄력이 강했기 때문이다. 그래서 엄청난 자극을 참으려는 의도다. 서동수가 천천히 몸을 빼니 레이의 신음이 더 높아졌다.

"아아아아."

레이가 허리를 좌우로 비틀면서 상하로 흔들었다. 두 손으로 서동수의 허리를 끌어당기더니 목을 감싸 안는다. 서동수는 다시 힘껏 레이의 몸 안으로 진입했다. 방 안에 열풍이 휘몰아치고 있다. 비명 같은 탄성이 울려 퍼졌고 가쁜 숨소리에 섞여 뜻 모를 외침이 이어지고 있다. 서동수는 열중했다. 레이의 뜨겁고 깊은 동굴 안으로 끝없이 빨려 들어간다.

다음날 아침, 눈을 뜬 서동수가 커피 냄새를 맡았다. 서동수는 아침 커피를 자주 마시지 않는다. 머리를 든 서동수가 커피포트를 들고 서 있는 레이를 보았다. 가운 차림의 레이는 시선이 마주치자 눈웃음을 쳤다. 웃는 모습에 친근감이 가득 배어나왔다.

"커피 드려요?"

서동수를 위해 끓인 커피인 것이다. 상반신을 일으킨 서동수가 대답했다.

"커피향이 좋군. 고마워, 레이."

오전 8시가 되어가고 있다. 가운만 걸친 서동수가 창가의 테이블에서 커피잔을 쥐고 레이와 마주앉았다.

"여기서 같이 아침을 먹고 곧장 마이란한테 가면 되겠다."

서동수가 말했다.

"마이란의 제의가 궁금하군."

"검토해보겠다고 하시는 게 나을 것 같습니다."

레이의 말에 서동수가 머리를 끄덕였다. 마이란은 실력자다. 감정을 상하게 만들 필요는 없는 것이다. 레이가 말을 이었다.

"대우섬유도 작업량을 점진적으로 줄여서 원부자재 입고량을 감소시키는 것이 낫겠습니다. 회사가 넘어지면 원부자재를 회수하기도 힘드니까요."

"그렇지, 비밀리에 다른 공장도 알아보도록 하고."

"이미 조사하고 있습니다."

레이가 웃음 띤 얼굴로 서동수를 보았다.

"중국인들이 경영하는 공장이 있는데 단가도 싸고 품질도 제대로 나

옵니다. 우리가 오더를 준다면 엄청나게 좋아할 것입니다."

"그렇군."

서동수가 천천히 머리를 끄덕였다. 중국기업은 중국 내에서만 한국과 경쟁하는 것이 아니다. 이제는 외국에 공장을 짓고 한국 공장과 경쟁하고 있는 것이다. 그리고 10시에 만난 마이란은 호텔 인수에 대해 적극적으로 서동수에게 제의했다. 레이가 말해준 대로 투숙률이 57%이며 1년 반 안에 흑자 운영이 가능하다는 자료까지 만들어놓았다. 투자 금액은 250만 불, 전액 서동수가 투자하고 마이란은 경영을 맡는다는 조건이다. 다 듣고 난 서동수가 머리를 끄덕이며 마이란에게 말했다.

"대단히 좋은 조건입니다. 검토해보지요. 6개월쯤 후에 다시 상의했으면 좋겠습니다."

"경쟁자가 많아서 가능하면 빨리 결정해야 됩니다."

정색한 마이란이 말을 이었다.

"내가 정부 측에 이야기해서 다른 곳에 안 가도록 쥐고 있으니까요."

"알겠습니다."

"어려운 일이 있으면 언제라도 레이를 통해서 연락 주십시오."

마이란이 아쉬운 표정을 짓고 서동수를 보았다.

"이런 좋은 기회는 자주 오는 것이 아닙니다, 서 사장."

마이란과 헤어진 서동수는 이제 곧장 밍글라돈 공항으로 향한다. 레이 옆자리에 앉은 서동수가 웃음 띤 얼굴로 말했다.

"이번 미얀마 출장에서 가장 큰 오더를 한 것 같은데."

레이가 힐끗 시선만 주었고 서동수의 말이 이어졌다.

"레이, 너를 잡은 거야. 앞으로 미얀마는 너한테 맡기겠다."

“기대에 어긋나지 않도록 노력하겠습니다, 보스.”

앞쪽만 향한 채 레이가 정색하고 말했다.

“그리고 저도 기뻐요.”

나중의 말은 개인적인 감정 표현일 것이다. 그래서 ‘보스’ 표현을 안 한 것 같다. 서동수가 손을 뻗어 레이의 허벅지 위에 올려놓았다. 이것이 대답이다.

로마의 레오나르도 다빈치 공항 대합실로 나왔을 때는 오후 9시 반이다. 대합실에는 소천이 기다리고 있었는데 피켓을 든 사내와 함께 서 있었다. 서동수의 한자 이름이 적힌 피켓이다. 다가간 서동수를 향해 소천이 활짝 웃었다. 주위가 환해지는 것 같다.

“이게 웬 난리야?”

하고 서동수가 사내와 피켓까지 훑어보는 시늉을 하면서 물었더니 대뜸 사내가 중국어로 대답했다.

“잘 오셨습니다, 사장님. 제가 안내를 맡은 존입니다.”

중국인 가이드다. 그때 바짝 다가선 소천이 말했다.

“중국 여행사 가이드를 고용했어요. 아무래도 필요할 것 같아서요.”

“잘했어.”

했지만 서동수가 골랐다면 한국 여행사를 골랐을 것이다. 중국 내에 있을 때는 중국산을 이용하더라도 이곳은 외국이다. 중국산 존이 서동수의 가방을 받아들고 앞장섰으므로 둘은 나란히 뒤를 따른다.

“호텔을 스페인광장 근처의 센트리온으로 정했습니다.”

바짝 붙어선 소천이 서동수를 보았다. 특급호텔이다. 소천이 말을 이었다.

"스위트룸인데 방값이 미화로 하루 1,000불이네요."

"……."

"침실 두 개, 거실과 주방, 회의실까지 갖춰져 있습니다."

소천한테서 독특한 향내가 맡아졌다. 그러나 익숙한 냄새다. 알몸을 껴안은 경험이 있으면 시간이 지나더라도 기억되는 법이다. 소천의 어깨가 서동수의 팔에 부딪쳤다. 대합실에 여행객이 많았기 때문에 밀리기는 한다.

"방 두 개 잡는 건 낭비일 것 같아서요. 안쪽 침실은 사장님 몫으로 비워놓았습니다. 괜찮겠지요?"

소천의 시선을 받은 서동수가 헛기침을 했다.

"내일 마르코하고의 약속은?"

"10시 반입니다."

소천의 목소리에 생기가 돌았다. 대합실 밖으로 나왔을 때 시원한 밤공기가 맡아졌다. 존이 조금 떨어져 걷는 사이에 바짝 다가붙은 소천이 말을 잇는다.

"화나신 건 아니죠?"

"내일 아침에 우리가 멀쩡한 얼굴로 존을 만날 수 있을까?"

정색한 서동수가 묻자 소천이 어깨를 올렸다가 내렸다.

"저놈은 우리가 애인 사이인 줄 안다고요. 저놈한테 어떻게 보이건 무슨 상관이죠?"

서동수는 시선을 돌렸다. 맞는 말이다. 사람은 가끔 필요 없는 신경을 쓰는 경우도 많다. 그리고 그것을 의식하지 못하고 지나는 것이다. 로마는 교통이 복잡하고 체증이 심한 대도시다. 서동수가 호텔에 도착했을 때는 밤 11시 반이 되어갈 무렵이다.

"그럼 저는 내일 오전 8시에 뵙겠습니다."

방 앞까지 따라온 존이 인사를 하고 돌아서자 둘은 방으로 들어섰다. 호텔 직원이 가방을 내려놓고 나갔을 때 서동수가 방을 둘러보았다. 고풍스러운 분위기였지만 깨끗하고 넓다. 침실은 두 개였는데 각각 욕조가 딸린 화장실을 갖췄고 거실과 주방은 실용적이었다.

"옷 갈아입고 나오세요. 제가 술상 준비해 놓을게요."

소천이 말했는데 상기된 표정이다. 서동수의 시선을 받은 소천이 눈웃음을 쳤다.

"욕실 안에 가운 있어요. 가운으로 갈아입으세요, 보스."

소천이 차려놓은 술상을 본 서동수가 감탄했다. 과일은 물론 소시지, 튀김 안주까지 차려놓고 술은 중국산 백주다. 서동수가 즐겨 마셨던 50도짜리인 것이다. 서동수가 소파에 앉자 소천이 말했다.

"그럼 이젠 제가 옷 갈아입고 올 테니까 먼저 드세요."

서동수의 시선을 받은 소천이 수줍게 웃었다.

"가운으로 갈아입으려구요, 괜찮죠?"

"아, 그럼."

백주 뚜껑을 열면서 서동수가 웃었다.

소천은 동양섬유 총무과장 시절부터 같이 일해온 터여서 호흡이 맞는 사이다. 서동수의 직장생활 경험에 의하면 부하는 자신의 능력을 인정해주는 상사를 따른다. 바로 서동수와 소천의 관계가 그렇다. 방에 들어갔던 소천이 나왔을 때 서동수가 다시 웃었다. 소천은 호텔 가운으로 갈아입지 않았다. 피처럼 붉은 중국식 가운을 입은 것이다. 둥근 어깨의 곡선에서부터 볼록 솟은 가슴과 허리, 아랫배의 둥근 언덕까지 그대로 드러난 가운, 그러나 양쪽은 옆구리 부근까지 트여져서 옷자락이 펄럭일 때마다 흰 허벅지가 보인다, 술잔을 든 서동수가 지그시 소천을 보았다.

"소천, 아름답다."

"고맙습니다, 보스."

제 앞에 놓은 술잔에 술을 따르면서 소천이 말했다. 몸이 조금 비틀리면서 허벅지 윗부분까지 드러났다.

"이런 곳에서 보스하고 둘이 술 마시다니 꿈만 같아요."

"내일 마르코하고 상담 계획부터 말해."

불쑥 서동수가 말하자 소천이 이를 드러내며 소리 없이 웃었다.

"마르코의 카리나모텔은 룸이 20개, 3층 건물로 아래층이 식당입니다. 건물은 오래된 석조건물인데 판매가는 400만 불 정도입니다."

소천이 탁자 밑에서 봉투를 꺼내더니 건물 사진과 서류를 꺼내 정돈해놓았다, 건물 사진은 모텔의 전경과 식당, 방까지를 찍은 것으로 수십 장이다, 서류는 최근 3년간의 영업 내역이 기록되어 있었는데 소천이 용역회사에 의뢰한 것이다, 동남아는 물론 유럽지역에도 투자대상을 물색해온 서동수다. 자금은 묵혀놓으면 돌덩이에 불과하다. 따라서 자금은 운용시켜야 제 가치를 발휘한다. 부동산, 주식, 또는 인적 자원에 투자하는 것도 그 방법이다. 서류를 체크하는 서동수를 향해 소천이 말을 이었다.

"모텔은 낡고 수익도 저조하지만 테르미니 역에서 가깝고 주변 환경이 좋습니다. 리모델링을 하면 투자 가치는 있을 것 같습니다."

서류에서 시선을 뗀 서동수가 술잔을 들고 한 모금에 백주를 삼켰다. 50도짜리 알코올이 불덩이처럼 식도를 타고 흘러내려 갔다.

"좋아. 내일 마르코를 만나 이야기를 듣자구."

마르코는 모텔 소유주로 30대 중반의 백만장자라고 했다. 유산으로 물려받은 재산 중 하나인 모텔을 처분하려는 것이다. 소천이 서동수의 빈 잔에 술을 채우면서 물었다.

"보스, 미얀마 일은 잘되셨어요?"

"잘 되었어."

이번에는 서동수가 소천의 잔에 술을 따르면서 말했다.

"마이란과의 합작 사업은 당분간 보류다."

소천이 잠자코 술잔을 들더니 한 모금을 삼켰다. 그것을 본 서동수가 다시 소천의 잔에 술을 채웠다.

"자, 마셔."

소천은 미얀마의 지사장 레이를 의식하고 있을 것이었다. 여러 번 통화도 했으니까.

다음 날 아침, 눈을 뜬 소천이 커피 냄새를 맡는다. 놀란 소천이 상반신을 일으켰다가 머리를 찌르는 통증에 이맛살을 찌푸렸다. 과음했기 때문이다.

"커피 한잔 마셔."

그때 다가온 서동수가 커피잔을 내밀었다. 창밖이 부옇게 밝아오고 있다. 엉겁결에 커피잔을 받아 쥔 소천이 자신의 몸을 보았다. 가운은 그대로 입은 채 침대에 있다. 시트가 배꼽 아래부터 덮여져 있었는데 언제 침대에 누웠는지 기억나지 않는다. 침대 끝에 선 서동수가 웃음 띤 얼굴로 말했다.

"소천, 어젯밤 과음했어."

서동수는 가운 차림이었지만 얼굴이 말끔했다. 세수까지 한 것 같다. 탁자에 부착된 디지털시계가 오전 6시 40분을 가리키고 있다. 서동수가 몸을 돌리면서 말했다.

"네가 소파에 쓰러져서 내가 이곳까지 안아 옮긴 거야."

커피잔을 쥔 소천이 어금니를 물었고 서동수의 말이 이어졌다.

"씻고 식당으로 나와, 내가 먼저 가서 기다릴 테니까."

서동수가 방을 나가자 한 모금 뜨거운 커피를 삼킨 소천이 어깨를 늘어뜨렸다. 계획적이다. 서동수는 자꾸 술을 권했고 소천은 사양하지 않고 마신 것이다. 술은 제법 마셨지만 서동수하고는 상대가 안 되는 소천이다. 같이 마셨으니 뻗을 수밖에. 그러나 씻고 나왔을 때 속은 쓰렸지만 기분은 개운했다. 그래서 식당으로 먼저 가 있는 서동수의 앞쪽 자리에 앉으면서 웃었다.

"약속을 지키시려고 그러시는군요."

주스를 마시던 서동수가 따라 웃었다.

"꼭 그런 건 아냐, 절제하는 거지."

"개운해요."

"나도 참은 것이 잘했다는 생각이 든다."

"언제까지 참으실 건데요?"

그러자 다시 한 모금 주스를 삼킨 서동수가 지그시 소천을 보았다.

"억지로 참지는 않을 거다."

서동수의 시선을 받은 소천은 온몸에 약한 전류가 지나는 것 같은 자극을 받는다. 식사를 마친 둘은 가이드 존의 안내로 마르코의 모텔을 방문했다. 마르코는 훤칠한 키의 미남으로 옷차림도 세련되었다. 인사를 마친 그들은 모텔 1층의 사무실에 둘러앉았다. 마르코는 로베르토라는 이름의 변호사를 합석시켰다. 소천과는 만난 적이 있는 터라 마르코가 서동수에게 말했다.

"요즘은 중국 기업에서 자주 찾아옵니다. 골목 건너편의 데스테호텔도 중국 기업에 팔렸습니다."

서동수가 머리만 끄덕이자 마르코가 명함을 들여다보면서 물었다.

"서 사장 고향은 칭다오입니까?"

명함에 동성의 주소가 칭다오로 적혀 있는 것이다. 마르코는 서동수를 중국인으로 알고 있는 것 같다.

"아니, 난 한국인입니다. 중국에서 사업을 하고 있을 뿐이지요."

서동수가 눈으로 옆에 앉은 소천을 가리켰다.

"여기 앉은 소천은 중국인이구요."

"아, 그렇군요."

머리를 끄덕인 마르코와 로베르토의 시선이 부딪쳤다. 그때 서동수가 중국어로 소천에게 물었다.

"내가 중국인이라고 했나?"

"아뇨? 제 명함을 보고 당연히 그렇게 생각한 것 같습니다."

소천이 웃음 띤 얼굴로 말을 이었다.

"부동산을 구입하려고 중국인들이 많이 오니까요."

그렇다. 유럽뿐만이 아니다. 아프리카, 아랍권도 마찬가지다.

상담을 마치고 호텔로 돌아왔을 때는 12시가 되어갈 무렵이다. 점심 시간이 되기 전에 상담을 마친 것이다. 로마는 테베레강을 낀 도시로 중심이 베네치아 광장이다. 규모는 직경 5㎞ 정도의 둥근 원 안에 다 들어갈 정도로 작지만 도시 전체가 관광명소다. 2,500년 역사를 품고 있어 전 세계에서 모여든 관광객들에게 고대 에트루리아 시대부터 로마제국 시대, 그리스도 총본산 시대를 거쳐 근대 이탈리아 시대에 이르기까지의 유물을 펼쳐 보이는 것이다.

"시장 조사야."

소천과 호텔 안 식당에서 점심을 먹으면서 서동수가 말했다.

"기업가란 두발자전거를 탄 사람과 같아. 굴러가지 않으면 넘어져."

"후후."

스파게티를 삼킨 소천이 입을 가리고 웃었다. 눈이 초승달 모양이 되면서 얼굴이 환해졌다.

"보스는 지금 굴러가고 계시는가요?"

"그런 셈이지."

따라 웃은 서동수가 말을 이었다.

"유럽이 침체기에 들어 있지만 배울 점도 많아, 반면교사라는 말도 있어."

차츰 소천의 얼굴이 진지해졌고 서동수의 목소리에 열기가 띠어졌다.

"난 힘껏 벌어서 이익금을 사회에 재투자할 거다. 돈 모아서 관 속에 넣고 가는 꼴을 보이지 않겠단 말야."

그것이 서동수의 신조다. 쉽게 말하면 열심히 벌어서 열심히 쓰는 것이다. 마르코한테는 검토 후에 연락하겠다고 한 터라 내일 오전 11시 비행기로 떠날 예정이었다. 냅킨으로 입술을 닦은 소천이 서동수를 보았다. 두 눈이 맑고 또렷했다.

"보스는 사랑해보신 적이 있으세요?"

"물론."

대번에 대답한 서동수가 물잔을 쥐었다.

"왜 묻는 거냐?"

"실례지만 누구하고 사랑해보셨죠?"

다시 소천이 묻자 서동수는 이번에도 거침없이 대답했다.

"너하고도 했지."

"섹스를 말하시는군요."

"네가 그걸 묻지 않았나?"

"다른 거였는데."

"정신적인 것이냐?"

"네, 그것도 포함한, 그러니까 섹스만이 아닌……."

"말이 길면 거짓이 들어가는 경우가 많아."

서동수가 소천의 말을 잘랐다. 그러고는 차분하게 설명했다.

"짧고 쉽게 이해할 수 있는 말이 진실에 가깝다. 긴 말, 긴 표현을 본인도 모르면서 내뱉는 경우가 많아. 진실을 감추려는 위장용 수사가 섞여지기도 한다. 따라서……."

"그럼 사랑이란 뭐죠?"

이번에는 소천이 서동수의 말을 잘랐다. 정색한 표정이다. 서동수가 심호흡을 했다. 그러나 똑바로 소천을 보았다.

"사랑은 주관적 개념이다. 알아?"

"이해합니다."

말 잘 듣는 학생처럼 소천이 대답했고 서동수가 말을 잇는다.

"나한테 사랑은 스쳐가는 바람이야."

소천은 입을 다물었다.

"영원한 것은 없어, 다 지나가."

"……."

"난 교감이 맞는 섹스를 할 때 사랑을 느낀다. 하지만 그 순간 이상은 기대하지 않아."

"……."

"이상이야."

그때 소천이 서동수의 시선을 받았다.

"그럼 우리 섹스해요, 지금."

환한 햇살을 받은 소천의 알몸이 출렁대고 있다. 한낮이다. 오후 3시쯤 되었을까? 창문을 활짝 열어놓아서 도시의 냄새와 소음이 쏟아지듯 들어왔다.

"아아아."

출렁대면서 소천이 신음을 뱉는다. 상반신을 반듯이 편 소천의 젖가슴이 출렁대고 있다. 머리칼이 어깨 위에서 출렁댄다. 약간 도톰한 아랫배도 출렁대는 중이다. 소천이 상위 자세인 것이다.

"아아아, 허니."

소천의 입에서 다시 신음이 터졌다. 머리를 뒤로 젖혔던 소천이 두 손으로 젖가슴을 받쳐 올리려는 자세를 만들더니 허리 운동이 빨라졌다. 소천의 허리를 양손으로 감싸 쥔 서동수가 움직임에 맞춰 같이 흔든다. 아래쪽 소천의 몸 깊숙이 섞여진 남성에 강한 압박이 오면서 서동수의 어금니가 저절로 물려졌다.

"아아아, 허니, 허니."

마침내 소천이 터지면서 몸이 허물어졌다. 상반신을 반듯이 엎드리면서 서동수의 입술을 찾는다. 서동수가 소천의 목을 껴안고 입술을 빨았다. 그 순간 둘의 몸은 빈틈없이 붙여지면서 소천의 몸이 경련을 일으켰다.

"아아아."

입을 뗀 소천의 탄성이 높아졌다. 굽혀졌던 두 다리를 쭉 뻗으면서 서동수와 온몸을 밀착시키려는 동작을 한다. 서동수가 두 다리로 소천의 하반신을 감싸 안았다. 소천이 절정이 계속되는 동안 서동수는 그렇게 기다렸다. 한낮의 정사다. 점심을 마치자마자 바로 방에 올라와 사랑을 나눈 것이다. 그렇다. 소천은 서동수식 사랑에 동참한 셈이다. 소천의 몸은 땀으로 젖어 있었지만 곧 서늘한 바람에 식혀졌다. 이윽고 소천의 신음이 줄어들면서 가쁜 숨소리만 들렸다. 그때 서동수가 그 자세 그대로 몸을 굴리자 소천의 위에 오른 자세가 되었다. 아직 서동수의 몸은 소천과 합쳐져 있는 상태다. 가쁜 숨을 조절하던 소천이 눈동자의 초점을 잡고 서동수를 보았다.

"괜찮아요, 허니?"

"해도 돼?"

이쪽에서 되묻자 소천이 두 손으로 서동수의 목을 감싸 안았다. 소천의 동굴이 조금씩 수축하기 시작했다.

"나, 빨리 절정에 닿을게요."

"일부러 그럴 것 없어."

소천의 두 다리를 치켜 올려 어깨에 걸치면서 서동수가 말했다. 이제 소천의 몸은 공처럼 조그맣게 접혀졌다. 소천이 벌써 숨소리에 섞어 신음을 뱉기 시작했다. 눈동자의 초점이 금방 멀어지더니 서동수가 몸을 움직이기도 전에 달아오르기 시작한 것이다.

"아아앗."

서동수가 움직이자 소천의 입에서 커다랗게 비명이 터졌다. 강한 압박을 받은 서동수가 소천의 어깨를 움켜쥐었다. 방 안에 폭풍이 덮어지기 시작했다.

"허니, 사랑해요."

갑자기 소천이 소리치듯 말했으므로 서동수는 숨을 죽였다. 그러나 소천의 시선은 먼 쪽을 보고 있다. 이어서 커다란 신음이 이어졌기 때문에 서동수는 머리를 돌려 소천의 종아리를, 발등을 입술로 애무했다. 소천의 신음이 더 커졌고 빨라졌다. 절정에 오르고 있는 것이다. 서동수는 자신도 곧 터질 것을 알았다. 소천도 함께 끓어오르고 있다. 탄성, 비명, 둘이서 함께 솟아오른다.

"아악."

소천의 터지는 비명을 들으면서 서동수는 자신의 몸이 허공으로 치솟는 느낌을 받는다. 함께 터진 것이다. 서동수는 그 순간 소천의 귀에 대고 짐승의 울음 같은 탄성을 뱉어주었다. 사랑의 표시다.

마르코한테서 전화가 왔을 때는 오후 6시가 되어 갈 무렵이다. 그때도 둘은 객실 안에서 달콤한 분위기에 파묻혀 있었는데 서동수는 욕조에 누운 채로 소천이 건네주는 전화기를 받았다.

"웬일입니까?"

서동수가 묻자 마르코는 웃음 띤 목소리로 말했다.

"오늘 밤에 파티를 할 예정인데 두 분이 참석해 주셨으면 해서요."

가볍게 거절해도 좋은 분위기여서 서동수도 웃음 띤 얼굴로 물었다.

"뭐, 좋은 일 있습니까?"

"한잔 마시면서 즐기십시다. 아름다운 여자가 많아요."

그때 소천이 알몸으로 욕조 안으로 들어왔으므로 서동수가 팔을 벌려 어깨를 당겨 안았다. 둘은 계속 알몸 상태인 것이다.

"마르코 씨, 그건 어렵겠는데요. 내 파트너를 혼자 둘 수는 없어서."

"같이 오시면 됩니다. 두 분 다 즐거우실 겁니다."

"잠깐만요."

서동수가 송화구를 손바닥으로 막고 마르코의 말을 전하자 소천이 머리를 기울였다.

"그저 놀자는 말이 아닌 것 같은데요? 용건이 있느냐고 물어보세요."

그러더니 덧붙였다.

"그냥 놀자는 말이면 보스 혼자 가세요. 전 싫어요."

손바닥을 뗀 서동수가 마르코에게 물었다.

"무슨 용건이 있습니까? 그걸 알고 싶은데요, 마르코 씨.'

"예. 상담할 것도 조금 있습니다."

마르코가 말을 이었다.

"은행 담보를 떠맡는 조건으로 100만 불에 양도하겠습니다. 은행 담보가 이자까지 270만 불 정도 있거든요."

서동수는 듣기만 했고 마르코의 목소리에 열기가 묻어났다.

"더 이상 이런 상담하기가 싫어서 그래요. 난 얼른 처리하고 프랑스로 갈 겁니다. 여길 다 정리한다고요."

"알겠습니다. 나한테 검토할 시간을 주세요, 마르코 씨."

"5일 드리지요."

마르코의 목소리가 차분해졌다.

"이번 주말까지 결정하시고 다음 주 월요일에 결정하십시다."

"좋습니다."

그러자 마르코가 생각난 듯 물었다.

"오늘 밤 파티에 오실 겁니까?"

"피곤해서 쉬고 싶습니다."

"알겠습니다. 파트너께 안부 전해주시오."

통화가 끝났을 때 서동수가 소천을 향해 웃었다.

"파트너한테 안부를 전해 달라는군. 네가 내 애인인 줄 아는 모양이다."

"당연하죠. 제가 분위기를 풍겼거든요."

서동수에게 바짝 몸을 붙인 소천이 따라 웃었다.

"보스를 바라보는 눈빛, 표정으로요."

옆에 붙어 있었기 때문에 소천도 마르코의 이야기를 다 들었다. 곧 정색한 소천이 서동수를 보았다.

"조사시킬까요?"

"그래야겠어."

머리를 끄덕인 서동수가 말을 이었다.

"그런 조건이라면 받아들일 수 있어."

"더 깎을 수도 있을 것 같아요."

소천의 얼굴에 생기가 떠올랐다.

"제가 여기 남아서 조사를 의뢰하죠. 철저하게 파악하겠습니다."

"네가 책임져."

서동수가 소천의 어깨를 당겨 안으면서 말했다. 자금 여력은 충분하다. 정재민의 투자금도 고스란히 남아 있는 상황인 것이다. 매물만 확실하면 된다.

로마에 소천을 남겨두고 귀국한 날 저녁에 서동수는 김 영사의 전화를 받았다. 김 영사의 이름은 김재학. 국정원 요원이다. 공항에서 곧장 집으로 들어와 쉬고 있었지만 서동수는 칭다오 시내의 중식당에서 김재학과 마주 앉았다. 저녁은 먹었기 때문에 안주와 술을 주문하고 방 안에 둘이 남았을 때 김재학이 말했다

"이은실이 만나는 남자가 셋 있습니다. 서 사장님까지 넷이 되는 셈이지요."

서동수는 잠자코 시선만 주었는데 감동이 일어나지 않았기 때문이다. 김재학이 말을 이었다.

"모두 한국 사업가입니다. 서 사장님만 제외하고 가족이 한국에 계시는 분들이죠."

외로운 사람들이다. 대부분이 한국에서 견디지 못하고 그야말로 모든 것을 걸고 중국땅에서 승부를 내려는 사업가들이다. 중국에서 미얀마

로, 인도로 넘어가는 사람들이 가뭄에 콩 나듯 있지만 모두 배수진을 치고 일한다. 그들에게 이제 중국은 황금의 땅이 아니다. 다시 한국보다 더 치열한 생존경쟁의 전장이 되어 있다. 전쟁에 지친 그들에게 파고들기는 오히려 더 쉬울지도 모른다. 서동수가 김재학을 보았다.

"그들한테도 한국으로 도망친다고 했습니까?"

"그랬더군요."

김재학의 얼굴에 쓴웃음이 번졌다.

"두 분은 각각 2,000불, 3,500불을 주었고 한 분은 간발의 차이로 제가 막았습니다."

"……."

"그 돈으로 뭘 할지 알 수는 없지만 한국으로 가려는 건 아닌 것 같습니다."

"왜요?"

"가려면 브로커를 통하든지 한국 교회에서 지원하는 탈북 조직을 이용해야 합니다. 그런데 그들과 전혀 접촉이 없습니다."

마침 요리와 술이 들어왔으므로 둘은 입을 다물었다. 종업원이 나갔을 때 김재학이 부드러운 표정으로 말했다.

"아마 귀국할 때가 된 것이겠지요. 귀국할 때 빈손으로 돌아가지 않으려고 그런 것 같습니다."

서동수는 잔에 백주를 따라 김재학에게 내밀었다. 제 잔에도 술을 채운 서동수가 한 모금에 삼켰다. 60도짜리 알코올이 목구멍을 태우는 것처럼 흘러 들어갔다.

안주도 먹지 않고 다시 잔을 채운 서동수가 김재학을 보았다.

"수고하셨습니다. 고맙습니다."

"아닙니다. 제가 할 일입니다."

술잔을 든 김재학이 한 모금에 삼키더니 길게 숨을 뱉었다.

"큰 피해는 없어야 할 텐데요. 걱정입니다."

"글쎄요. 현재까지는 주고받았는데……."

문득 말을 멈춘 서동수가 들고 있던 잔을 입에 붙였다. 술을 삼킨 서동수의 가슴이 뜨거워졌다. 과연 그런가? 주고받았는가? 아니다. 이은실에 걸린 네 놈 다 장사꾼이기는 하다. 그러나 과연 준 만큼 받고, 받은 만큼 주었는가? 아니다. 서동수가 이제 조금 충혈된 눈으로 김재학을 보았다. 장사꾼이어서 다 명분은 그렇게 내세웠겠지만 뜨거운 가슴을 얼마쯤 쪼개 주었다. 그것은 계산에 들어가지 않은 부분이다.

"오늘, 오입 한번 하실까요? 괜찮은 아가씨들이 나오는 곳을 아는데."

서동수가 화제를 돌렸다.

"여기도 이제 아가씨들이 수입됩니다. 가십시다."

그러자 김재학은 웃기만 했다. 서동수가 마음에도 없는 소리를 하는 줄 아는 것 같다. 다시 술잔을 든 서동수가 혼잣말처럼 말했다.

"다 불쌍하구만요. 놈이나 년이나."

"기다리셨어요?"

앞자리에 앉은 이은실이 가쁜 숨을 가라앉히면서 물었다. 얼굴이 조금 상기되었고 이마에는 작은 땀방울까지 돋아났다. 손바닥을 펴 얼굴에 부채를 부치는 시늉을 했는데 눈이 부시도록 아름답다. 오늘은 파마한 머리를 뒤로 묶어서 동그란 얼굴이 다 드러났다. 흰 피부, 맑은 눈이 똑바로 서동수를 응시하고 있다. 도톰하고 붉은 입술, 저 입술이 열리면서 커다란 탄성이 뱉어졌고 흰 알몸은 뱀처럼 꿈틀거리면서 엉켰었다.

"아유, 왜 그렇게 봐요?"

서동수의 시선이 부끄러운 듯 이은실이 눈웃음을 쳤다. 몸이 살짝 비틀리면서 블라우스 사이로 젖가슴 윗부분이 드러났다. 이은실이 미끈한 팔을 내밀더니 손목시계를 보는 시늉을 했다.

"오늘은 자고 들어가도 돼요. 내일 아침 7시까지 시간을 냈다구요."

머리를 끄덕인 서동수가 벨을 눌러 종업원을 불렀다. 음식을 주문하고 나서 서동수가 지그시 이은실을 보았다.

"너, 어떻게 탈북을 하려는 거야?"

그 순간 이은실이 정색하더니 방 안을 둘러보았다.

"탈북을 도와주는 사람들이 있어요."

"누군데?"

"그건 말할 수 없단 말입니다."

이은실의 목소리가 낮아졌다.

"비밀을 지켜야 하기 때문에……."

"언제 탈북할 거지?"

"그것도 말하기 곤란해요."

머리를 끄덕인 서동수가 물잔을 들고 한 모금 차를 삼켰다.

"얼마가 필요하다고 했지?"

"5,000불요."

"……."

"3,000불도 좋아요."

갑자기 가슴이 답답해진 서동수가 다시 머리만 끄덕였고 이은실의 말이 이어졌다.

"도와주는 사람한테 경비를 지급해야 되기 때문에……."

"……."

"정말 이렇게는 힘들어서 못 살겠어요. 하루가 며칠같이 느껴지고 감옥에 갇혀 있는 것 같아요. 숨이 막혀요."

"……."

"박 사장님 은혜는 평생 잊지 않을게요."

그 순간 외면한 서동수가 내려놓았던 물잔을 쥐었다. 이은실이 박 사장이라고 부른 것이다. 그렇다. 어젯밤에 김재학한테서 들은 피해자 중 하나일 것이었다. 이은실도 제 입으로 뱉은 말실수를 들은 것 같다. 잠시 입을 다물고 있었으니까. 그때 한 모금 차를 삼킨 서동수가 입을 열었다.

"너 잘 살아야 돼."

"네, 사장님."

살았다는 듯이 이은실의 목소리가 커졌다.

"잘 살게요."

"열심히 살란 말야."

"네, 열심히 살게요."

그때서야 머리를 든 서동수가 이은실을 보았다. 이은실의 두 눈이 반짝이고 있다. 조금 벌어진 앵두 같은 입술은 물기에 젖어 윤기가 난다. 서동수가 가슴 주머니에서 봉투를 꺼내 이은실 앞에 놓았다.

"3,000불 가져왔어."

이은실의 시선이 앞에 놓인 봉투로 내려졌다. 눈빛이 더 강해진 것 같다.

"잘 써."

"감사합니다."

그때서야 봉투를 쥔 이은실이 상기된 얼굴로 서동수를 보았다.

"은혜 잊지 않을게요."

"내가 바빠서, 음식 값을 내고 먼저 나갈 테니까. 넌 천천히 와."

자리에서 일어선 서동수가 웃음 띤 얼굴로 말했다. 이렇게 헤어지는 것이 낫다. 앞으로 열심히 살겠지.

4장
억만장자

거부(巨富)가 되려면 시대를 잘 만나야 하고 사람이 있어야 되며 자본을 갖춰야 한다고들 말한다. 시대란 곧 기회, 또는 타이밍, 혹은 운(運)으로도 해석되며 사람이란 말할 것도 없이 인재(人才), 두뇌이고 자본은 돈이다. 그러나 셋 다 갖추고도 망한 거부가 있는가 하면 해당 사항이 없는데도 편법, 탈법으로 거부가 된 인간도 있다. 그것을 보면 세상에 법대로 되는 일이 없는 것 같기도 하다. 서동수는 창업 4년 만에 억만장자의 대열에 끼게 되었는데 바탕이 유통업이다. 동성브랜드 매장은 중국을 중심으로 태국, 베트남, 필리핀, 인도네시아 등 각국으로 확산되었으며 이제는 의류뿐만이 아니라 한국산 전자, 잡화도 함께 취급했다. 동남아 각국은 각각 현지법인 체제로 운영되며 현지인 고용을 원칙으로 하는 터라 정부의 적극적인 협조를 받고 있는 것이다. 이제 서동수는 동양전자의 아시아 지역 에이전시뿐만 아니라 한국 전자업계 1, 3위인 일성과 한국전자의 에이전시까지 겸하게 되었다. 서동수의 영업력을 인정한 일성과 한국전자에서 먼저 제의를 해왔기 때문이다. 돈이 모이기 시작하면 저절로 쌓여진다고들 한다. 백만장자의 자서전을 보면 그런 경우가 많다. 그러다가 방심해서 억만장자가 못 되고 자빠지기도 한다. 이곳은 태국의 치앙마이, 서동수가 화려한 무늬의 반팔 셔츠를 입고 동성호텔 라운지에 앉아 있다. 앞쪽 정원에 태양이 눈부시게 펼쳐진 오후 3시경이다.

"퀸호텔과 아시아호텔이 매물로 나왔습니다. 회장님."

앞에 앉은 로시타가 말했다. 로시타는 태국 동성의 현지법인 사장이다. 태국 현지법인은 6개의 호텔, 120개의 매장을 운영하고 있는데 치앙마이의 님만해민거리에 위치한 2개의 호텔이 매물로 나왔다는 것이다. 로시타가 말을 이었다.

"오래된 호텔들이어서 리모델링을 하면 2년 후에는 두 배로 매각이 가능합니다. 가격도 기대한 것만큼 떨어졌습니다. 회장님."

서동수는 잠자코 탁자 위에 놓인 서류를 보았다. 두 호텔에 대한 조사서류다. 태국에서 서동수는 5개 호텔과 3개의 회사를 재매각하여 두 배 이상의 소득을 올렸다. 외국인 소유의 업체였고 구매자도 외국인이었다. 머리를 든 서동수가 로시타를 보았다. 로시타는 36세, 미국에서 대학을 마치고 돌아온 후에 관광청에서 공직 생활을 하다가 동성의 현지법인장이 되었다. 아버지가 태국 군부의 실력자였다가 퇴직한 명문 출신이다. 로시타의 검은 눈동자를 본 서동수가 심호흡을 했다. 이혼녀인 로시타는 날씬한 몸매의 미인이다.

"내가 석 달쯤 전에 북쪽 산악 지역에 들렀는데 그곳이 무슨 마을이었지?"

"예. 초람 마을이었죠."

동행했던 로시타가 바로 대답했다.

"그때 지프가 강물이 불어나는 바람에 못 가 우리가 외줄 다리를 건넜지?"

"예. 그랬습니다. 회장님께서 스릴이 있다고 하셨죠."

로시타의 얼굴에 웃음이 떠올랐다. 치앙마이 북서쪽으로 60㎞ 쯤 떨어진 산간 마을이다. 강물이 불면 차량은 다니지 못해서 차는 놔두고 서동수와 로시타는 외줄 다리를 건너 산악 민족이 사는 마을을 관광하고 돌아왔다. 로시타의 시선을 받은 서동수가 말을 이었다.

"호텔 매입할 자금으로 지방 정부와 상의해서 그곳에 차가 다닐 수 있는 다리를 건설하도록 해."

서동수가 숨을 죽인 로시타를 향해 빙그레 웃었다.

"돈이 남으면 학교도 새로 짓고."

"돈은 내가 쓸 만큼만 있으면 돼."

방콕으로 돌아가는 비행기 안에서 서동수가 옆에 앉은 로시타에게 말했다.

"한국 속담에 개같이 벌어서 정승처럼 쓰라는 말이 있어."

한국인이라면 금방 알아듣겠지만 개는 독(dog)이고 정승은 수상(prime minister)이다.

수상의 돈 쓰는 자세가 아리송할 것이므로 서동수가 풀이를 했다.

"수단 방법을 가리지 않고 벌어서, 신사처럼 통 크게 쓰라는 뜻이야."

"그렇군요."

로시타가 반짝이는 눈으로 서동수를 보았다.

"그것이 회장님의 생활철학이시군요."

"철학이라고까지 할 건 없고."

서동수가 의자에 등을 붙이고는 다리를 길게 뻗었다. 보잉사가 제작한 24인승 전세기 안이다. 손님이 둘뿐인데다 둘은 호텔 방 같은 분위기의 밀실에 앉아 있다. 서동수는 해외 출장을 많이 다니는 터라 반년쯤 전부터 전세기를 사용하고 있는 것이다.

"쓴 만큼 돌아온다는 것이 내 신조야."

"회장님은 특별하신 분이세요."

로시타의 얼굴에 웃음기가 돌았다. 서동수의 시선을 받은 로시타가 말을 이었다.

"발상이 뛰어나세요. 그래서 자주 사람들을 감동시킵니다."

"아부하지 마, 로시타."

"있는 그대로 말씀드린 겁니다."

로시타는 남방 민족의 여자 같지 않게 콧날이 곧은데다 입술은 얇고 야무졌다. 타원형 얼굴에 눈꼬리가 조금 솟은 눈은 자극적이다. 그러나 로시타를 영입한 지 8개월이 되었지만 서동수는 업무적으로만 상대했다. 지금 미얀마 현지법인장이 되어 있는 레이하고는 다른 상황이다. 관광청 부장이었던 로시타에게 서동수가 법인장을 제의했던 것이다.

"참, 제 아버지가 시간 있으시면 저녁을 같이 먹자고 하시는데요."

로시타가 생각난 것처럼 말했다,

"무슨 일이 있는 건 아닐 겁니다. 술을 좋아하시는 분이라 같이 술 마시려고 그러시는 것 같아요."

"……."

"지난번에 말씀하셨고 이번에 태국 오신 것도 제가 말씀 안 드렸어요. 그러니까 안 들은 것으로 하셔도 됩니다."

"오늘밤에 뵙기로 하지."

서동수가 로시타를 흘겨보며 말했다.

"한국 속담이 또 있어. 긴 말에는 거짓말이 섞여 있다는 거야."

"그렇군요."

정색한 로시타가 머리를 끄덕였다.

"한국 속담이 마치 '현자의 말' 처럼 느껴집니다, 회장님."

"수많은 현자가 계셨지."

이번에는 서동수가 정색하고 로시타를 보았다.

"어떤 거짓말을 섞었지?"

"아버지는 회장님이 오신 것을 압니다."

"그럼 그렇지."

"그래서 어젯밤에 초람마을 다리 건설 건을 말씀드렸더니 굉장히 기뻐하셨어요. 학교까지 재건축을 하겠다니 직접 정부 측에 이야기를 하겠다고 하셨습니다."

"그렇게까지는 하실 필요가 없고."

입맛을 다신 서동수가 로시타를 노려보았다.

"그것 때문에 부친께서 날 보자고 하신 건가?"

"아닙니다."

머리까지 저은 로시타가 서동수를 보았다.

눈동자가 흔들렸다가 고정되었다.

"제가 아직 젊고 불안하신가 봐요."

그러자 서동수가 머리를 끄덕였다.

"그것 봐. 한국 속담이 다 맞다니까."

로시타의 부친 탁준 씨는 60대 중반이었지만 건장한 체격에 피부도 탱탱해서 50대쯤으로 보였다. 방콕의 중심부 스쿰빗거리 뒤쪽에 위치한 탁준의 저택은 높은 담장에 둘러싸인 왕궁 같았다. 정원도 넓고 풀장도 있었다. 저녁식사 초대를 받은 터라 탁준과 부인 아닐라, 그리고 로시타와 서동수까지 넷이 금장식이 된 식탁에 둘러앉아 식사를 했다. 로시타의 오빠는 현역 대령으로 근무한다고 들었는데 탁준은 '귀찮아서' 부르지 않았다는 것이다. 서동수가 불편해 할까봐 연락하지 않은 것 같다. 식사를 마친 넷이 옆쪽 응접실로 옮겼을 때 탁준이 서동수에게 물었다.

"서 회장, 로시타가 근무한 지 8개월이 되었지?"

"그렇습니다."

긴장한 서동수가 탁준을 보았다. 보안사령관 출신이었으니 정보통일 것이다. 로시타를 영입하기 전에 세 번 밖에서 만난 적이 있고 세 번째에는 클럽에서 같이 술까지 마셨다. 로시타는 아버지 탁준의 허락을 받고 나서 동성의 현지법인장을 수락한 것이다. 그것은 탁준이 동성의 가능성을 높게 평가했다는 의미도 된다. 그때 어머니 아닐라가 자리에서 일어나 옆방으로 사라졌다. 50대쯤으로 보이는 아닐라 또한 몸매가 날씬하고 아직도 육감적인 미인이다. 서동수는 지금까지 유력자의 부인치고 아름답지 않거나 품위를 잃은 여자를 보지 못했다. 선입견이 아니다.

강한 자가 미인을 차지한다는 옛말이 맞는 것 같다. 탁준이 말을 이었다.

"난 자네가 로시타를 택한 이유가 있다고 생각했고 그 이유에 공감한 사람이야. 인생은 거래이고 특히 사업은 그 관계가 분명한 법이지."

탁준이 똑바로 서동수를 보았다.

"그런데 자네는 지금까지 로시타를 통해 한 번도 어떤 제의나 도움을 요청하지 않더군. 오늘은 그 이유를 들어야겠네."

서동수가 입술 끝만 올리며 웃었다.

"로시타가 있는 것만으로도 도움이 되었기 때문입니다. 더 이상 바랄 것이 없습니다."

"그런가?"

따라 웃은 탁준의 표정이 부드러워졌다.

"귀찮게 하는 놈들이 없단 말이지?"

"더구나 로시타의 업무 능력이 뛰어납니다, 장군."

"그건 믿기지 않는데."

머리를 기울인 탁준의 시선이 로시타에게로 옮아갔다.

"저놈은 머리는 좋지만 감성적이야. 저놈 전 남편이 누군 줄 아는가?"

"모릅니다."

서동수의 시선이 저절로 로시타에게 옮아갔다. 의외로 로시타의 표정은 차분하다. 탁자 위의 화병을 바라보고만 있다. 헛기침을 한 탁준이 말을 이었다.

"외교장관 아들로 옥스퍼드를 졸업한 수재였다네. 졸업하고 귀국해서 호화생활을 하다가 저놈을 만나 결혼을 했지."

"……."

"결혼 후 3년 동안 두 번 사업에 실패했어. 한 번은 엄청나게 큰 유람선을 차오프라야 강에 띄웠다가 불이 나서 망했고, 또 한 번은 무역상을 했다가 물건이 안 팔려서 망했네. 경솔한 처사였지."

"……."

"모두 제 아비 재산으로 세웠다가 망했고 지금은 식당을 하고 있다네."

"……."

"저놈은 그놈하고 3년 동안 살다가 이혼했어. 열정이 금방 식은 것이지. 그래서 내가 자네 회사로 들어가라고 한 거야."

"……."

"자네 뒷조사를 다 했거든. 이런 기업인도 있다는 것을 저놈한테 보여주고 싶었어."

서동수는 숨을 들이켰다. 손을 대었다면 큰일이 날 뻔했다.

저택을 나온 차가 스쿰빗 거리의 꽉 막힌 차도에 멈춰 섰을 때 서동수가 로시타에게 물었다.

"로시타, 그럼 아버님의 의도는 성공한 것인가?"

"그런 셈이죠."

로시타가 남의 일처럼 차분한 표정으로 대답했다.

"난 3년 사이에 두 번이나 망해먹은 어설픈 기업가만 보았거든요."

탁준이 제공한 리무진은 운전석과 칸막이가 되어 있어서 둘은 작은 방에 나란히 앉아 있는 것 같다. 옆쪽에는 음료수가 꽂혀진 선반이 놓였고 앞에는 15인치 스크린이 펼쳐져 있다. 로시타가 말을 이었다.

"전 회장님을 통해서 비즈니스 세계를 체험하게 되었어요. 진정한 사업가도 겪게 되었고요."

"거북하군, 이제부터 날 보스라고 불러. 알고 있겠지만 미안마 법인장 레이도 나한테 보스라고 부르니까."

"그러죠."

머리를 끄덕인 로시타가 머리를 돌려 서동수를 보았다.

"저도 현지처가 될까요?"

"이런."

입맛을 다신 서동수가 눈을 흘겼다.

"내가 총 맞는 꼴을 보고 싶은 거야?"

"아뇨."

풀썩 웃었던 로시타가 금방 정색했다.

"농담이었습니다, 보스."

"한국 속담에 농담 속에 진담이 섞여 있다는 말이 있어."

"한국 속담이 무섭군요, 보스."

"진담이 섞여 있었던 거야?"

그때 로시타의 시선이 정면으로 부딪쳐 왔다.

"보스는 눈치 채셨으리라고 생각했는데요."

"무엇을?"

"태국 속담에 여자는 눈빛으로 말한다는 말이 있죠."

"당했군."

어깨를 늘어뜨린 서동수가 의자에 등을 붙였다.

"앞으로 선글라스 쓴 태국 여자는 벙어리로 알아야겠군."

다시 풀썩 웃은 로시타가 시선을 떼지 않고 물었다.

"그런 생각 안 드세요?"

"또 무엇을?"

"아버지의 허락을 받았다는 생각요."

"현지처?"

이번에는 로시타가 눈을 흘겼으므로 서동수의 목구멍이 와락 좁혀졌다. 머리끝이 곤두선 느낌이 들더니 이어서 하체로 뜨거운 기운이 옮겨졌다. 로시타가 붉은 입술을 달싹이며 말했다.

"보스, 저도 뜨거운 여자예요."

"로시타, 넌 능력 있는 여자야."

이제는 정색한 서동수가 한마디씩 분명하게 말했다.

"숨겨져 있던 네 능력이 법인장이 되면서 뿜어져 나오고 있어. 난 그것만으로도 고맙게 생각해."

"날 거부하는 건가요?"

갑자기 로시타가 되묻는 바람에 서동수가 숨을 들이켰다. 로시타가 다시 물었다.

"난 힘들게 제의했다고요. 보스."

"……."

"내 능력하고 내가 좋아하는 남자에게 프러포즈하는 건 별개의 문제라고요."

"……."

"난 이런 제의는 처음이라고요."

로시타의 얼굴이 굳어지더니 눈에 눈물이 고여지고 있다. 서동수는 감동했다.

저도 모르게 손을 뻗어 로시타의 손을 쥐었다. 로시타의 손은 작고 말랑했지만 뜨겁다. 그때 로시타가 손을 마주 쥐었다.

방으로 들어선 로시타가 몸을 돌려 서동수를 보았다. 눈동자가 흔들리고 있다.

"술 한잔 하시겠어요?"

목소리도 떨린다. 오후 10시 반, 차오프라야 강변의 동성호텔 스위트룸 안이다. 서동수가 머리만 끄덕이자 로시타가 주방 쪽으로 다가가며 말했다.

"씻고 나오세요. 그 동안 준비를 해 놓을 테니까요."

스위트룸은 응접실에 회의실, 침실이 두 개에다 주방과 식당까지 완벽하게 갖춰져 있다. 욕실로 다가가던 서동수가 발을 멈추고는 몸을 돌렸다. 그러고는 주방에 선 로시타의 뒷모습을 응시한 채 한동안 움직이지 않았다. 로시타는 주방 선반에서 그릇을 내리더니 먼저 씻기 시작했다. 단단한 엉덩이와 쭉 뻗은 다리, 슬리퍼를 신은 발뒤꿈치의 파인 부분까지 선명하게 드러났다. 그때 머리를 돌린 로시타가 서동수를 보았다.

"뭘 해요?"

놀란 듯 로시타가 눈을 크게 뜨고 물었다. 그때 서동수가 발을 떼어 로시타에게 다가갔다. 한 걸음, 두 걸음, 로시타까지는 일곱, 여덟 걸음 거리가 된다. 이제 로시타는 개수대에 엉덩이를 붙인 채 서동수를 응시하고만 있다. 방 안은 조용하다. 문득 씻고, 술을 마시고, 분위기가 뜨거워지기를 기다렸다가 엉키는 그 순서가 거추장스럽게 느껴졌기 때문이다. 그것이 오히려 더 가식처럼 느껴졌던 것이다. 로시타 앞으로 다가

선 서동수가 두 팔을 뻗어 어깨를 쥐었다. 이제 로시타의 얼굴은 굳어져 있다. 서동수의 얼굴이 다가가자 레몬 맛이 났다. 입술을 빨던 서동수는 로시타의 하반신이 밀착되어 있는 것이 느껴졌다. 숨결이 가빠졌고 뜨겁다. 서동수가 입을 떼고 물었다.

"로시타, 침대로 갈까?"

"급하세요?"

로시타가 두 팔로 서동수의 목을 감싸 안으면서 되물었다. 이제 로시타의 몸은 주방 개수대에 붙여져 있다.

"그래, 급해, 로시타."

"그 동안 어떻게 참았어요?"

로시타의 얼굴에 웃음기가 떠올라 있다.

"난 절제력이 강해."

"알고 있어요."

로시타가 서동수의 입술에 먼저 키스하더니 팔을 끌었다.

"침대로 가요."

둘은 한 덩어리가 되어서 바람처럼 침대로 옮아갔다. 발도 엉키지 않고 흐르는 물처럼 침대 위로 쏟아졌다. 침대에서 마주 보고 앉은 둘은 서로의 옷을 벗긴다. 방 안에 가쁜 숨소리와 침대의 쿠션이 출렁이는 소리만 울리고 있다. 이윽고 알몸이 된 둘이 엉켰다.

"키스해줘요."

뱀처럼 서동수의 몸을 감아 안은 로시타가 가쁜 숨을 뱉으면서 말했다.

"애무해줘요, 서."

로시타의 두 눈이 번들거리고 있다. 붉게 달아오른 얼굴, 반쯤 벌어진 입술은 물기에 젖었다. 서동수는 로시타의 입술을 물었다. 기다렸다는 듯이 로시타의 혀가 서동수의 입안으로 들어왔다. 동시에 두 손이 서동수의 엉덩이와 아랫배를 훑어 내려갔다. 뜨거운 손이다. 로시타가 이렇게 적극적이고 뜨겁게 반응해 오리라고는 예상하지 못했던 서동수다. 그래서 자극을 더 받는다. 서동수의 입술이 로시타의 턱에서 목으로, 다시 젖가슴으로 내려왔을 때 로시타의 가쁜 숨소리는 신음으로 바뀌어 있다.

"서, 이제 그만."

하고 로시타가 비명처럼 말했지만 서동수는 멈추지 않았다. 이제 입술은 아랫배를 지나고 있다. 밤은 길다.

동성의 한국 매장이 개설되기 시작한 것은 3년 전이다. 서동수는 중국을 기반으로 아시아 지역에 확산시켜가던 동성 매장을 한국에 상륙시킨 것이다. 동성의 원조는 한국이다. 한국의 동대문 시장이었던 것이다. 동대문 시장의 디자인과 소재로 중국에 진출했던 동성이 중국과 동남아에서 기반을 굳히고 나서 한국으로 돌아왔다. 이것을 역습, 또는 혁명으로 부를 수도 있을 것이다. 3년 만에 한국 전국의 매장이 250여 개에 이르게 되자 업계의 비상한 주목을 받았다. 한국 동종업체에 비상이 걸린 것이다. 그러나 중국 측의 반응은 특별했다. 중국에서 만든 동성브랜드가 한국을 석권하고 있는 것으로 받아들인 것이다. 중국 언론은 동성의 쾌거를 대서특필했고 한국이 오히려 씁쓸한 반응을 보였다. 이것이 서동수의 장점이다. 철저한 현지화로 동성은 중국산이라는 의식이 중국인들에게 깊게 각인되어 있는 것이다. 현대는 글로벌 시대다. 뉴욕에서 유행하는 스타일을 실시간으로 외몽고의 초원, 또는 아프리카 오지에서도 볼 수가 있는 세상이다.

동성브랜드의 장점은 고가의 중국산 제품이라는 것이었다. 수백만 명씩 한국을 방문하는 중국 관광객이 동성 매장에서 제품을 구입한다. 구입하지 않더라도 매장을 보고 긍지를 느끼는 상황이 되어 있는 것이다. 철저한 현지화 정책의 결과였다. 오전 11시 반, 서동수가 경기도 고양시 외곽에 위치한 동성 본사의 현관에 도착하자 기다리고 서 있던 비서실장 유병선이 맞는다. 유병선은 42세, 대기업 대한그룹의 기조실 출신이다.

"박한재 사장이 기다리고 계십니다."

엘리베이터 안에서 유병선이 보고했다.

"부를까요?"

"점심을 같이 먹자고 해."

"예, 점심은 어디서 하시겠습니까?"

"구내식당에서."

"예, 알겠습니다."

동성 본사 건물은 작년에 완공되었고 10층 건물에서 근무하는 직원은 300여 명 된다. 이곳이 전 세계 수백 개 매장과 지사, 현지법인을 관리하는 본부인 것이다. 각각 현지 법인화되어 있어서 한국 내 재계 서열은 100위권에도 들지 못하지만 세계에 널린 서동수의 재산 가치는 100억 불이 넘는다. 10조 원이 넘는 억만장자다. 회장실로 들어선 서동수가 의자에 앉지도 않고 방 안을 둘러보았다. 작년에 건물이 완공되었을 때 들러 이틀간 근무하고 나서 칭다오 사무실로 돌아간 후 처음이다. 칭다오의 중국 본부 건물은 8층 빌딩에 500명의 직원이 근무하지만 회장실은 이것의 반의반 정도다.

"점심식사 참석 인원은 박 사장 한 분뿐입니까?"

뒤에서 유병선이 묻자 서동수가 창가로 다가가며 말했다.

"박 사장만 오라고 해."

"구내식당은 셀프이기 때문에 비서실 직원 하나를 참석시키겠습니다, 회장님."

"알았어. 12시에 내려가도록 하지."

"예, 박 사장은 식당에서 기다리도록 하겠습니다."

유병선이 소리 없이 방을 나가자 서동수는 길게 숨을 뱉었다. 자리가 사람을 만든다고도 하지만 자리에 맞는 처신은 스스로 터득해야만 한다. 어느덧 동성을 창립한 지 5년, 이제 30대 후반의 나이가 되었지만 아직 갈 길이 멀다. 창립 멤버였던 이인섭, 소천, 진영아 등이 모두 계열사 사장, 경영진에 올랐고 레이 등도 모두 법인사장으로 기반을 굳힌 것이 꿈만 같다. 이제는 새로운 세상이 펼쳐져 있는 것이다. 그 세상은 모으고 쓰는 세상이다. 지금까지는 모으기만 했다. 그때 노크 소리가 들리더니 여비서가 들어섰다.

"비서실 민혜영입니다."

여사원이 머리를 숙여 인사를 했다. 단정한 투피스 제복이 어울렸고 눈이 맑다. 날씬한 몸매가 한눈에 들어오는 것을 막을 수는 없다. 서동수가 시선을 준 채 머리만 끄덕였다. 처음 보는 얼굴이다. 지난번에 왔을 때 비서실 직원은 비서실장 유병선과 남직원 하나뿐이었는데 지금은 여섯으로 늘어났다. 나머지는 그 동안 본사 사장 박한재가 채용한 것이다.

벽시계를 본 서동수가 자리에서 일어섰다. 11시 55분이 되어 있는 것이다. 12시에 지하 1층 구내식당에서 점심약속이 있다. 화장실 옆 엘리베이터에 둘이 탔을 때 민혜영이 버튼을 누르면서 말했다.

"식당은 뷔페식입니다, 회장님."

"알고 있어."

그러나 한 번도 가보지 않았다. 민혜영이 앞쪽을 향한 채로 말을 이었다.

"사장님은 식당 입구에서 기다리고 계십니다."

서동수가 머리만 끄덕였을 때 엘리베이터가 멈추더니 문이 열렸다.

"회장님, 그 동안……."

문 앞에서 기다리던 박한재가 머리를 숙였다. 52세. 대기업 한성 부사장 출신으로 퇴직했다가 2년 전에 동성 본사 사장으로 채용되었다. 차분하고 꼼꼼한 성품이었고 재무통이다. 식당 안에는 직원이 많았고 떠들썩했다. 서동수는 민혜영, 박한재와 함께 줄을 서서 뷔페 음식을 식판에 담았는데 대부분의 사원은 서동수를 알아보지 못했다. 박한재는 다 알아보고 인사들을 했으므로 박한재가 무안해서 쩔쩔맸다. 셋이 구석 쪽 자리에 앉았을 때 박한재가 쓴웃음을 짓고 말했다.

"회장님이 밖에만 계시니까 사원들이 몰라보고 있습니다. 자주 오셔야겠습니다."

"회장 얼굴 몰라도 일만 잘 하면 되죠."

식판의 밥을 떠먹으면서 서동수가 말을 이었다.

"한국에서 경쟁력이 강한 제품이 무엇이죠?"

"아직 전자, 조선, 중공업, 건설도 세계 선두를 달리고 있지요."

머리를 끄덕인 서동수가 힐끗 주위 테이블을 보았다. 식당 안도 여전히 활기 띤 분위기였고 혼잡했다.

"또 인력이 있지요, 한국인."

혼잣소리처럼 말했지만 박한재는 들었다.

"그렇습니다. 한국인은 뛰어납니다."

"하지만 귀찮은 일, 더러운 일, 힘든 일을 피하는 사람들이 많지요."

박한재는 입을 다물었다. 올해 초에 동성 신입사원 130명을 모집할 때 5,000여 명의 지원자가 몰려왔던 것이다. 무려 39대 1의 경쟁률이었다. 그러나 동성의 하청을 받는 의류회사는 지원자가 없어서 외국인을 고용하고 있다. 공장이 지방에 있을 뿐인데도 그렇다. 서동수가 본론을 꺼냈다.

"아프리카 시장 개척요원 500명이 필요해요. 먼저 본사에서 100명을 차출해서 교육시키고 나머지 400명은 모집해야 되겠지요. 곧 시행계획이 보내질 테니까 준비를 철저히 해야 될 것입니다."

이미 연락은 받았지만 박한재의 얼굴이 긴장으로 굳어졌다.

"알겠습니다, 회장님."

"중국이 아프리카 개척에 전력투구하고 있어요. 우리도 그 바람을 타고 뛰어드는 것입니다."

서동수의 얼굴에 웃음기가 떠올랐다.

"동성브랜드는 중국제라는 선입견이 굳어져 있으니까요."

"알겠습니다."

서동수가 다시 식당 안을 둘러보았다.

"이중에서 지원자가 얼마나 될까요?"

그러자 박한재는 숨만 들이켰고 서동수 옆에 앉은 민혜영은 숨소리도 내지 않았다.

소공동의 골목에 위치한 '로즈' 카페는 찾기가 힘들어서 서동수는 골목을 두 번이나 돌았다. 간판이 위쪽 세로줄에 끼어 있는데다 출입구를 기원과 같이 사용하고 있었기 때문이다. 안으로 들어서자 어둑한 홀 안에서 여자 하나가 나와 맞는다.

"강 부장을 찾는데."

서동수가 말하자 여자가 반색을 했다.

"서 회장님이시죠? 이쪽으로 오세요."

30대 중반쯤의 여자는 마담 같다. 어둠에 눈이 익숙해지자 홀 안쪽으로 통로와 좌우의 방들이 드러났다. 여자가 좌측 끝 쪽 방문에 노크를 하더니 문을 열고 말했다.

"들어가세요. 곧 아가씨들 데려 오겠습니다."

방으로 들어선 서동수는 활짝 웃으며 일어서는 강정만을 보았다. 고교동창 강정만은 이제 건설회사 부장이 되어 있었는데 40이 안 됐지만 머리가 벗겨지기 시작했고 체중이 늘어났다.

"야, 서 회장, 너, 이 새끼, 출세하더니 보기 힘들어졌어."

떠들썩한 목소리로 말한 강정만이 서동수를 부둥켜안았다. 고등학교 동창이 가장 허물없고 오래간다는 말에 서동수는 공감하고 있다. 초등, 중학교 친구는 철이 안 든 때여서 기억이나 추억이 흐렸고 대학 이후 친구는 계산한 후에 만나는 터라 계산 끝나면 갈라서지만 고등학교 친구는 가장 기억과 추억이 많은 시기인데다 계산 없이 사귀었기 때문일 것이다. 강정만은 이미 술과 안주를 시켜놓아서 서동수는 술잔만 들면 되었다. 같이 술잔을 든 강정만이 투덜거렸다.

"이 자식, 강남 끝내주는 곳에서 자기가 살 것이지 나한테 내 단골집에서 술 사라니, 재벌 되더니 빈대로 변한 것 아냐?"

"인마 지금부터 난 네 하청공장 사장이다. 알았어?"

서동수가 정색하고 당부하자 강정만은 쓴웃음을 지었다.

"좋아, 이 새끼가 이제는 소문까지 겁내는 신세가 되었구만."

"암마, 그게 아니라……."

"왜, 이제는 맘대로 오입질도 못하냐?"

문이 열리더니 마담이 아가씨들을 데리고 들어섰으므로 둘은 입을 다물었다.

"넌 저쪽, 넌 이쪽."

하면서 마담이 아가씨 둘에게 파트너를 정해주는 것으로 간단하게 배분이 끝났다.

"그럼 즐겁게 노세요."

마담이 인사를 하고 방을 나갔을 때 서동수가 강정만에게 물었다.

"외상값이 많냐?"

"왜?"

"눈치가 그래서."

"파트너가 마음에 안 들어?"

머리를 돌린 서동수가 파트너를 보았다. 동그란 얼굴에 귀여운 생김새다. 시선이 마주치자 웃음을 띠워 보였지만 긴장한 듯 얼굴이 굳어져 있다.

"아냐, 파트너 괜찮아."

"외상값 없어."

"그럼 이런 식으로 아가씨들을 데려 오나?"

"여긴 그래."

머리를 끄덕인 서동수가 한 모금에 한국산 위스키를 삼키고는 길게 숨을 뱉었다.

"어쨌든 너 만나니까 긴장도 풀리고 좋다."

"너하고 오입 같이 한 지도 몇 년 되었지?"

눈을 좁혀 떴던 강정만이 곧 쓴웃음을 짓고 물었다.

"그런데 갑자기 웬일이냐? 한국에는 거의 들어오지도 않는다고 들었는데?"

"너하고 오입 생각이 나서."

불쑥 말을 뱉고 난 서동수가 그것이 진심인 것처럼 느껴졌다. 고교동창이 이래서 좋은 것이다. 약점도 다 아는 사이여서 상대를 의식할 필요도 없다. 이것이 얼마 만인가?

"너, 돈 얼마나 있어?"

양주를 두 병째 마실 때 강정만이 불쑥 물었다. 지금 지갑에 얼마 있느냐고 묻는 것처럼 들렸지만 아니다. 재산을 묻는 것이다. 사람들은 언제부터인가 억만장자 순위까지 매기고 있다. 세계 갑부 순위로 1위가 빌 게이츠, 한국의 재벌은 순위가 몇 등이라는 식이다. 술잔을 든 서동수가 씩 웃었다. 보통 사람들에게 재벌순위는 그저 호기심을 채워주는 역할일 뿐이지만 당사자에게는 부담이다. 공인(公人) 취급을 받는 것이다.

"나, 운 좋게 돈 번 졸부가 아니야."

"누가 뭐래?"

강정만이 번들거리는 눈으로 서동수를 보았다.

"네 기사가 신문에 난 적도 있어. 16개국에 흩어진 현지법인 재산을 모두 모아서 계산을 했더구만."

이제 내막을 알아챈 아가씨들은 긴장했고 강정만의 말이 이어졌다.

"150억 불쯤 된다고 하더구만. 맞냐?"

"매출액만 합친 거야. 엄청나게 불렸지."

"그럼 얼마냐?"

"나도 모른다."

"네 재산을 네가 몰라?"

서동수가 머리를 끄덕였다. 각 지역은 현지법인 체제로 운영되지만 사주는 물론 서동수다. 동성의 사업은 이제 거대한 유통업을 중심으로 호텔, 관광업까지 기반이 굳혀졌다. 상하이에 본부를 둔 동성투자회사는 그 동안 수없는 M&A와 투자를 성공시켜 막대한 이익을 올렸다. 서동수의 재산은 끊임없이 불어나고 있는 것이다. 동성펀드가 인수한 미국계 은행 유나이티드뱅크를 처분하면 단숨에 수십 억 불의 재산이 증가할 수도 있다. 한 모금에 위스키를 삼킨 서동수가 웃음 띤 얼굴로 강정만을 보았다.

"요즘은 억만장자가 불쑥불쑥 나온다."

강정만이 시선을 주었다. 그렇다. 전에는 땅을 파서, 기계를 만들어서, 옷과 신발로, 수십 년간 공을 들여 재산을 불렸지만 지금은 그들과 비교하면 순식간에 억만장자가 되는 경우가 많다. 서동수가 말을 이었다.

"난 앞으로 즐기면서 살 거다."

"응?"

놀란 강정만이 상반신을 앞으로 당겨 앉았다. 두 눈이 크게 떠졌다.

"어, 어떻게?"

"소문 안 나게 즐긴단 말야."

"당연히 그래야지, 임마."

"숨어서."

"물론 숨어서 즐겨야지."

강정만이 어느새 입안에 고인 침을 삼켰다.

"그런데 어떻게 말이냐?"

문득 강정만의 시선이 아가씨들에게로 옮겨졌다.

"얘들 내보낼까? 둘이서 이야기하게."

"필요 없어."

"그럼 말해라. 네가 즐기는 방법을."

의자에 등을 붙인 서동수가 얼굴을 펴고 웃었다. 강정만은 오해하고 있는 것이다. 그러나 그것을 설명해줄 것까지는 없다. 이해는 하겠지만 소외감을 느끼게 될 테니까. 서동수의 시선이 파트너에게로 옮겨졌다. 오정은, 25세, 전문대를 졸업하고 알바 하다가 가게에 나오게 되었다고 했다.

"난 열심히 사는 사람을 도와줄 거야. 그것을 앞으로 내 낙으로 삼을 거다."

오정은의 시선을 받은 서동수가 팔을 뻗어 허리를 감아 안았다. 말랑한 허릿살이 손에 잡혔고 오정은이 상반신을 서동수의 몸에 붙였다.

"옳지, 열심히 하면 대가를 받겠다."

그것을 본 강정만이 눈을 빛내면서 말했다.

"바로 이것이구만, 네 말이."

억만장자라고 해서 한 끼에 백 그릇씩 밥을 먹고 백 명의 여자하고 한꺼번에 잠자리를 할 수는 없다. 비싼 것은 먹겠지만 위장이 백 배, 천 배 큰 것도 아니니 배부름은 같게 느낀다는 것을 강정만은 잠깐 잊고 있었던 것 같다.

"내가 술값은 내지."

양주 두 병을 마시고 나서 서동수가 강정만에게 말했다. 아가씨들도 나눠 마신 터라 넷은 적당히 취했다.

"어? 그래? 당연히 그래야지."

처음에 강정만한테 술을 사라고 한 터라 대답이 그렇게 나왔다.

"낼 바에는 팁도 네가 내라."

"그러지. 얼마냐?"

"이십만 원씩만 줘라."

"올랐나?"

하면서 서동수가 지갑을 꺼내 아가씨들에게 팁을 나눠 주었다.

"2차도 시켜주면 좋고."

다시 강정만이 붙었다. 아가씨들은 이제 서동수의 눈치만 살피고 있다.

"2차 값이 얼만데?"

"50."

"전에는 삼십이었는데."

"그건 팔팔 올림픽 때고."

"개새끼."

"자식아, 숨어서 즐긴다며? 몇 십 만 원 아낀다고 일구이언 할 테냐?"

강정만은 이렇게 해석하고 있다. 쓴웃음을 지은 서동수가 오정은에게 물었다.

"2차 갈 테냐?"

"네."

시선을 떼지도 않고 오정은이 대답했다.

"마담 데려와라."

오정은이 강정만의 파트너까지 데리고 방을 나갔을 때 서동수가 길게 숨을 뱉었다.

"기업가는 끊임없이 회사를 키워가는 것이 애국이고 사회에 공헌하는 거야. 그 이상을 기대하고 트집을 잡는 놈들은 개새끼다."

서동수가 턱으로 강정만을 가리켰다.

"바로 너 같은 놈들."

"인마, 나는……."

당황한 강정만이 손을 저었다가 곧 쓴웃음을 지었다.

"데리고 나가려면 팁 포함해서 오십이다. 너는 그러니까 삼십만 더 내면 돼."

"괜찮아, 네 생색 한 번 내줄게."

의자에 등을 붙인 서동수가 말을 이었다.

"내가 숨어서 즐긴다는 말은 아무도 모르게 남을 돕는다는 뜻이었다."

강정만의 시선을 받은 서동수가 빙긋 웃었다.

"물론 숨어서 오입하는 것도 포함되지. 오입 값을 많이 내고 말이다."

"야야, 자꾸 그러지 마."

그때 마담이 들어섰는데 얼굴이 함박웃음으로 덮여 있다. 아가씨들한테서 이야기를 들었기 때문일 것이다.

"애들 지금 옷 갈아입고 있어요."

마담은 지금까지 한 번도 방에 들어오지 않았다. 30대 후반 쯤의 마담은 갸름한 얼굴형에 날씬한 몸매의 미인이었는데 서동수의 옆에 딱 붙어 앉았다.

"왜 벌써 가세요? 조금 더 노시지."

오후 10시 40분이다. 조금 이른 시간이기는 했다. 서동수가 팔을 들어 마담의 어깨를 안았다.

"저기, 강 부장하고 어떤 사이야? 단골이라던데 그렇고 그런 사이인가?"

"아녜요."

펄쩍 뛰는 시늉을 하면서 마담이 눈까지 흘겼다.

"우린 손님하고 연애하면 큰일 나요."

"그렇구나."

머리를 끄덕인 서동수가 마담의 귀에 입술을 붙였다.

"오정은이 그냥 보낼 테니까 내 방으로 와."

룸살롱 앞에서 오정은과 택시에 오른 서동수가 창밖에 서 있는 강정만에게 말했다. 강정만은 파트너와 나란히 서 있다.

"정만아, 시간 나면 언제든지 연락해라."

"그래, 너도 연락해."

강정만이 손을 흔들었고 택시는 출발했다. 택시가 속력을 내었을 때 서동수가 옆에 앉아 있는 오정은을 보았다.

"넌 집이 어디야?"

"사당동요."

"혼자 사니?"

"아뇨, 부모님하고, 동생도 둘 있어요."

"그렇구나."

머리를 끄덕인 서동수가 지갑에서 50만 원을 꺼내 오정은의 손에 쥐어 주었다.

"난 호텔에서 내릴 테니까 넌 이 차로 집에 가."

"네에?"

놀란 오정은이 손에 쥐어진 수표와 서동수의 얼굴을 번갈아 보았다. 표정이 굳어져 있다. 서동수가 수표를 쥔 오정은의 손을 감싸 쥐고 말했다.

"이럴 땐 고맙습니다 하고 끝나는 거야."

"고맙습니다."

오정은이 입술만 달싹이며 말했으므로 서동수가 풀썩 웃었다.

"솔직히 여자한테 돈 쓸 때 가장 신바람이 나지."

"정말요?"

어느새 분위기가 밝아진 오정은의 두 눈이 밝아졌다.

"아깝다는 생각 안 드세요?"

"그런 놈들은 룸살롱 갈 자격이 없다."

어느새 택시가 호텔 현관 앞에 멈춰 섰으므로 서동수는 오정은을 보았다.

"잘 가거라."

"고맙습니다."

다시 한 번 인사를 받은 서동수가 택시에서 내려 호텔 안으로 들어섰다. 밤 11시 반이다. 로비를 걷던 서동수가 핸드폰의 진동음을 듣고는 꺼내 보았다. 발신자는 모르는 번호였지만 서동수는 핸드폰을 귀에 붙였다.

"여보세요."

"김영주예요."

마담이다. 입으로 전화번호를 불러주었지만 기억하고 있었던 것이다.

"지금 어디세요?"

마담이 조심스럽게 물었으므로 서동수의 얼굴에 웃음이 떠올랐다.

"나, 호텔이야. 오정은이 보냈어."

"퍼시픽호텔이라고 하셨죠?"

"1802호실."

"제가 30분 내로 갈게요."

그러고는 전화가 끊겼다. 마담이 연락해올 줄은 알았지만 서동수의 몸이 가벼워졌다. 인간은 분위기의 영향을 많이 받는다. 보통 때였다면 어리고 순진한 오정은과 함께 방으로 들어갔을 것이다. 그러나 오늘은 다르다. 돈 씀씀이를 보고 대우가 노골적으로 달라지는 마담을 상대하는 것이 더 편하게 느껴졌다. 준 만큼 받고, 받은 만큼 주는 거래 관계가 될 것이기 때문이다. 김영주가 들어선 것은 정확히 30분이 지난 후다. 그 동안 씻고 가운으로 갈아입은 서동수가 김영주를 맞는다.

"아유, 스위트가 이렇게 멋지네요."

방을 둘러본 김영주가 감탄하더니 눈을 가늘게 뜨고 서동수를 보았다.

"정은이한테서 전화받았어요. 50 줘서 보내셨다면서요?"

"걔가 착하네, 다 이야기하고."

"사장님이 착하시죠. 계산 깨끗하고."

다가선 김영주가 거침없이 서동수의 허리를 감아 안았다.

"저한테 돈 주려고 하지 마세요. 오늘 밤은 그냥 저도 즐기고 싶으니까요."

"이게 웬 떡이야?"

했지만 감동한 서동수는 숨을 들이켰다.

역시 프로다. 김영주의 몸은 마치 고무공 같다. 탄력이 강해서 서동수의 몸을 받은 그 이상으로 솟는다.

"아유, 몰라, 몰라."

그렇게 커다랗게 소리쳤다가 곧 비명으로 이어졌으며 두 다리가 허공으로 치솟아 오르더니 곧 바닥을 딛고 서동수를 받는다. 흘러나오는 용암은 애액(愛液)이라고 부른다. 김영주의 애액은 홍수가 난 것처럼 쏟아져 나왔다.

"여보, 여보, 여보."

헛소리처럼 서동수를 부르면서 김영주가 절정으로 솟아오른다. 아름답다. 숨기지 않고 다 펼쳐진 그 모습이 가슴이 저리도록 사랑스럽다. 그렇다. 몰두한 육체는 아름답다. 쾌락으로 달아오른 여체만큼 황홀한 모습은 세상 어디에도 없을 것이었다. 이윽고 달아오른 김영주가 두 손으로 서동수의 엉덩이를 움켜쥐면서 절규했다. 두 다리를 활짝 벌린 것이 다 맞아들인다는 자세다. 그 순간 김영주가 턱을 치켜들면서 폭발했다. 땀에 젖은 알몸이 번들거리고 있다. 눈을 한껏 치켜떴지만 눈동자의 초점은 멀다. 서동수는 한 덩어리가 된 채 김영주의 몸 위에 엎드려 움직이지 않았다. 깊은 밤이다. 앓는 소리와 함께 김영주의 가쁜 숨결이 점점 가라앉고 있다. 그때 서동수가 몸을 굴려 옆으로 떨어졌다.

"대단하다."

서동수가 숨을 고르며 말했을 때 김영주가 상반신을 일으켰다. 일어나면서 신음을 뱉는 것이 자극적이다.

"냉수 드려요?"

"아니, 됐어."

그러나 침대에서 나간 김영주가 욕실에 들어갔다 나왔다. 그러더니 서동수의 몸을 더운 물에 적신 수건으로 닦아주기 시작했다. 수건이 지나간 피부가 시원해지면서 곧 개운하게 느껴졌다. 서동수가 김영주를 보았다. 옆에 선 김영주는 아직 알몸이다. 단단하게 솟은 젖가슴이 움직일 때마다 출렁거렸고 젖꼭지는 딱딱하게 세워져 있다. 도톰한 아랫배에 배꼽은 선명하게 파여 있으며 그 밑의 검은 숲까지 드러났다.

"어머머, 얘 좀 봐."

서동수의 다리를 닦던 김영주의 입에서 놀란 외침이 터졌다. 남성이 건들거리고 있었기 때문이다. 대포를 발사하지 않았으니 당연하다.

"자기야, 안 했어?"

대포를 감싸안은 김영주가 달콤하고 끈적한 목소리로 물었다.

"난 정신없어서 몰랐네."

아까부터 죽지 않았는데도 시치미를 떼는 것이 밉지가 않다. 수건을 던진 김영주가 서동수의 몸 위로 오르면서 말했다.

"빨리 해요, 이번엔, 응?"

서동수는 잠자코 머리만 끄덕였다. 다시 방안에 열풍이 덮이기 시작했다. 신음과 탄성, 비명과 외침이 뒤범벅이 되면서 두 남녀는 절정으로 솟아올랐다. 서동수는 세 번이나 자세를 바꾸면서 머리끝이 곤두서는 느낌을 받는다. 여체는 신비하다. 이 쾌락은 인간만이 겪고 느낌으로 받아 기억하게 되는 축복일 것이다. 다시 김영주가 터졌을 때 서동수도 함께 솟아올랐다. 그러고는 저도 모르게 김영주의 입술을 찾아 입을 맞췄다.

"자기야, 고마워."

입술을 떼었을 때 김영주가 가쁜 숨과 함께 말을 뱉었다.

"너무 좋았어."

몸은 거짓말을 하지 않는다. 그것이 진심으로 한 말이었으므로 서동수는 잠자코 김영주의 알몸을 안았다. 다시 땀으로 덮인 김영주의 몸이 미끈거렸다. 서동수가 김영주의 귓불을 입술로 물면서 대답했다.

"내가 축복 받았다."

비서실장 유병선이 사무실로 들어섰을 때는 오전 10시 반경이다.

"회장님, 한국당의 이대용 의원이 11시에 오신다는데요."

유병선이 말하자 서동수가 머리만 끄덕였다. 서울 본사에 오기 전부터 약속이 되어 있었던 것이다. 이대용은 서동수의 고교 8년 선배로 재선의원이다. 여당인 한국당의 정보위 간사를 맡고 있었는데 동창회 때 서너 번 안면을 익혔을 뿐이다.

앞에 선 유병선이 서동수의 눈치를 보면서 물었다.

"이 의원의 후원회에 가입하시겠습니까?"

"아니."

한마디로 자른 서동수가 유병선을 보았다. 유병선은 40세로 서동수와 동갑이었지만 경력이 좋았다. 대기업 대한그룹의 기조실에서 5년을 근무했고 동방상사의 기획조정실 3년, 그리고 미국에서 박사학위를 받았다. 서동수가 말을 이었다.

"나한테는 동창회 관계로 만나자고 했어. 모교에 체육관을 세우는 문제로 말야."

"5개월 후가 총선입니다. 의원들이 한가하게 모교 체육관 건립 문제로 돌아다닐 여유가 없습니다. 회장님."

"그럼 내가 어쩌란 말야?"

서동수가 짜증을 냈다. 정치에는 관심이 없는 서동수다. 정치인의 도움을 받을 일도 없었고 그럴 생각도 없었던 터라 똑바로 유병선을 보았다.

"어디 그 양반 이야기나 들어보자구."

그러고 나서 30분 후에 서동수는 이대용과 사무실에서 마주 앉아 있다. 인사가 끝나고 앞에 마실 것이 놓이고 나서 이대용이 웃음 띤 얼굴로 서동수를 보았다.

"서 회장이 우리 현성고 동문 중에서 기업가로 가장 출세한 인물이오. 아시오?"

"과찬이십니다."

정색한 서동수가 머리까지 저었다.

"전혀 그렇지 않습니다. 기업인으로서 두각을 나타내신 선배가 수십 명입니다."

"아니지. 서 회장의 재산은 그들 모두를 합친 것보다 많지 않소?"

"아니. 그것이……."

"됐습니다."

손바닥을 펴 보이며 서동수의 말을 막은 이대용이 정색했다.

"서 회장, 비례대표 한번 하시지 않겠소? 비례대표 끝나면 지역구를 보장해드리지요. 이건 당 차원에서 약속하는 겁니다."

"감사합니다만 사양하겠습니다."

서동수도 정색하고 말을 잇는다.

"회사를 시작한 지 얼마 되지 않아서요. 전력투구해도 모자란 형편입니다. 그런데 회사를 놔두고 정치를 하라니요? 당치도 않습니다."

눈을 크게 뜬 서동수가 똑바로 이대용을 보았다.

"저는 제 자신을 잘 압니다. 제가 정치를 하면 한국 정치는 몇 단계 후퇴하게 될 겁니다."

"아니. 그게 무슨 말이오?"

서동수의 말에 끌려든 이대용이 물었다. 심호흡을 한 서동수가 말을 이었다.

"아마 저는 정치는 뒷전으로 두고 이권을 찾아 돌아다닐 겁니다. 그러고는 쉴 새 없이 뇌물을 챙기다가 덜컥 잡혀서 교도소에 들어가게 될 가능성이 많습니다."

기가 막혔는지 이대용이 눈만 껌벅였고 서동수의 말이 이어졌다.

"도저히 뇌물 유혹을 뿌리칠 자신이 없습니다. 그리고 지금까지 제가 건드린 여자가 수백 명입니다. 다 잘 끝냈지만 반대편에서 여자들을 끌고 나오면 어떻게 합니까? 당이 망신당하는 거죠."

"허어, 참."

웃을지 말지 망설이던 이대용이 마침내 픽, 웃더니 어깨를 늘어뜨렸다. 자, 비례대표는 물 건너간 눈치였지만 다음 순서는 무엇인가? 서동수는 긴장했다.

이대용이 돌아간 것은 30분쯤이 지난 후였다. 서동수는 이대용의 후원회에 가입하기로 한 것이다. 다음 달 초에 열리는 출판기념회에도 참석하기로 약속을 했다. 이대용을 배웅하고 사무실로 돌아온 서동수가 유병선에게 말했다.

"나한테 비례대표를 하라는데, 당 차원에서 약속한다고 말야, 유 실장은 어떻게 생각해?"

"저는 잘 모르겠습니다."

앞에 선 유병선이 대번에 말했으므로 서동수가 시선을 들었다. 유병선 답지 않은 대답이다. 뭘 물으면 맞건 틀리건 분명하게 대답을 해온 사람이다.

"잘 모르겠다니?"

"회장님의 성향은 정치인에 적당하다고 생각했지만 뜻이 있으신지 모르겠다고 말씀드린 것입니다."

서동수가 빙그레 웃었다.

"내 성향이 정치인 스타일인가?"

"그렇습니다."

"이 의원한테는 내가 의원이 되면 이권 챙기는데 급급해서 정치를 뒷전으로 밀어놓을 것이라고 했어."

"요즘은 인간적인 성품이 먹힙니다. 회장님, 특히 젊은층한테 말입니다."

동문서답 같았으므로 서동수가 머리만 기울였더니 유병선의 말이 이어졌다.

“그런 약점은 회장님의 자수성가하신 사연, 창조적인 경영관 등으로 미화시키면 얼마든지 상쇄시킬 수 있습니다.”

“지금 미화라고 했나?”

“미화하지 않고 나온 사람은 하나도 없습니다. 회장님.”

“그건 그래.”

“회장님의 임기응변력, 중도형 국가관이 폭넓은 지지층을 확보할 것입니다.”

“내가 여자관계가 복잡해서, 지금은 그렇지 않지만 전에는 닥치는 대로 여자를 만났거든. 그것도 걸림돌이라고 했어.”

“요즘은 그것도 악의적인 사건이 아니면 이해해줍니다. 시대가 변했다는 것을 모두 인식하고 있거든요.”

“아니, 그럼 유 실장은 나한테 나가라는 것인가?”

정색한 서동수가 물었더니 유병선이 상반신을 곧게 세우며 대답했다.

“회장님 성향에 대한 제 대답입니다. 회장님께서 어떤 생각을 갖고 계시는지는 제가 모릅니다.”

“참고가 되었어.”

머리를 끄덕인 서동수가 유병선을 보았다.

“내가 내 회사 임직원한테서 존경을 받고 있다는 확신을 갖게 된다면 그때 다시 고려해보지, 회사에서도 존경을 받지 못한 인간이 밖에서 가면을 쓰고 나댈 수는 없어.”

“알겠습니다.”

“그리고 본사 비서실에 팀 하나를 신설하도록, 그 팀은 국가와 사회단

체에서도 찾아내지 못한 불우한 사람들을 돕는 팀이야. 소년소녀 가장, 독거노인, 불우한 가족, 억울한 사연 등을 찾아내어 돕는 팀이란 말야."

유병선은 눈만 크게 떴고 서동수가 말을 이었다.

"팀 이름도 거창하게 만들어 붙일 것도 없고 팀원도 두 명 정도로만 운영해, 그것도 비밀로 말야, 그렇지. 팀 이름을 'H' 팀으로 부르면 되겠다. 비서실 내에서만 말야."

"예, H팀."

복창한 유병선이 말을 이었다.

"회장님 뜻을 잘 알겠습니다. 즉시 시행하겠습니다."

"다시 한 번 말하지만 내가 이걸 자랑삼아 이야기하려는 것이 아냐. 끝까지 비밀로 갈 거야. 알겠지?"

"알겠습니다. 회장님."

유병선이 머리까지 끄덕였다.

서울에서 돌아온 다음날 아침, 식당에서 늦은 아침식사를 하고 있는 서동수의 앞에 서미혜가 앉는다. 미혜는 이제 국제학교 중학 1년생이다. 사춘기가 되더니 가슴도 조금 나왔고 키가 160이다. 갸름한 얼굴형에 예쁜 얼굴이어서 남자친구들한테 꽤 인기도 있다는 것이다. 주방에 서 있던 어머니가 미혜에게 물었다.

"미혜야, 너 아침 조금 먹던데 아버지하고 먹게 밥 줄까?"

"아뇨, 싫어요."

얌전하게 말한 미혜가 서동수를 보았다. 오늘은 일요일이다. 같이 사는 형 식구들도 집안에 있지만 저택이 커서 이쪽은 조용하다.

"아빠, 나 고등학교도 중국에서 다닐 거야. 미국은 포기했어."

미혜가 정색하고 말을 이었다.

"내가 아무도 없는 미국에 가서 공부할 필요가 없다는 생각이 들어. 그래서 여기 국제학교 다닐 거야."

서동수는 잠자코 국을 떠먹었다. 미혜의 꿈은 3년 전까지 피아니스트였다가 디자이너, 배우, 수의사를 거친 다음 의사에 이르렀다. 모두 드라마나 언론매체의 영향을 받았기 때문인데 주술사나 관상가에 잠깐 흥미를 보이기도 했다. 그러기 위해서는 유학지도 영국, 프랑스, 이태리, 미국이 되었다가 다시 중국으로 돌아온 것이다. 결정적인 요인은 미혜의 단짝 친구인 양지가 중국에 머물고 있기 때문일 것이다. 미혜가 똑바로 서동수를 보았다.

"아빠 옆에 있으면서 회사를 어떻게 하는가 배우기도 하고, 어쨌든 아빠 회사는 나중에 내가 물려받게 될 테니까."

"……."

"매장 같은 데서 알바로 일하면서 배우더라고. 드라마 '하늘궁전'에서도 그랬어."

서동수도 잠깐 보았지만 재벌 딸이 신분을 속이고 아빠 회사 매장에서 알바로 일하다가 말단인 사원하고 사랑에 빠진다는 줄거리다. 서동수가 머리를 끄덕였다.

"그렇게 해라."

"좋았어."

만족한 미혜가 자리에서 일어섰을 때 서동수가 불쑥 물었다.

"네 엄마한테서 연락 와?"

"아니."

몸을 돌린 미혜의 얼굴은 평온했다.

"바쁘겠지. 뭐, 애도 둘이나 있는데."

"……."

"지금 석 달째 연락이 없는데 나도 전화 할까 하다가 놔뒀어."

"……."

"억지로 그럴 것 없잖아? 안 그래?"

"억지로라니?"

"내가 널 잊지 않고 있다는 것을 억지로 보이려는 것 말이야."

"그건 억지가 아니라……."

"바쁘면 다 잊는 거야."

서동수는 다시 입을 다물었고 미혜는 주방을 나갔다. 재혼한 박서현은 또 자식을 낳은 것이다. 다섯 살, 두 살짜리 아이를 키우느라 정신이 없지만 부부 사이는 화목한 것 같다. 박서현의 남편 정영철은 서동수가 오더를 연결시켜주기도 했는데 여전히 비슷한 규모로 회사를 운영하고 있다. 그때 주방에서 어머니가 다가왔다. 어머니는 둘의 이야기를 다 들은 것이다. 숭늉 그릇을 앞에 놓은 어머니가 얼굴을 펴고 웃는다.

"알겠냐? 사람은 다 이렇게 저렇게 살아가게 마련이다. 나도 가끔 미혜 보면서 저 어렸던 것이 벌써 이렇게 성숙했구나 한단다."

서동수는 눈만 끔벅였고 어머니가 말을 이었다.

"자식 사랑은 진득해야 되겠더라. 서두르면 탈이 나더구나."

오후 5시가 되었을 때 서동수가 들어선 곳은 칭다오 시내에 위치한 컨

티넨탈호텔의 프레지던트룸이다.

"어서 와."

방에서 서동수를 맞는 투숙객이 바로 정재민이다. 부동산 갑부 정재민은 서동수에게 거금 200억 원을 빌려주었다가 엄청난 이익금과 함께 돌려받았다. 지금은 서동수의 회사 주식을 보유하고 있는 주주 신분이다. 방으로 들어선 서동수는 정재민 뒤에 서 있는 여자를 보았다. 시선이 마주쳤을 때 여자는 눈웃음을 쳤는데 그 순간 서동수는 심장에 얼음덩이가 부딪치는 것 같은 충격을 받았다. 아름답다는 표현은 너무 많이 써서 지루하다. 여자는 고혹적이다. 신선하고 섬세했다, 용모와 몸매가 잘 어울렸다. 1초밖에 안 된 순간이었지만 서동수의 머릿속에서 만감이 교차했다. 인간의 뇌는 그렇다. 뇌를 스치는 감은 몇 만 분의 일도 표현이 안 된다. 그때 정재민이 말했다.

"한수정이야. 나하곤 언니 동생하며 친자매처럼 지내고 있어."

"말씀 많이 들었습니다."

서동수가 인사하자 여자는 웃음 띤 얼굴로 손을 내밀었다.

"저도요. 한수정입니다."

목소리가 맑고 젖어 있다. 한수정의 손은 부드럽고 따뜻했다. 이번에는 서동수의 머릿속으로 한수정의 알몸이 스치고 지나갔다. 셋이 자리에 앉았을 때 정재민이 웃음 띤 얼굴로 둘을 번갈아 보았다.

"잘 어울리네."

"어, 그래?"

서동수가 따라 웃었고 한수정은 눈을 흘기는 시늉을 했다. 이미 정재민한테서 한수정의 프로필을 다 들은 서동수다. 36세, 경성그룹의 3녀로 이혼녀, 26세 때 비슷한 규모의 재벌그룹인 영진그룹의 차남과 결혼했다가 3년 만에 이혼, 현재 독신으로 경성건설의 감사역을 맡고 있지만 지분 33%를 가진 대주주인 것이다. 이른바 재벌가의 상속녀다. 서동수가 한수정에게 말했다.

"정 사장이 말한 이상으로 미인이십니다."

"어머 그래요?"

한수정이 다시 눈웃음을 쳤고 이제는 정재민이 흘겨보았다.

"아니, 내가 덜 예쁘다고 했단 말야? 무지하게 미인이라고 했잖아?"

"그래, 무식하게 미인이라고 했지."

"어머, 내가 언제?"

놀란 정재민이 허둥대는 시늉을 했다. 정재민이 소개에는 빼놓았지만 한수정의 경성건설은 지금 자금난에 허덕이고 있다. 그래서 정재민과 자주 접촉하는 것 같다. 자금난의 이유는 이집트와 아프리카에서 공사대금을 받지 못하고 있기 때문이다. 미수금이 5억 달러나 되는 터라 회사가 부도난다는 소문이 슬슬 나오는 실정이었다. 서동수가 물잔에 물을 따르면서 한수정에게 물었다.

"이집트에서 미수금이 3억 달러라고 들었는데요, 맞습니까?"

바로 본론을 꺼내었고 한수정의 얼굴에서 웃음기가 지워졌다. 이것 때문에 서동수를 만나러 온 것이다. 서동수의 동성 이집트 현지법인은 이집트에 기반을 굳힌 회사로 알려져 있기 때문이다.

"네, 3억 달러가 조금 넘습니다."

한수정이 똑바로 서동수를 보았다.

"하자 보수까지 다 했고 계약조건을 다 맞췄는데도 결제가 2년 반이

나 지연되고 있어요."

한수정의 목소리에 열기가 띠어졌다.

"그 동안 정부 기관을 통해서, 또 인맥을 통해서 갖가지 방법으로 접촉을 했지만 실무자가 자꾸 바뀌는 데다 정권 핵심 인사들이 기피하는 바람에……."

손을 잘못 대었다가는 총에 맞는 것이다.

저녁, 셋이 호텔 아래층 중식당에서 요리와 술을 시켜먹고 있다. 중식당의 방에서는 대개 원탁 테이블이 회전되어서 요리를 앞에 놓고 덜어 먹는다. 이제는 중국 요리에 익숙한 서동수가 요리를 주문했고 여자들은 만족했다. 우량애(五糧液)주 50도짜리를 세 잔 마시고 난 한수정의 볼과 눈 주위가 붉어졌다. 그것을 본 서동수는 목구멍이 막히는 느낌이 든다. 한수정이 네 잔째 술잔을 들고 서동수에게 말했다.

"서 회장님, 도와주시면 고맙겠습니다. 그 대가는 드리겠어요."

"대가는 뭔데?"

서동수 대신 정재민이 묻자 한수정이 대답했다.

"미수 공사비의 5%를 드리겠어요. 그리고 들어간 경비도 모두 대금에서 지급하겠습니다."

한수정의 시선을 받은 서동수가 빙그레 웃었다. 거금이다. 3억 불의 5%면 1,500만 불, 160억이 넘는다. 그러나 경비까지 모두 공사비를 받고 나서 준다는 것이다. 만일 공사비를 받지 못한다면 서동수는 경비만 날리는 셈이다.

"검토해보지요."

"부탁합니다."

들고 있던 우량애주를 한 모금에 삼킨 한수정이 물기가 번진 눈으로 서동수를 보았다.

"제가 경비를 먼저 드리는 것이 예의이고 정상적인 방법이지만 회사 자금이 부족해요. 아니,"

딸꾹질이 나는지 손바닥으로 입을 가렸던 한수정이 똑바로 서동수를 보았다.

"자금이 바닥난 지 오래 되었어요. 이젠 사채 시장에서도 돈을 빌려주지 않아요. 제 회사 어음은 휴지나 다름없는 취급을 받는답니다."

"얘, 한수정."

정재민의 얼굴이 찌푸려졌다.

"너 왜 그래? 너답지 않게?"

"아냐, 언니."

쓴웃음을 지은 한수정이 빈 잔에 술을 채우면서 말을 이었다.

"다른 사람도 아니고 서 회장님한테는 허세가 통하지 않을 것 같아서 그래."

술잔을 든 한수정이 서동수를 보았다. 붉은 입술이 불빛을 받아 번들거리고 있다. 한수정이 그 입술을 열고 물었다.

"회장님, 제 회사 사정 알고 계시지요?"

"예, 조금은 압니다."

"제가 받은 재산을 다 쏟아 부었어요. 부동산도, 다른 주식까지 다."

한수정의 목소리가 떨렸지만 눈빛은 더 강해졌다. 서동수가 홀린 듯이 한수정을 본 채 시선을 떼지 않는다. 다시 한수정이 말했다.

"6년째 경영에 참여했지만 어려워요. 하지만 이렇게 끝낼 수는 없어요."

마침내 한수정의 두 눈에서 두 줄기 눈물이 볼을 타고 흘러내렸다. 맑고 깨끗한 눈물방울이다. 서동수는 그것이 보석방울처럼 느껴졌다. 한수정이 손가락 끝으로 눈물을 훑어 던지고 나서 다시 술잔을 들었다. 그러고는 한 모금에 삼켰다.

"얘, 그만 마셔."

정재민이 말렸는데 이런 분위기는 예상하지 못한 것 같다. 그 동안 한수정은 정재민과 돈거래를 계속했을 것이다. 서동수는 정재민의 성품을 안다. 아무리 친한 사이더라도 신용이 없거나 자금 회수 가능성이 없으면 거래를 하지 않는 것이다.

"제가 상황을 알아보겠습니다."

마침내 서동수가 그렇게 말하고는 술잔을 쥐었다.

"하지만 일을 맡을지 어쩔지는 상황을 보고 나서 결정하겠습니다."

맡는다면 불공평한 조건도 바꿔야 한다.

"회사가 어려워."

한수정이 화장실에 갔을 때 정재민이 말했다. 길게 숨을 뱉은 정재민의 말이 이어졌다.

"난 한수정이 그런 부탁을 할 줄은 생각 못했어. 만나서 사업 이야기나 할 줄 알았지. 그리고 또,"

서동수의 시선을 받은 정재민이 쓴웃음을 지었다.

"둘 다 혼자 아냐? 인연이 될 수도 있겠다는 생각도 했어."

"넌 어떻게 하고?"

서동수가 술기운에 붉어진 얼굴로 정재민을 노려보았다.

"넌 싱글 아니냐?"

"넌 날 섹스 파트너 이상으로는 넘어오지 않잖아?"

"그건 너도 마찬가지지."

서동수가 투덜거렸다.

"별걸 다 양보하고 있어."

"속으로는 좋으면서 시치미 떼지 마."

정재민도 눈을 흘겼다.

"아까 한수정이 쳐다보는 걸 보니까 입에서 침이 뚝뚝 떨어지더구만 그래."

"진짜 섹시하데."

"어때? 하고 싶어? 내가 방 비워줄까?"

"아, 시끄러."

"내가 오늘 밤 방 옮겨줄 테니까 들어가 봐. 눈치로는 오케이 하겠더라."

"안 돼. 그럼 빼지도 못하게 돼."

"박고 있어. 그럼."

그때 한수정이 들어섰으므로 둘의 이야기는 끝났다. 한수정은 정재민과 함께 프레지던트룸에 같이 투숙하고 있는 것이다. 방이 세 개짜리 초특급 룸이니까 셋이 들어가도 흔적도 보이지 않는다.

"언제 돌아가십니까?"

서동수가 물었더니 한수정이 힐끗 정재민을 보았다.

"언니하고 목요일에 떠나기로 했어요."

그러면 이틀 밤을 묵는 셈이다. 그때 정재민이 자리에서 일어서며 말했다.

"화장실."

정재민이 방을 나갔을 때 서동수가 지그시 한수정을 보았다. 서동수도 술을 일곱 잔 마셨고 한수정은 여섯 잔이다. 다 세었다.

"정 사장은 한 감사님이 그런 말씀까지 하시는 것을 예상하지 못한 것 같던데요. 놀란 것 같습디다."

"정 언니, 괜찮은 분이에요. 존경하고 있어요."

한수정이 붉어진 얼굴로 서동수를 보았다. 맑은 눈이 깜박이지도 않고 서동수를 응시하고 있다.

"서 회장님 칭찬 많이 하셨어요. 배울 점이 많다고 하시더군요."

"과찬이십니다."

"섹스 파트너지만 한 번도 공사를 혼동한 적이 없는 분이라고도 하시데요."

"……."

"그 말을 듣고 부탁드리고 싶은 생각이 들었습니다. 제가 미인계를 써도 먹히지 않을 분이니까요."

"그렇군."

입맛을 다신 서동수가 여덟 잔째 우량애주 잔을 들었다. 술은 달고 부드러워서 어머니 젖처럼 술술 넘어간다. 한 모금에 술을 삼킨 서동수가 한수정을 보았다. 화장실을 간 정재민은 늦게 들어올 것이다. 그 여우는 정보는 다 쏟고 나서 둘에게 기회를 주려고 화장실에 앉아 있다.

"난 졸부, 그러니까 벼락 재벌이 되고 나서 내 기준을 설정하는 데 지금 혼란기를 겪고 있습니다."

뚱딴지같은 소리인데도 한수정은 경청했다.

"그래서 재벌 가문에서 태어난 성골 재벌은 도대체 어떤 사고를 갖고 있는지 궁금했는데 그 기회가 온 것 같네요."

서동수가 트림을 하고 나서 말을 이었다.

"오늘 밤 같이 자면서 이야기해 봅시다."

프레지던트룸은 방이 세 개였지만 하나는 출입문 옆에 붙어서 수행원 방이었다. 서동수는 그 방을 차지했다. 방으로 들어설 때의 분위기도 자연스러웠다. 식당에서 나왔을 때 서동수가 둘을 향해 같이 가지 뭐, 하는 것으로 끝난 것이다. 정재민은 머리만 끄덕였고 한수정은 못 들은 척했으므로 서동수가 앞장을 서서 엘리베이터에 올랐다. 밤 11시 반, 서동수가 문간방에서 샤워를 하고 가운 차림으로 나왔을 때 이제는 두 여자가 응접실 탁자에 술상을 봐놓았다. 마른안주와 과일이 잔뜩 있는 데다 양주도 여러 종류가 있었기 때문에 술상이 술집보다 더 화려했다.

"좋아서 코 벌름거리는 것 좀 봐. 지가 무슨 할렘의 왕자라도 된 줄 아나봐."

앞쪽에 앉은 서동수를 향해 정재민이 눈을 흘겼다.

"오늘은 내가 수정이 사정을 봐서 특별히 봐주는 거야."

한수정은 잠자코 안주를 놓고 있었는데 어느새 흰색 반팔 셔츠에 바지로 갈아입었다. 정재민은 가져온 분홍색 실크가운 차림으로 본처 행세를 한다. 서동수가 둘을 번갈아 보면서 말했다.

"오늘 밤은 이야기만 할 거야. 쓸데없는 생각은 하지 마."

"어머, 참을 수 있겠어?"

놀란 표정으로 정재민이 묻더니 풀썩 웃었다.

"하긴 자기 참는 데는 선수지."

이제 셋은 자리를 잡고 앉았다. 소파가 상석 하나에 좌우로 놓인 구조여서 어쩔 수 없이 서동수가 일인용 상석에, 둘은 좌우의 긴 소파에 앉았다. 잔에 위스키를 채운 서동수가 불쑥 한수정에게 말했다.

"정재민이 나하고 친구처럼 지내니까 한 감사도 나한테 오빠라고 하는 게 어때?"

"그렇게 해."

정재민이 거들자 한수정이 웃었다.

"그럴게요, 오빠."

"오빠 하면서 안기는 게 더 감칠맛이 나지, 안 그래?"

이번에는 정재민이 서동수를 거든다.

"그렇지."

머리를 끄덕인 서동수가 한 모금 술을 삼켰다.

"다시 한 번 말하지만 오늘 밤은 팬티 벗지 않을 거다."

"팬티 앞에 구멍이 뚫렸잖아?"

자꾸 정재민이 이야기를 그 방향으로 몰고 가는 것도 의도적이다. 저를 위해서가 아닌 것이다. 정재민이 허튼 말이나 수작을 부리는 성품이 아니다. 1,000억 가까운 현금을 굴리는 여자인 것이다. 다 계산적이라고 봐야 된다. 서동수가 머리를 돌렸을 때 한수정과 시선이 마주쳤다. 술기운으로 상기된 한수정의 모습은 성적(性的) 열기로 덮여 있었다. 마치 몸에서 빛이 나는 것처럼 느껴졌다. 물기에 덮인 두 눈이 생기에 차 있었으며 반쯤 열린 입술에 무엇이든 넣고 싶은 충동이 일어났다. 서동수가 숨을 들이켜고 나서 물었다.

"수정이는 어떻게 자랐어?"

한수정의 눈동자에 초점이 잡혀졌고 물기가 촉촉한 입술이 조개껍데기처럼 닫혔다. 다시 서동수가 물었다.

"내가 마치 맞지 않는 기성복을 입고 있는 기분이 들어서 그래."

"왜, 재벌이 어색하니?"

정재민이 큭큭 웃더니 술잔을 들었다.

"너 심정 알아, 수정이하고 같이 있으면 유유상종이 될 테니까. 그래서 재벌끼리 결혼하는 거란다. 서민이 이해 못 할 부분이 많거든."

해답 일부는 정재민이 풀어준 것 같다. 정재민도 재벌 축에 든 여자니까.

"열심히 회사를 키우는 것이 애국하는 것이라고 하시더군요."

한수정이 한 모금 술을 삼키고 나서 말을 이었다.

"그 말씀밖에 기억나지 않아요. 아버지는 할아버지한테서도 그렇게 교육을 받았다고 하셨어요."

한수정의 부친이었던 고(故) 한경수 경성그룹 회장도 재벌 2세였다. 한수정의 조부가 경성을 일으킨 것이다. 그러니 '열심히 회사를 키우는 것이 애국이다.' 이것은 가훈(家訓)이 된다. 술잔을 든 서동수가 머리를 끄덕였다.

"그렇지, 회사를 키우면 월급 주는 회사원이 늘어나니까 애국하는 것이지. 그 단순한 말에 진리가 포함되었죠."

크게 깨우친 표정을 짓고 서동수가 술병을 들고 정재민과 한수정의 잔에 술을 채웠다.

"내가 오늘 밤 또 한 가지 깨우쳤다. 평범함 속에 진리가 있다는 것을,

어렵게 생각할 필요가 없다는 것을 말야."

술잔을 든 서동수가 건배하자는 시늉을 했다.

"자 들지."

그 순간 정재민을 본 서동수는 쓴웃음을 지었다. 정재민이 소파에 머리를 기대고는 잠이 들어 있었기 때문이다. 중식당에서부터 술을 많이 마시긴 했다.

"야, 자는 시늉하지 마."

서동수가 말했지만 정재민은 눈을 뜨지 않았다.

"언니, 자?"

한수정이 물었어도 정재민은 깨어나지 않았다. 밤 12시 반이 되어가고 있다.

"언니 자나 봐요."

한수정이 말하자 서동수가 입맛을 다셨다.

"우리 둘한테 기회를 주려고 자는 시늉을 하는 것 같은데 말야."

"아유, 설마요."

한수정이 눈을 흘겼을 때 서동수의 가슴이 찌르르 울리면서 저절로 입안에 고인 침이 넘어갔다. 욕정이 치밀어 오른다는 신호다.

"재워야겠다."

술잔을 내려놓은 서동수가 자리에서 일어섰다. 정재민에게 다가간 서동수가 겨드랑이와 무릎 밑에 손을 넣고는 번쩍 안아 들었다. 여러 번 들어본 경험이 있는 터라 무게가 익숙해져 있었는데 오늘은 더 무겁다. 늘어져 있기 때문이다. 한수정이 앞장을 서서 정재민의 침실 문을 열었고 시트를 걷어주었다. 침대에 정재민을 눕힌 서동수가 시트를 덮어주다가 문득 머리를 들었다. 한수정이 막 밖으로 나가고 있다. 문이 닫혔을 때 누워 있던 정재민이 말했다.

"자, 이젠 난 놔두고 재 방으로 가."

정재민이 깨어 있었던 것이다.

"이런 제기."

놀란 서동수가 투덜거렸다.

"재는 나보고 너한테 가라고 저러는 것 같은데."

"난 됐어."

멀쩡해진 얼굴로 정재민이 똑바로 서동수를 올려다보았다.

"난 네 물건을 우리 집 화장실에 놓인 칫솔쯤으로 여기니까 오해하지 마."

"뭐라고?"

눈을 치켜뜬 서동수를 향해 정재민이 빙그레 웃었다.

"네가 날 소변기로 본다고 해도 난 눈 한번 깜박 안 해. 알지?"

"너, 오늘 왜 이래?"

"오늘 가만 보니까 너한테 한수정 같은 애가 필요하다는 생각이 들었어."

갑자기 정재민이 손을 뻗어 서동수의 남성을 움켜쥐었다.

"봐, 얘도 좋다고 하네. 저런 애도 네 연락처에 넣어 두는 것이 이로울 거야."

"저, 잘 못해요."

침대에 같이 누웠을 때 한수정이 말했다. 밤 1시가 다 되었다. 다시 응접실로 나온 둘은 술을 한 잔씩만 더 마시고 한수정의 방으로 들어온 것이다. 한수정이 붉게 상기된 얼굴로 서동수를 보았다. 물기가 너무 고인 눈에서는 광채가 난다. 숨을 들이켠 서동수에게 한수정이 물었다.

"오빠는 너무 잘 하신다면서요?"

"아니, 정재민이 그런 말까지 해?"

놀란 표정으로 서동수가 묻자 한수정이 시트를 턱밑까지 끌어 당겼다. 한수정은 아직 면바지에 셔츠 차림이다. 서동수가 한수정의 손도 잡지 않은 채 침대에 같이 누운 것이다. 보통 둘이 침대에 올랐을 때는 잔뜩 달아오른 상태가 되어 있는 것이 정상이다. 그런데 둘은 10년은 같이 산 부부처럼 침대에 올라와버렸다. 서동수가 들어와 눕자 한수정이 따라와 누운 것이다.

"그것, 참."

쓴웃음을 지은 서동수가 몸을 돌려 한수정을 내려다보았다. 한쪽 팔로 침대를 짚고 비스듬히 상체를 세운 자세다.

"왜요?"

달랑 얼굴만 내놓은 한수정이 서동수를 보았다.

"이상해요?"

"난 이러지는 않으려고 했는데."

"누가 뭘 했나?"

한수정이 눈을 흘기는 시늉을 했다.

"가고 싶으면 가요."

"그럴 수야 있나?"

시트 밑으로 들어간 서동수의 손이 불쑥 한수정의 바지 속으로 파고들었다.

"어머."

놀란 한수정이 다리를 오므렸지만 이미 늦었다. 서동수의 손이 팬티 속의 무성한 숲과 골짜기를 덮어버린 것이다. 입을 딱 벌린 한수정의 얼굴이 새빨갛게 되었다. 그러자 더 이상 소리는 뱉어지지 않는다. 어느새 서동수의 셋째 손가락이 한수정의 동굴 안으로 들어갔기 때문이다.

"금방 젖는군."

서동수가 혼잣말처럼 말했더니 한수정이 아예 몸을 비틀어 가슴에 얼굴을 붙였다. 그때 서동수가 머리를 숙여 한수정의 입술을 찾았다. 기다렸다는 듯이 한수정이 두 팔로 서동수의 목을 감고는 입술을 내민다. 한수정의 입에서 연하게 박하향 냄새가 났다. 혀의 맛은 달콤하다. 서동수는 동굴에서 젖은 손을 빼내고는 천천히 한수정의 바지를 벗겼다. 단추를 풀고 옆구리 지퍼를 내리자 한수정이 엉덩이를 들어주었다. 팬티와 바지를 한꺼번에 벗겨 내렸을 때 한수정도 서동수 가운 밑의 팬티를 서둘러 끌어내렸다. 방안에서는 거친 숨소리만 울리고 있다. 그때 한수정이 서동수의 어깨를 당겨 제 몸 위로 끌어올리는 시늉을 했다.

"오빠, 그냥 해줘요. 난 준비됐어."

그러나 서동수가 서둘 이유가 없다. 몸을 일으킨 서동수가 이제는 한수정의 셔츠와 브래지어를 벗겨내었다. 껍질을 벗어버린 한수정의 알몸이 불빛에 드러났다. 단단하면서 육감적인 몸매다. 탄력 있는 젖가슴이 출렁거렸고 젖꼭지는 이미 솟아올랐다. 시트를 걷어치운 서동수가 가운을 벗어던지자 둘은 알몸이 되었다. 서동수가 다시 한수정의 몸 위에 엎드려 입을 맞췄다. 한수정의 몸은 이미 뜨겁게 달아올랐다. 두 다리는 자꾸 서동수의 몸에 엉켰다가 풀어지면서 허리는 비틀린다. 한수정의 입에서 앓는 소리가 이어지고 있다. 서동수의 입이 한수정의 턱에서 목으로, 다시 가슴을 물었다. 입안에 넣어진 젖꼭지를 혀로 굴렸더니 한수정이 서동수의 머리칼을 움켜쥐었다. 신음소리가 더 커지고 있다.

한수정은 전혀 다른 여자가 되어 있다.

차분하고 다소 내성적이며, 절제력이 강한 것 같았던 한수정이다. 그런데 뜨겁다. 그리고 열정적이다. 거침없이 신음을 내뱉는 바람에 서동수는 움직임을 멈추기도 했고 베개로 한수정의 입을 막기도 했다. 한수정의 사지가 뱀처럼 꿈틀거리며 휘감겨 왔다. 뜨거운 뱀이다. 거친 숨소리와 함께 지르는 신음은 천상의 음악소리 같다. 터져 나오는 애액은 생명수가 아니겠는가? 서동수는 이 순간이 천금 같다. 그래서 기를 쓰고 인내한다. 그 동안에 한수정은 한 번, 두 번을 폭발했다. 그러더니 세 번째로 솟아오르면서 소리쳤다. 온몸이 물에 빠진 것처럼 땀에 젖었고 다시 서동수가 상위 자세로 돌아온 참이었다.

"오빠, 이제 그만!"

그것을 신호로 둘은 함께 하늘로 솟아올랐다. 길고 높은 비명이 한수정의 기쁨을 표현하는 것 같았으므로 서동수는 이번만은 놔두었다. 끝나고 나서도 둘은 빈틈없이 엉킨 채 오랫동안 떼어지지 않는다. 이윽고 지친 한수정이 사지를 침대 위로 던지듯이 풀었을 때 서동수가 몸을 떼면서 입을 맞췄다.

"너, 참 아름답다."

이것이 맞는 표현인지는 알 수 없었지만 서동수로서는 최고의 찬사였다. 그때 한수정이 감았던 눈을 떴다. 그 순간 눈의 초점을 맞추고 나더니 눈 끝에서 물줄기가 귀로 흘러내려갔다. 그것이 대답 같다.

"물 마실래?"

냉장고로 다가간 서동수가 물었으나 한수정은 대답하지 않았다. 방 안은 습한 열기에 덮여서 열대우림 지역 같다. 병째로 생수를 마시고 난 서동수가 다시 침대로 다가와 옆에 눕는다. 그 사이에 한수정은 시트로 하반신을 가렸지만 숨결은 아직 가라앉지 않았다. 서동수가 팔을 뻗어 한수정의 어깨를 당겨 안았다. 한수정이 얼굴을 서동수의 가슴에 묻더니 손으로 허리를 감아 안는다.

"너, 섹스 얼마 만에 한 거야?"

서동수가 묻자 한수정이 입술로 젖꼭지를 물었다가 놓았다.

"믿기지 않겠지만 이혼하고 첨이야."

"10년은 된 거야?"

"7년쯤."

"오래 참았네."

"생각이 나지 않았으니까."

서동수의 손이 다시 아직도 뜨거운 한수정의 골짜기로 옮겨졌다. 뜨겁고 넘치는 곳이다.

"이렇게 뜨거운 몸으로 어떻게 참았어?"

골짜기를 부드럽게 문지르며 묻자 한수정이 몸을 비틀었다.

"난 오늘 처음이야."

"뭐가?"

"이렇게 좋은 느낌을 받은 것."

한수정이 다리 한쪽을 들어 서동수의 몸을 감았다. 숨결이 뜨거워졌으므로 서동수는 한수정의 입술을 찾아 입을 맞췄다. 한수정의 혀가 거침없이 뽑혀지듯 나온다.

"오빠, 내가 부탁한 것, 부담 갖지 마."

한수정이 허덕이며 말했다.

"가끔 나하고 이렇게 만나주기만 하면 돼, 아까 내가 한 말 잊어."

"수단이 좋군."

한수정의 골짜기를 애무하면서 서동수가 웃었다. 어느덧 한수정도 서동수의 남성을 두 손으로 감싸 쥐고 있다.

"그렇게 하면 내가 더 부담을 갖게 된다는 걸 알고 있는 것 같구나."

"난 진심이야."

그때 서동수가 다시 몸을 일으켜 한수정의 몸 위에 오른다. 한수정이 두 팔로 서동수의 목을 감아 안으면서 물었다.

"오빠, 그만해, 괜찮아?"

서동수가 풀썩 웃었다. 같은 맥락이다.

5장

영웅의 조건

다음 날 회사에 출근한 서동수는 본사의 비서실장 유병선의 전화를 받았다.

"회장님, KBC에서 연락이 왔는데요."

유병선의 차분한 목소리가 이어졌다.

"성공한 사업가편이 방영되는데 꼭 참석해주시라고 합니다."

"나를?"

서동수는 제 목소리가 비명처럼 들렸으므로 헛기침을 해서 목을 다스렸다.

"내가 왜?"

"내부에서 검토한 결과 회장님이 가장 적합하다는 판정을 내렸다는 것입니다."

"누구 맘대로 판정을 하고 지랄이야?"

"회장님."

유병선의 목소리가 더 차분해졌다.

"제 생각입니다만 나가시는 것이 나을 것 같습니다."

"내가 왜?"

"회사 선전은 둘째 치고 KBC의 〈영웅캠프〉에 한번 출연하는 것으로 엄청난 프리미엄을 가지실 수 있습니다."

"……."

"거기에 나가려고 은밀하게 작업을 하는 사람들이 수없이 많습니다, 회장님."

그건 안다. 현대는 자기 PR시대라고 하지 않는가? 제가 제 돈 내고 PR하는 시대인데 이건 방송국에서 한 시간짜리 프로그램을 만들어 선전을 해준다는 것이다. 유병선이 답답해 할 만도 하다. 유병선의 말이 이어졌다.

"그 프리미엄 중 가장 큰 것이 호감도 형성입니다. 회장님, 그 호감도가 형성되면 동성의 이미지는 몇 단계 상승되는 것입니다."

자, 이렇게 되었으니 명색이 동성의 창업자이며 대주주인 서동수가 등을 돌릴 수는 없는 입장이다. 서동수는 일단 서울에 가기로 결심을 했다.

"좋아, 오늘 본사에서 보자구."

그리고 오후 2시 반에 서동수는 중국인 비서 임청과 함께 본사 빌딩 현관으로 들어섰다. 현관 앞에서 기다리고 있던 유병선이 옆을 따르면서 다시 보고했다.

"그 동안 또 KBC에서 연락이 왔습니다. 제작본부장이 꼭 출연을 바란다고 했습니다."

지나던 남녀 사원들이 힐끗거렸지만 인사는 하지 않는다. 눈치를 보니 비서실장 유병선은 아는 것 같다. 유병선이 외부 손님을 모시고 오는 줄로 보는 모양이다. 하긴 한국은 대통령 사진을 집에 걸어놓지도 않는 나라다. 만일 누가 걸어놓는다면 자식들이 백 명이면 백 명이 다 쪽 팔린다면서 가출을 하거나 나중에는 아버지 미쳤다고 할 것이다. 그런 나라다. 그러니 동성의 회장이 어느 놈인지 알릴 방법이 있겠는가? 슬슬 서동수의 마음이 정리되어 갔다. 회장실에 앉았을 때 비서 민혜영이 들어와 공손히 절을 하더니 앞에 인삼차 잔을 놓았다. 마침 유병선이 자료를 가지러 갔으므로 서동수가 민혜영에게 물었다,

"중국 비서는 어디 있나?"

"예, 비서실에서 스케줄 보고 있는데요."

중국비서 임청은 영어, 한국어, 일어까지 능통한 재원이다. 중국 본사 비서실에 근무한 지 3년째, 서동수의 수족이나 같다. 서동수의 시선을 받은 민혜영의 얼굴이 붉어졌다. 단정한 얼굴, 굳게 다문 입술이 이지적이다. 서동수가 불쑥 물었다.

"자넨 내 KBC 출연을 어떻게 생각하나?"

"명예라고 생각합니다."

바로 대답한 민혜영의 눈에 생기가 떠올랐다. 민혜영이 묻지도 않았는데 말을 이었다.

"회장님께선 방송에서 동성의 비전뿐만 아니라 젊은이들에게 희망과 용기를 주입시켜주셔야 합니다. 회장님은 그럴 만한 자격이 있으시거든요."

이게 무슨 말인가? 내가 그 정도인가?

"넌 어떻게 생각해?"

아직도 칭다오에 남아 있는 한수정에게 그것을 물은 것은 자랑하고 싶은 마음이 3할쯤 섞여 있었을 것이다. 출연을 결정하지 않았어도 그렇다. 그러자 한수정이 펄쩍 뛰는 것처럼 반겼다.

"오빠, 해, 해."

어제 처음 만났지만 뜨거운 밤을 보낸 사이는 금방 이런 분위기가 된다.

"오빠는 대번에 영웅이 되는 거야."

한수정이 들뜬 목소리로 말을 이었다.

"내가 국동실업 김 회장, 산호통상 정 회장도 그 프로에 나가려고 로비를 한다는 소문을 들었거든."

과연 재벌 가문이어서 재벌 정보가 전해져온다. 숨을 죽인 서동수는 수화기에서 울리는 한수정의 목소리를 들으면서 어젯밤의 열기를 떠올렸다.

"오빠는 그 프로에 나가면 인정을 받게 되는 거야."

그것은 상민에서 양반으로 승격이 된다는 말처럼 들렸다. 다시 한 번 KBC 〈영웅캠프〉의 위력을 실감한 셈이다. 통화를 끝냈을 때 유병선과 사장 박한재가 같이 방으로 들어섰다. 박한재도 들뜬 표정이다. 앞쪽에 앉은 박한재가 입을 열었다.

"〈영웅캠프〉가 지금까지 14회 방영되었고 2주일에 한 번씩 거의 7개월 동안 이어졌는데 기업가는 회장님이 유일합니다."

이미 유병선한테서도 들었지만 박한재의 열기 띤 말이 이어졌다.

"그런데 그 프로를 대통령까지 본다는 것입니다. 대통령이 두 달 전에 과학부장관으로 임명한 이길수 장관이 바로 그 경우지요."

박한재가 숨을 돌렸고 유병선이 이어서 말했다.

“그 한 달 전에 한국대학 교수였던 이길수 씨가 〈영웅캠프〉에 나와서 과학 한국의 미래에 대해서 꽤 감동적인 강의를 했습니다. KBC는 두 번이나 재방을 했다는군요. 대통령이 그것을 보고 이길수 씨를 장관으로 낙점했다는 것은 다 아는 사실입니다.”

“나는 모르고 있었는데.”

서동수가 말했지만 둘은 웃지 않았다.

입맛을 다신 서동수가 곧 길게 숨을 뱉고 말했다.

“나보다도 회사를 위해서 출연해야겠구먼.”

“잘 생각하셨습니다.”

얼굴을 환하게 편 박한재가 머리까지 끄덕였고 평소에 차분했던 유병선이 일어나려다가 다시 앉으면서 말했다.

“철저하게 준비하겠습니다.”

“뭘 준비하겠다는 거야?”

“답변 내용부터 그 동안에 회장님 이미지 관리까지 해놓아야 합니다. 인터넷 안티에 대한 대비책도 필요하고 회장님께서는 대화 교육도 받으셔야 됩니다.”

“아니, 이런.”

당황한 서동수를 무시한 채 유병선이 박한재에게 말했다.

“사장님께서 〈영웅캠프〉 준비위원장이 되셔야겠습니다.”

“아, 그거야 당연히.”

어깨를 편 박한재가 말을 이었다.

“유 실장이 실무책임을 맡지.”

"알겠습니다."

그때 입맛만 다시고 있던 서동수가 둘에게 말했다.

"그럼 난 중국 본사로 돌아가 있을 테니까 연락을 해주도록."

"알겠습니다만 〈영웅캠프〉 준비 일정이 나오면 회장님께선 그대로 따라주셔야겠습니다."

유병선이 엄숙한 표정으로 말했으므로 서동수가 소리 죽여 숨을 뱉었다.

"도대체 이게 무슨 개수작이야?"

불쑥 나왔지만 이것이 서동수의 본심이다.

한국에 온 길에 이번에는 박서현을 만나고 가기로 마음먹은 서동수가 약속을 잡았다. 남편하고 같이 점심을 먹기로 한 것이다. 4년 가까운 기간 동안 통화만 몇 번 했을 뿐 만난 적도 없었던 터라 전화를 받은 박서현이 처음에는 바짝 긴장한 눈치였다. 박서현은 서동수가 급성장한 재벌이 되어 있는 것을 모를 리가 없다. 네 남편하고 같이 나오라고 했더니 박서현은 30분쯤 후에 그러겠다고 연락을 해왔다. 그래서 12시 반에 서동수는 시청 앞의 킹덤호텔 한식당, 방 안에서 둘과 마주 보고 앉아 있다. 한식당이지만 원탁에 의자를 배치한 구조다. 인사를 마쳤지만 부부는 어색한 듯 제각기 시선을 마주치지 않는다. 박서현의 남편 정영철은 자동차부품 공장을 운영하고 있는데 작년 매출액이 185억, 경상이익에 2억 5,000의 적자를 내었다. 5년쯤 전에 서동수가 소개시켜준 중국 대동자동차가 주수출선이다. 적자 원인은 원부자재, 인건비 상승에 오더 부족, 대동자동차가 없었다면 3년쯤 전에 부도가 났을 거라고 했다. 서동수가 미리 정영철의 신우기업에 대한 조사를 해본 것이다. 와이프의 전남편을 만나면 오기 내지는 승부욕이 일어날 만도 한데 정영철은 시선을 내린 채 묻는 말에만 대답했고 박서현도 곧 어깨를 늘어뜨렸으므로 이야기는 서동수가 계속 이끌었다. 식사를 거의 마쳤을 때 서동수가 본론을 꺼내었다. 얼굴 보려고 만난 것이 아니다.

"미혜 엄마가 미혜한테 연락 안 한 것이 오히려 더 나았다는 생각이 드는데."

서동수의 시선을 받은 박서현이 외면했다. 미혜는 그것을 자연스럽게 받아들이고 있는 것이다. 서동수가 말을 이었다.

"바쁘게 살다 보면 그런 것이라고 미혜가 말하더구먼, 더구나 엄마가 아이도 하나 더 만들어서 둘이나 키우고 있다면서 말야. 미혜가 이젠 어른 다 되었어."

물잔을 든 서동수의 시선이 정영철에게로 옮겨졌다.

"둘이 사랑하면서 오순도순 사는 모습이 좋습니다. 정형."

"아, 저, 그거야……."

정영철의 얼굴에 쓴웃음이 떠올랐다가 금방 지워졌다.

"그런데 정형, 회사를 중국으로 옮기실 생각은 없습니까? 옮긴다면 대동자동차에서 오더를 보장해줄 텐데요. 지금보다 다섯 배 매출액이 오를 겁니다."

서동수는 박서현의 눈빛이 강해지는 것을 보았다. 그러나 정영철은 점점 당황하고 있다. 물잔을 들었다가 놓더니 눈동자가 흔들렸다.

"길림성에서 길림시 부근 공장부지를 무상으로 제공해줄 겁니다. 건물은 지어줄 테니 기계만 옮기면 됩니다. 물론 시설을 늘려야겠지요, 한국 기술인력도 데려 오고. 하지만……."

말을 멈춘 서동수가 똑바로 정영철을 보았다. 가라앉은 분위기를 느낀 것이다.

"정형, 검토해보시겠습니까?"

"예, 검토해보겠습니다. 감사합니다."

정영철이 앉은 채로 머리를 숙인 순간 서동수는 가슴 안에서 서늘한 바람이 지나는 것 같았다. 정영철은 그럴 생각이 없는 것이다. 새 시장을 개척하고 모험과 희생을 견딜 성품이 아니다. 소리 숙여 숨을 뱉은 서동수의 시선이 박서현에게로 옮겨졌다. 이쪽을 바라보던 박서현이 서둘러 시선을 내렸는데 시선이 부딪친 그 짧은 순간에 서동수는 박서현의 눈에서 적의(敵意)를 보았다. 그것을 말로 풀이하면 '내 남편에게 왜 곤란한 제의를 하느냐?' 또는 '잘난 척 좀 그만해.' 등으로 표현할 수 있을 것 같다. 서동수는 천천히 머리를 끄덕였다. 난 그저 미혜 친모가 고생 않고 살기를 바랐을 뿐이다.

"뭐어? 〈영웅캠프〉?"

화들짝 놀란 강정만이 말까지 더듬었다.

"네, 네가 그, 〈영웅캠프〉에 나간다고?"

"이런 젠장!"

입맛을 다신 서동수가 의자에 등을 붙였다. 이곳은 장충동의 한정식당 '춘풍' 방 안이다. 노란 빙판 같은 온돌방의 안쪽에는 12폭 병풍이 세워졌고 창밖은 시멘트벽이겠지만 창문에 창호지가 붙어 있다. 자개문갑 위에 놓인 도자기는 진품 같다. 둘 앞에 놓인 상에는 상다리가 휘어질 것처럼 한정식 요리가 쌓여 있는데 아직 아가씨는 부르지 않았다.

이곳은 강정만의 건설회사 회장이 단골로 다니는 요정이라는 것이다. 그런 곳을 일개 부장이 온 셈이었지만 손님이 제 회장보다 센 인물이니 명분이 선다.

"언, 언제냐?"

흥분이 가시지 않은 강정만이 다시 물었을 때 서동수가 자작으로 따른 소주잔을 들었다.

"한 달쯤 후에."

"재계 인사는 네가 처음인 것 같은데."

눈을 가늘게 뜬 강정만이 긴장한 표정으로 물었다.

"나만 알고 있을게. 너, 로비했어?"

"로비 같은 소리하고 자빠졌네."

"정말이냐?"

"야, 이 미친놈아, 날 뭘로 보고……."

그러자 강정만이 어깨를 부풀렸다가 내렸다.

"거기 한번 나가면 다 뜬다. 시장, 지사, 국회의원, 장관까지 다 되는 거야. 연예인은 바로 드라마 주연급으로 발탁되고 억대 광고를 따. 가수는……."

"그만."

손바닥을 벌려 보인 서동수가 쓴웃음을 지었다.

"미친 세상이구먼. 제대로 검증도 안 해 보고 어떻게 뜬단 말이야?"

"인마, 방송에 나오는 것으로 검증이 끝난 거다. 시청자는 그렇게 믿어."

이제는 서동수가 시선만 주었고 열이 오른 강정만의 얼굴이 상기되었다.

"넌 〈영웅캠프〉에 출연한 후부터 네 위상이 달라져 있는 것을 피부로 느끼게 될 거다. 넌 단숨에 뜨는 거야."

"단숨에 추락할 수도 있겠구먼."

혼잣소리처럼 말한 서동수가 방 안을 둘러보는 시늉을 했다.

"야, 네 회장이 오는 데가 뭐 이래? 아가씨들 데리러 보도방에 간 거야?"

그때 강정만이 상 밑에 붙은 벨을 눌렀고 10초도 안 되었을 때 미닫이 문이 스르르 열렸다. 한복 차림의 마담을 선두로 아가씨 둘이 들어섰다. 모두 한복 차림이었는데 원색 바탕에 현란한 무늬가 눈이 부실 정도였고 저고리 위에 얹힌 얼굴은 그림처럼 아름답다. 서동수가 숨을 들이켰을 때 마담이 먼저 아가씨 하나를 옆에 앉혔다. 치마가 부풀어 오르면서 향내가 풍겨 왔고 순식간에 서동수는 꽃밭에 둘러싸인 느낌을 받는다. 그래서 마담이 어떻게 인사를 하고 나갔는지도 기억나지 않았다.

"으으음."

겨우 탄성을 뱉어낸 서동수가 옆에 앉은 아가씨를 보았다. 머리를 옛날식으로 뒤에서 묶어 옥으로 만든 비녀를 꽂았는데 갸름한 얼굴이 그림책에서 본 선녀 같다. 시선이 마주치자 눈웃음만 친 아가씨에게 서동수가 헛소리처럼 물었다.

"네가 과연……."

"네?"

"사람이냐?"

"아이고, 저 자식."

강정만이 웃었지만 정색한 서동수가 아가씨의 손을 잡았다.

"네가 과연 두 다리를 번쩍 치켜들고 신음을 뱉어낼 수 있단 말이냐?"

낮에 박서현을 만난 후유증이 남아 있었던 것 같다. 서동수는 평소보다 많이 마셨다. 허물없는 친구에다 오랜만에 찾아간 한국식 요정 분위기 때문일 것이다. 선녀 같고 공주 같은 파트너 이름은 유은아. 24살로 전문대를 졸업하고 나서 요정 생활이 2년째라고 했다. 돈을 모으면 반년에 한 번 정도 외국으로 배낭여행을 떠나 두 달쯤 돌아다니는 것이 취미인 아가씨였다. 예전에는 생활고 때문에 유흥업소에 다녔지만 지금은 명품을 사려고 몇 달 다니는 아가씨도 있는 세상이다. 서동수는 발랄하고 꾸밈없는 유은아의 분위기에 어느덧 빨려들었다.

"돈 좀 모으면 동대문 근처에서 조그만 옷가게를 낼 거예요."

술기운으로 볼이 발갛게 달아오른 유은아가 맑은 목소리로 말했다.

"제가 의상학과를 나왔거든요. 옷도 몇 개 만들어본 적도 있어요."

"잘했다."

서동수가 한 모금에 소주를 삼키고 나서 말했다.

"꿈이 있어야 된다. 하루살이처럼 살면 안 되는 거야."

"사장님은 뭘 하시는데요?"

"건설업을 해."

불쑥 말이 그렇게 나온 것은 강정만 때문이다. 강정만과 같이 건설 계통으로 몰고 가는 것이 자연스럽다.

"아, 그렇구나."

대답은 그렇게 했지만 유은아는 별로 감동을 받은 것 같지가 않다. 앞쪽 강정만은 서동수보다 더 많이 마셨다. 지금 파트너의 치마 속에 손이 들어가 있는데 치마가 몽골의 겔 같아서 팔 한쪽이 보이지 않았다. 입술은 아가씨의 귀에 붙은 것이 말을 하는지 귀를 씹는지 알 수가 없다. 서동수가 유은아에게 물었다.

"너, KBC의 〈영웅캠프〉 본 적이 있어?"

"그럼요, 지난주에는 배광호가 나왔는데."

"배광호가 누군데?"

"모르세요? 가수 겸 탤런트. 요즘 〈사랑의 전설〉이란 드라마에 출연하는데……."

"……."

"시청률이 40%나 돼요. 대박이죠."

"〈영웅캠프〉가?"

"아뇨. 〈사랑의 전설〉요."

본 적이 없는 터라 서동수는 입을 다물었고 유은아의 말이 이어졌다.

"〈영웅캠프〉는 저도 꼭 봐요. 보면 배울 점이 있거든요. 감동이 와요. 제가 가장 감동을 받은 것은……."

"뭔데?"

서동수가 유은아의 잔에 술을 채워주었다. 앞쪽의 강정만 파트너가 웃으며 몸을 비틀었다. 치마 속에 들어간 강정만의 손 때문이다. 그때 유은아가 말했다.

"김형문 교수님 아시죠?"

"모르겠는데."

유은아가 숨을 들이켰는데 기가 막힌 것을 참으려는 행동이다. 기가 막혀서 숨을 길게 뱉으려면 먼저 들이켜야 한다. 그러나 유은아는 숨 뱉는 대신 말을 이었다.

"김형문 교수는요, 신학대 교수인데 '흐르는 시간'에 대한 이야기를 했어요. 〈영웅캠프〉에서요. 그 방송을 듣고 모두 울었어요. 감동을 받아서요."

"어떤 내용인데?"

"흐르는 시간을 멈추게 할 수는 없으니까 유용하게 쓰라는 말씀이었죠. 쉽고 귀에 쏙쏙 들어왔어요."

"그래서 울었어?"

"그럼요. 다 울었어요."

이제는 서동수가 숨을 들이켰다. 그러고는 유은아를 물끄러미 보았다.

"너, 오늘 밤 나하고 나갈래?"

그러자 유은아가 주문을 받은 가게 주인처럼 웃음 띤 얼굴로 머리를 끄덕였다.

여자하고 섹스할 때의 감동을 말하라고 한다면 서동수는 아마도 20부작 캠프에 출연할 수도 있을 것이다. 그러나 유은아의 이야기를 듣고 난 후에 서동수는 심란해졌다. 사전에 충분히 예행연습을 하며 질문에 대한 대답도 미리 작성해서 외워놓고 녹화 편집을 한다고 해도 그렇다. 섹스하면서도 그 생각뿐이다.

"아유, 사장님."

호텔 방 안이다. 유은아가 비명처럼 절정의 탄성을 뱉으면서 폭발했다. 통통한 유은아의 알몸은 탄력이 넘쳐서 고무통 같다. 그만큼 반응도 강했으므로 서동수는 만족했다. 더욱이 여자는 겉모습만으로는 속궁합을 전혀 예측할 수가 없는 것이다. 유은아가 그렇다. 착한 선녀 같은 용모였지만 성격은 밝았으며 섹스는 적극적이었다. 숨이 가빠서 목구멍으로 쉿소리가 나왔지만 유은아의 얼굴은 만족감으로 미소까지 떠올라 있다. 그 모습이 예뻤으므로 서동수가 유은아의 입술에 가볍게 입을 맞추고는 몸을 떼었다.

"너무 너무 좋았어요. 사장님."

유은아가 알몸의 사지를 그대로 벌린 채로 말했다. 가쁜 숨결과 함께 젖가슴이 출렁이고 있다.

"저. 두 번이나 했어요. 아시죠?"

"안다. 그렇게 좋으면 한번 더 해줄까?"

"정말요?"

놀란 듯 유은아가 물었지만 서동수는 잠자코 몸을 일으켜 가운을 찾아 입었다. 방 안의 불을 켜 놓았기 때문에 유은아가 시트로 하체를 가렸다. 냉장고에서 생수병을 꺼낸 서동수가 유은아에게 물었다.

"마실 것 줄까?"

"아뇨. 전 됐어요."

"그럼 그대로 누워 있어. 일어나지 말고."

"네에."

창가의 의자에 앉은 서동수가 병째로 생수를 마시면서 창밖의 거리를 보았다. 밤 1시가 되어가고 있었지만 시청앞 도로는 차량들로 가득 찼고 불빛은 휘황했다. 서동수가 침대로 머리를 돌렸다.

"너. 〈영웅캠프〉에 나왔던 이길수 씨 알아? 한국대 교수였다가 과학장관으로 임명되었다던데."

"아. 봤어요."

유은아가 이쪽으로 얼굴만 돌리고 대답했다.

"한국 과학의 미래인가 뭔가를 했는데 잘 기억이 안 나요."

"그렇구나."

"잘 아세요?"

"몰라."

"왜 자꾸 〈영웅캠프〉 물어보세요?"

"나도 한번 뜨려고."

"에에이."

유은아가 이를 드러내며 웃었다.

"캠프 나가려고 줄 섰대요. 특히 연예인들요. 그 다음이 정치인."

"기업인들은 안 해?"

"그러고 보니까 기업인들은 없었던 것 같네."

혼잣말을 했던 유은아가 상반신을 일으켰다. 젖가슴이 단단했고 적당한 크기다. 서동수의 시선을 받은 유은아가 젖가슴을 두 손으로 가렸다가 곧 내렸다.

"씻으려구요."

침대에서 내려온 유은아가 두 손을 휘저으며 욕실로 다가갔다. 알몸으로 어깨를 편 당당한 자세여서 서동수의 시선이 떼어지지 않았다. 그때 유은아가 욕실 앞에 서더니 머리를 돌려 서동수를 보았다. 웃음 띤 얼굴이다.

"욕실로 들어오실래요? 제가 샤워시켜 드릴게요."

서동수가 웃기만 했더니 유은아가 말을 이었다.

"저를 씻겨주셔도 좋구요. 전 좋아해요."

서동수의 형 서민수는 그 동안 칭다오 공항 근처에서 대규모 농원과 식품가공회사를 운영하고 있었는데 물론 서동수가 지원해준 것이다. 동성식품은 동성의 계열사로 전량 중국 시장에서 판매되고 있다. 다음 날 오전, 중국으로 돌아온 서동수가 공항에서 곧장 서민수의 회사 사무실로 들어섰다.

"어, 무슨 일 있어?"

연락은 했지만 조금 긴장한 모습으로 서민수가 서동수를 맞는다. 서민수는 2만 평 규모의 비닐하우스에서 각종 무공해 채소를 재배했는데 고가였지만 잘 팔렸다. 동성식품의 채소는 백화점과 고급 매장에서만 판매되는 것이다. 자리에 앉은 서동수가 잠자코 가방에서 서류봉투를 꺼내 탁자 위에 놓았다.

"이거, 형이 보관하고 있어."

"뭔데?"

서류봉투를 집어든 서민수가 묻자 서동수가 쓴웃음을 지었다.

"집에서 전해주기가 좀 불편해서."

"뭔데?"

"서류가 여러 개야. 모두 변호사하고 공증 받은 것이고 형 도장도 찍혔어. 그러니까 볼 필요 없이 금고에 넣어놔."

이제는 서민수가 봉투 안의 서류를 꺼내보더니 눈만 껌벅였다. 서류는 여러 장이고 여러 종류다. 시선을 든 서민수에게 서동수가 말했다.

"만일의 경우에 대비한 서류야. 그대로만 하면 돼."

유서도 있고 주식양도, 재산관리, 위임장, 회사 경영권, 현금관리, 미혜에 대한 재산 분배, 양육에 관한 서류가 다 들어 있는 것이다. 어깨를 늘어뜨린 서민수가 외면한 채 말했다.

"야, 갑자기 이걸 왜……."

"다 그렇게 해놓는 거야, 형."

"난 보기도 싫다."

서류를 봉투에 다시 넣은 서민수가 서동수를 보았다. 사람은 모두 자신만의 능력이 있다. 공부를 잘 하는 학생이 다 성공하는 것은 아니다. 제각기 자신의 특성을 살려 그 분야에서 기여한다면 그것이야말로 진정한 성공이디. 서동수가 사업가의 수완이 있다면 형 서민수는 농업에 능력을 발휘했고 또 좋아했다. 지금 서민수가 재배하는 무공해 채소는 한국산 품종을 중국 땅에 적합하도록 배양시킨 양질의 식품이다.

"난 네 덕분에 내가 좋아하는 일을 실컷 하고 있지만 너 없으면 다 소용없다. 그것만 알고 있어라."

서민수가 한마디씩 정성들여 말했다. 마치 개발한 배추씨를 하나씩 심는 것 같다. 머리를 끄덕인 서동수가 자리에서 일어섰다.

"알았어. 형, 나도 형이 버티고 있어서 얼마나 든든한지 몰라."

"그럼 저녁때 집에서 보자."

따라 일어선 서민수가 말했다. 서민수도 함께 살고 있는 것이다. 어머니까지 두 가족, 3대가 모여서 산다. 서민수의 사무실에서 시내로 들어가던 서동수가 서울 본사 비서실장 유병선의 전화를 받았다. 차 안이다.

"회장님, 〈영웅캠프〉 일정이 잡혔습니다. 4월 25일 금요일입니다."

유병선의 목소리에 열기가 띠어져 있다.

"제가 프로필과 필요한 자료는 KBC 측에 보내겠습니다. 그리고 KBC에서 보내온 질문과 답변도 다듬어서 보내드리겠습니다. 회장님께서는 계획표대로 준비를 해주셔야 됩니다."

"알겠어."

마치 수술 날짜를 받은 환자 기분이 들었지만 서동수가 어깨를 부풀렸다가 내리면서 말했다.

"난 며칠 이집트에 다녀올 일이 있어."

오후 8시 반, 칭다오 시내 중심부에 위치한 로열호텔 라운지에서 서동수와 한수정이 마주 앉아 있다. 한수정은 내일 서울로 출국 예정이었는데 서동수의 연락을 받고 서둘러 이곳으로 달려온 참이다. 라운지는 조명을 은근하게 해놓아서 도시의 야경이 더 선명하게 드러났다. 18층 높이의 라운지에서는 반대쪽의 바다도 보인다. 주문을 받은 종업원이 돌아갔을 때 서동수가 입을 열었다.

"내가 내일 아침 비행기로 이집트에 갈 테니까 담당자를 이집트로 보내."

"응? 이집트로?"

깜짝 놀란 한수정이 상반신을 세웠다. 얼굴의 웃음기가 지워졌고 눈이 크게 뜨였다. 입은 3분지 1쯤 벌어져 있다.

"너, 참, 섹시하다."

그 모습을 본 서동수가 감탄한 표정으로 말했더니 한수정이 입안의 침을 삼켰다.

"오빠, 농담했지?"

"내일 아침 비행기표 끊었어. 칭다오, 상하이, 카이로 코스야. 내일 오후 6시에 카이로 도착이다."

"오빠."

"내가 현지법인 사장하고 상의하고 있을 테니까 담당자를 보내. 진행 상황도 듣고 서류체크도 해야 할 테니까."

"오빠, 정말 가려고?"

"너하고 섹스는 갔다 와서 해야겠다. 오늘은 집에서 미혜하고 있어야 돼."

마침내 한수정의 눈에 습기가 차서 번들거리고 있다.

"오빠, 거기 위험하다고 하던데."

"얘가 왜 지금 와서 난리야?"

"안 가도 돼, 오빠."

"잔소리 말고 지금 서울에다 연락해."

정색한 서동수가 말하자 잠시 머뭇대던 한수정이 핸드백을 들고 자리에서 일어섰다.

"전화하고 올게."

한수정의 뒷모습에 시선을 주던 서동수가 길게 숨을 뱉었다. 이집트는 지금도 정국이 혼란 상태여서 책임지고 나서는 관리가 없다. 3억 불이 넘는 자금을 선뜻 내놓기는 힘든 상황이다. 아무리 하자가 없는 미지급금이라고 해도 그렇다. 정권이 바뀌면 담당자가 바뀌고 그 담당자는 업무파악에 시간이 걸린다. 이만한 핑계거리가 없다. 천재지변이나 같은 것이다. 한수정의 경성건설이 이집트 정부에서 받을 대금은 아파트 단지 건설 잔금 3억 2,500만 불이다. 7억 불 공사였는데 선금과 중도금은 받았다. 6년 전 공사를 시작할 때 큰 계약이라고 언론에 보도된 적도 있는 공사였다. 그때 한수정이 다가와 다시 앞자리에 앉았다. 이제는 두 눈에 생기가 띠어져 있다.

"내일 오전에 서울에서 셋이 출발할 거야. 부사장하고 부장 둘이야. 그 사람들이 처음부터 일을 맡아 진행시켰어."

서동수의 시선을 받은 채 한수정이 말을 잇는다.

"나도 모레쯤 이집트로 가겠어. 오빠한테만 맡기고 앉아 있을 수는 없어."

"넌 안 돼."

머리를 저은 서동수가 쓴웃음을 지었다.

"너하고 나하고의 관계가 바로 알려질 것이고 네가 그곳에 있는 것도 도움이 안 돼."

"오빠만 그곳에 보내는 것이 미안해서 그래."

"이 자식이 공사 구분을 못하는구먼."

"내일 박 상무가 계약서를 가져갈 거야. 미수금을 회수했을 적에 경비에다 회수 금액의 7%를 지급한다는 계약서."

"5%라더니?"

"7%로 했어."

시선을 내린 한수정이 말을 이었다.

"이것도 공사 구분을 확실하게 한 거야."

하긴 한수정이 회사 경영을 맡은 지 꽤 되었다.

"개발장관 아질란과 약속이 잡혔습니다."

카이로 공항에서 시내로 들어가는 차 안에서 알리가 불쑥 말했다. 오후 6시 40분, 승용차는 소리 없이 달려가고 있다. 차 안에는 뒷좌석에 서동수와 알리가, 앞쪽은 운전사와 카림이 앉았다. 알리는 전직 군 장성으로 이집트 동성법인의 사장이다. 그리고 전에 서동수의 경호를 맡았던 카림은 이제 동성의 관리부장이 되어 있다. 알리가 말을 이었다.

"내일 저녁 8시 반에 호텔 방으로 온다고 했습니다."

머리를 끄덕인 서동수가 알리를 보았다. 알리는 65세, 군사령관 출신으로 재작년에 정책적으로 동성에 영입되었다. 그 당시 실권자였던 참모총장의 추천을 받았는데 그 동안 정권이 두 번이나 바뀌었다. 작년 초에 대통령 선거로 알리의 배경이었던 군사정권이 무너지더니 올해 초에는 쿠데타가 일어났다. 작년 초부터 동성의 이집트 사업은 답보 상태였으므로 서동수는 새 정권에서 만회가 되기를 바라고 있다. 서동수는 이번 한수정의 경성건설에 대한 상황을 미리 알려주고 해당 책임자인 개발장관 아질란과의 면담을 부탁한 것이다. 면담은 성사되었으니 1차 작업도 성공한 셈이다. 동서양을 막론하고 기업가를 쓸데없이 만나지 않는다. 현직 장관이 알리와의 친분만으로 나올 리는 없는 것이다. 서동수가 지그시 알리를 보았다.

"가능성이 있겠습니까?"

"장관은 실세가 아닙니다."

알리가 검은 얼굴을 들고 서동수를 보았다. 무표정한 얼굴이다.

"실세는 국가비상대책위원회 위원장의 비서실장인 키슈렉 중장입니다."

처음 듣는 이름이다. 긴장한 서동수에게 알리가 말을 이었다.

"개발장관 아질란은 키슈렉의 결재를 받아야 합니다. 키슈렉의 결재를 받으면 위원장 모하메드의 승인을 받는 것은 문제가 아니지요."

"……."

"그러고 나서 재정위원 할라비의 결재를 받아야지요. 모하메드의 승인서를 첨부해서요."

알리가 쓴웃음을 지은 얼굴로 다시 서동수를 보았다.

"그럼 할라비는 대금 지급 전에 다시 위원장 모하메드의 결재를 받습니다. 3,000만 불 이상의 정부자금 지급은 모두 그렇게 하도록 위원회에서 명령했습니다."

서동수는 어깨를 늘어뜨렸다. 예상은 했지만 만만한 일이 아니다. 그 과정 하나하나에 무수한 함정이 도사리고 있을지도 모른다. 견제와 감시장치 사이에 숨겨진 함정에라도 빠지면 치명적이다. 그야말로 십년 공부 도로나무아미타불이다. 그때 앞쪽에 앉은 카림이 머리를 돌려 서동수를 보았다.

"회장님, 슈나가 감찰군에게 체포되었습니다."

슈나는 그 능란한 수단으로 오향물산 대리인이 되어 있었는데 서로 소식만 듣는 사이였다. 카림은 슈나와 서동수의 관계를 아는 유일한 사람이다. 알리는 눈만 껌벅였고 카림의 말이 이어졌다.

"오향물산의 수입품을 관세를 내지 않고 밀반입하다가 세관 관리와 함께 체포되었는데 10년형은 받을 것 같습니다."

"안됐군."

"오향물산은 컨테이너 30개 분량의 물품을 압수당했지만 소문을 막으려고 애를 쓰고 있습니다."

카림의 시선을 받은 서동수가 잠자코 머리를 끄덕였다. 지금 카림은 주의를 환기시켜 주고 있다. 괜히 덤벼들었다가 슈나 꼴이 될지도 모른다고 한 것이다. 심호흡을 한 서동수가 낮게 말했다.

"정보 고마워, 카림."

카림은 전직 소령으로 보안업체 경호팀장 출신이다. 서동수의 경호를 맡은 인연으로 동성의 관리부장이 되었는데 특공대 출신이다.

알리와 함께 셋이 호텔에서 저녁식사를 하고 헤어진 것은 오후 10시 반, 방으로 들어왔던 서동수는 카림의 전화를 받았다.

"지금 로비에 있습니다. 올라가도 되겠습니까?"

호텔 앞에서 일단 헤어지는 시늉을 하고 돌아온 것이다. 기다리고 있었으므로 서동수는 5분쯤 후에 방으로 찾아온 카림을 맞았다. 서동수가 따로 카림에게도 임무를 준 것이다. 소파에 앉은 카림이 단정한 얼굴을 들고 서동수를 보았다. 카림이 서동수의 심복인 셈이다.

"알리 사장은 아질란과 인연이 있습니다. 군 시절에 아질란이 알리 사장 휘하 연대장이었지요."

서동수의 시선을 받은 카림이 말을 이었다.

"그러나 비서실장 키슈렉, 재정위원 할라비는 모하메드 위원장의 인맥으로 알리 사장과는 소원한 관계입니다."

"……."

"군(軍)도 여러 파벌이 있습니다. 알리 사장의 인맥은 거의 힘을 쓰지 못합니다."

"카림, 방법이 없겠나?"

정색한 서동수가 물었다. 카림은 42세로 군의 엘리트 코스인 사관학교 출신이다.

카림의 얼굴에 쓴웃음이 번졌다.

"제가 개발부에 알아보았더니 경성건설의 미지급분은 하자 사항이 없어서 지급할 수 있을 것이라고 했습니다."

"그렇지."

눈을 크게 뜬 서동수를 향해 카림이 입맛을 다셨다.

"개발장관 아질란의 소문이 나쁘게 나고 있는데 본인은 모른다고 합니다. 이것은 개발부 내에서 들은 정보입니다."

"……."

"상황이 좋지 않습니다. 잘못 연루되면 회사에 치명상을 입게 될 것입니다."

"알리 사장은 알고 있나?"

"알리 사장도 아질란에 대한 소문은 모르는 것 같습니다."

"어떤 소문인가?"

"뇌물을 먹는다는 소문이죠."

카림의 검은 눈동자가 똑바로 서동수를 보았다.

"뇌물을 제공한 업체들 이름까지 개발부 내에서 떠돌고 있습니다, 보스."

그렇다면 같이 당하게 되는 것이다. 숨을 고른 서동수가 다시 카림을 보았다.

"카림, 다른 방법이 없을까?"

"보스, 이 경성건설의 미수금 회수가 그렇게 중요합니까?"

카림이 되물었으므로 서동수는 입을 다물었다. 말문이 막혔기 때문이다. 그러나 곧 머리를 들었다.

"내가 대리인 역할이야. 그리고 당연히 받아야 할 대금 아닌가? 로비가 무슨 필요가 있는가?"

되물었던 서동수가 문득 숨을 들이켜고 나서 카림을 보았다.

"모하메드 대통령을 만날 수 없을까?"

그 순간 카림이 눈을 치켜떴다. 카림은 눈썹 하나 까닥하지 않았고 숨도 쉬는 것 같지 않았다. 이윽고 천천히 어깨를 늘어뜨린 카림이 물었다.

"대통령을 말입니까?"

"직접 요청하겠어."

서동수가 똑바로 카림을 보았다.

"빙빙 돌 것 없다고. 직접 만나서 요청을 하고 싶어, 카림."

"……."

"주선해줄 수 있겠나?"

그러고는 서동수가 목소리를 낮췄다.

"대통령을 만나기 위한 로비 자금은 아끼지 않겠어, 카림."

다음 날 오후에 경성건설의 책임자들이 도착했다. 부사장 이영만은 50대 초반으로 현장 전문가라고 했다. 이집트공사를 처음부터 끝까지 맡았던 인물이다. 부장 둘은 각각 계약, 행정 전문가로 한수정이 골라 보낸 것이다.

셋은 카이로 시내에 위치한 동성의 사무실로 찾아왔는데 회의실에서 자리를 잡고 앉았을 때 이영만이 먼저 서류를 서동수 앞에 내밀었다. 벽시계가 오후 5시 반을 가리키고 있다.

"이번 대행 계약서입니다."

경성건설과 동성의 대리인 계약서인 것이다. 영문으로도 번역되어 있어서 이집트 정부 측에도 제시할 수 있도록 만들었다. 계약서류 밑에는 또 한 종류의 계약서가 첨부되어 있었는데 수수료에 대한 계약이다. 머리를 끄덕인 서동수가 사인을 하고 나서 이영만에게 말했다.

"제가 추진 중인 일은 아직 말할 단계가 아닙니다. 나중에 말씀드리지요."

셋을 둘러본 서동수가 물었다.

"그 동안 정부 측과 어떻게 접촉해 왔는지를 들읍시다."

서동수가 탁자 위의 벨을 누르자 기다리고 있던 카림이 들어와 옆쪽에 앉았다.

"영어로 부탁합니다."

서동수가 말하자 곧 이영만이 입을 열었다.

"개발장관 아질란에게 그 동안 여섯 번이나 정식 공문을 보내 면담을 신청했지만 회신이 없습니다."

"실력자라는 로비스트를 통해서도 접촉해보았는데도 면담이 성사되지 않았습니다."

"자금 결재 라인은 아시지요?"

서동수가 묻자 대답은 부장 하나가 했다. 최 부장이라고 소개한 사내다.

"예, 개발장관 결재가 나면 비서실장을 통해 국가비상대책위원회 모하메드 위원장의 결재를 맡으면 됩니다. 그럼 위원장이 재정위원에게 지시를 하는 것이지요."

"……."

"비서실장 키슈렉과 재정위원 할라비의 영향력이 세다고 들었습니다."

알 만큼은 알고 있는 셈이다. 머리를 끄덕인 서동수가 카림을 보았다.

"카림, 오늘 스케줄을 말씀드리도록."

그러자 카림이 무표정한 얼굴로 셋을 보았다.

"오늘밤 8시 반에 개발장관 아질란이 회장님을 방문합니다. 지금 호텔 방에서 영접 준비를 하고 있습니다."

놀란 셋이 제각기 숨을 들이켰고 카림은 말을 이었다.

"오늘밤 경성건설의 대표 자격으로 회장님이 참석하실 것입니다. 보좌역으로는 누가 동행하시겠습니까?"

카림이 묻자 이영만이 바로 대답했다.

"저하고 최 부장 둘이 가겠습니다."

서동수의 시선을 받은 이영만이 웃었다.

"제가 가야지요, 제가 모시겠습니다."

이영만의 검게 탄 얼굴을 본 서동수가 머리를 끄덕였다.

"좋습니다. 그렇게 하시지요."

카림의 설명이 끝났으므로 이영만이 서동수에게 말했다.

"오시자마자 면담을 성사시키시다니, 정말 놀랍습니다."

"내가 한 것이 아니라 우리 현지 법인장이 한 겁니다."

했지만 결국은 서동수의 능력이다. 그것도 줄을 잡아서 성사가 되었지만 산 넘어 산이다. 그러나 이들에게 과정상 어려운 점은 물론이고 아질란이 부정 의혹을 받고 있다는 소문을 알려줄 필요는 없다. 그때 카림이 서동수를 돌아보며 말했다.

"보스, 가시지요. 가서 기다리시는 것이 낫겠습니다."

호텔에서 아질란을 기다리라는 말이다.

아질란은 60대 초반쯤으로 보였지만 실제 나이는 55세다. 전(前) 육군소장, 탱크사단장 출신이다. 둥근 얼굴, 예외 없이 배가 나왔다. 맞춤

양복 차림에 손목에는 무거운 롤렉스, 방으로 들어선 아질란이 먼저 알리에게 다가왔다.

"살람 마리쿰."

알리와 아질란이 서로의 볼에 입을 맞춘다. 한 번, 두 번, 그러고 나서 아질란이 알리의 소개로 서동수와 악수를 나누었다. 웃음 띤 얼굴, 그러나 검은 두 눈이 탱크포의 구멍 같다. 이영만까지만 인사를 나눈 아질란이 소파로 안내되어 앉았다. 방은 프레지던트룸이어서 전에 힐러리가 묵었던 곳이다. 식당, 회의실, 대기실까지 구비되어 있다. 응접실의 푹신한 소파에는 아질란이 상석에, 좌우로 서동수와 알리가, 앞쪽에는 이영만, 최 부장이 앉았다. 카림과 아질란의 수행원들은 옆방인 대기실에서 대기했다. 고용된 남녀 종업원 여섯 명이 마실 것을 날랐고 주방에서 음식을 준비하고 있다. 찻잔을 든 아질란이 살찐 얼굴을 들고 서동수를 보았다.

"알리 사장의 체면을 봐서 여기 온 것입니다. 난 기업체 사람들하고는 사적으로 만나지 않아요."

"알고 있습니다, 장관님."

속으로는 '개뿔!' 하면서도 서동수가 엄숙한 표정을 지었다. 사적으로 안 만나면 공적으로 만나 그따위 소문이 났단 말인가? 서동수가 지그시 아질란을 보았다.

"장관 각하, 경성건설은 완공시킨 지 2년이 지나도록 잔금을 받지 못했습니다. 하자 사항이 없는데도 대금 지급이 지연되어서 회사는 부도가 날 지경입니다."

서동수의 목소리는 발음이 분명했고 컸다. 그래서 시중 들던 종업원도 숨을 죽였다. 경성 측의 이영만과 최 부장은 바짝 긴장했지만 똑같이 이것은 식을 시작하기 전의 애국가 제창 같다는 생각으로 이해했다. 둘은 예비역으로 학군단 장교, 병장 출신이다. 아질란이 멀뚱한 표정으로 서동수를 보았다. 그때 서동수의 말이 이어졌다.

"장관 각하, 이달 안에 잔금을 지급해주시지요. 그렇지 않으면 국제사법재판소에 이 사실을 신고하는 수밖에 다른 방법이 없습니다."

그 순간 가장 먼저 반응한 인간이 동성법인장 알리였다.

"아니, 회장님."

알리의 얼굴이 누렇게 굳어져 있다.

"그게 무슨 말씀입니까? 그러시면 안 되지요. 국제사법재판소라니요?"

이영만과 최 부장은 어깨를 추켜올렸다가 알리의 말이 끝났을 때에는 늘어져 있었는데 온몸을 몽둥이로 두들겨 맞은 것 같다. 다만 이영만의 절망적인 표정과는 반대로 최 부장의 눈은 이글거리고 있다. 그때 아질란이 갈라진 목소리로 물었다.

"뭐라고 했소? 국제사법재판소?"

"그렇습니다. 장관 각하."

어깨를 편 서동수가 똑바로 아질란의 시선을 받았다.

"그렇게 해서라도 경성건설의 명예를 살려야겠습니다, 장관 각하."

"회장님, 왜 이러십니까?"

그렇게 낮지만 떨리는 목소리로, 그것도 한국어로 물은 것은 최 부장이다. 40대 중반의 최 부장은 검게 탄 얼굴에 마른 체격이다. 토목부장 출신으로 이집트 아파트는 그가 다 지었다. 그때 아질란이 몸을 솟구쳐 일으켰다. 얼굴이 일그러져 있다.

"감히 누구 앞에서 국제사법재판소 이야기를 꺼내 협박하는가?"

눈을 가늘게 뜬 아질란이 소시지 토막 같은 손가락으로 서동수의 코를 가리켰다.

"경선건설이 그렇게 해서 잔금을 받을 것 같은가? 앞으로 이집트에 발을 디딜 수도 없을 거다."

그러고는 아질란이 발을 떼었다. 끝났다.

법인장 알리가 황망히 아질란을 따라 나갔으므로 룸에는 서동수와 경성건설 담당자들만 남았다. 소파에 앉아 있는 서동수에게 카림이 다가왔을 때는 10분쯤이 지난 후였다.

"법인장이 아질란과 함께 차를 타고 가셨습니다. 저한테 같이 식사를 하신다고 하셨습니다."

카림이 영어로 말하자 이영만과 최 부장이 어깨를 늘어뜨렸다. 머리를 끄덕인 서동수가 카림에게 말했다.

"저녁 준비 다 되었다면 식사를 하지."

"다 되었습니다. 가시지요."

대답을 들은 서동수가 자리에서 일어나면서 이영만 쪽을 보았다.

"자, 이제 식사 하십시다."

밥맛이 있을 리가 없지만 앉아 있을 수도 없는 노릇이다. 둘이 굳어진 표정으로 식당에 자리 잡고 앉았을 때 서동수가 식탁을 둘러보며 말했다.

"진수성찬을 버리고 간 아질란은 오래 못 살겠군."

이것은 한국말이다.

"저기, 회장님."

이영만이 마침내 입을 열었다. 물론 한국말이다.

"이렇게 돼도 괜찮을까요?"

정중하게 물었지만 추궁하는 언사다. 그때 머리를 올린 서동수가 식탁 반대쪽에 앉아 있는 카림에게 말했다. 영어다.

"카림, 자네는 어떻게 생각하나?"

"잘 하셨습니다."

바로 대답한 카림의 시선이 이영만과 최 부장을 스치고 지나갔다.

"이 두 분은 걱정하고 계십니까?"

"그렇다네. 아질란이 어떻게 나올 것 같나?"

"곧 아질란은 개발부에 돌아가 경성건설에 대한 조치를 내리겠지요. 영업허가 취소나 미수금 지급정지, 또는 건설자재나 기계 압류 따위의 조치 말입니다."

이영만과 최 부장의 얼굴이 나무토막처럼 굳어졌다. 그러면 망하는 것이다. 그때 서동수가 말했다.

"이 두 분이 내가 왜 그랬는지 불안하신 모양이야, 자네가 설명해드려."

"예, 보스."

카림이 검은 눈동자로 두 한국인을 똑바로 보았다. 둘은 긴장하고 있다.

"아질란은 부패했다는 소문이 나 있어요. 곧 감찰국의 조사를 받게 될 가능성이 많습니다. 그것을 정작 본인과 측근들은 모르고 있습니다."

카림의 얼굴에 쓴웃음이 번졌다.

"적을 속이려면 우리 편부터 속이라는 말이 있습니다. 우리 법인장도 아질란의 소문은 모르고 계신 것 같아서 이야기를 안 했습니다."

식당 안에는 카림의 지시로 그들 넷뿐이다. 그러나 목소리를 낮춘 카림이 말을 이었다.

"아질란이 경성건설에 대한 불이익을 주면 줄수록 경성건설은 깨끗한 회사가 됩니다. 아질란이 숙청되었을 때 말입니다. 이해하십니까?"

카림이 묻자 이영만은 길게 숨부터 뱉었고 감동한 최 부장이 머리를 커다랗게 끄덕였다. 얼굴이 상기되어 있다.

"그렇군요, 이해했습니다."

최 부장이 서동수에게로 머리를 돌렸다.

"그런 계획을 갖고 계신 줄 몰랐습니다. 회장님, 죄송합니다."

이것은 한국말이다. 이영만도 서동수를 향해 연신 머리를 끄덕였다.

"앞으로 잘 부탁드립니다. 무슨 지시를 하셔도 따르겠습니다."

"자, 드십시다."

서동수가 식탁에 쌓인 요리를 손으로 가리키며 말했다. 통째로 삶아 내놓은 어린 양이 커다란 은쟁반 위에 놓여 있다. 그때서야 음식 냄새가 맡아졌다.

비서실장 유병선의 전화가 왔을 때는 다음날 오전 9시경이다. 한국은 오후 4시일 것이다.

"회장님, KBC에서 보내온 질의서에 답변을 채워 메일로 보내드렸습니다. 읽어 보시고 고칠 부분이 있으면 지적해 주십시오."

유병선은 〈영웅캠프〉에 집중하고 있다. 활기 띤 목소리로 유병선이 말을 잇는다.

"그리고 스피치 훈련 일정이 잡혔습니다. 교사는 오만홍 선생이라고 스피치 분야에서는 독보적인 분으로 대선후보만 전문으로 교육시킨……."

"이집트 모하메드 국가비상대책위원장에 대해서 조사해보도록."

서동수가 말을 끊자 유병선은 당황했다.

"예? 모하메드 국가비상대책위원장……?"

"가족관계, 성격, 영향력과 세력, 그리고 외국과의 관계까지."

"예. 회장님."

"약점이 무엇인지 어떻게 접근하는 방법이 좋은지를 말이야. 유 실장이 비밀리에 전문가를 모아 자료를 준비하도록."

"예. 알겠습니다."

"이것이 시급한 일이야. 사흘 안에 알려주도록 해."

〈영웅캠프〉는 한 달 후다. 그러나 이집트 일을 놔두고 캠프에 참가하지는 않겠다.

전화기를 귀에서 떼는 순간 서동수가 결심했다. 오전 10시가 되었을 때 이영만과 최상호 부장, 박주신 부장 셋이 룸으로 들어섰다. 서동수가 부른 것이다. 룸에는 어젯밤에 중국과 서울 본사에서 도착한 비서 임청과 민혜영이 서동수를 도와주고 있다. 민혜영이 칭다오에 들러 임청을 만나 함께 이집트에 온 것이다. 화상통신은 여러 번 했지만 만난 것은 처음이라고 했다. 어젯밤 늦게 서동수의 룸에 도착한 둘은 제각기 방을 하나씩 배정받았으므로 프레지던트룸에 투숙객은 셋이 되었다. 그래서 회의실 테이블에는 여섯이 둘러앉았다. 서동수의 좌우에 임청과 민혜영이 앉았기 때문이다. 여자들을 본 경성 측 남자 셋이 일제히 숨을 들이켰지만 서동수는 간단하게 둘을 비서라고만 소개하고 본론을 꺼내었다.

"동성법인은 이집트에서 연간 6억 불 물량의 수출입을 합니다. 그런데 이번에 경성건설의 대리인 역할까지 겸하게 되면서 정부 측으로부터 불이익을 받을 가능성이 많아졌어요."

놀란 셋이 얼굴을 굳혔지만 서동수의 얼굴에는 웃음이 떠올랐다.

"내가 경성건설의 일을 맡게 된 순간부터 예상하고 있던 일입니다."

"어, 어떻게 되고 있는데요?"

이영만이 주저하면서 물었으므로 다시 서동수가 대답했다.

"오늘 오전 9시에 이집트 개발부에서 동성법인의 지난 3년간 통관 내역과 자금 입출현황을 보고하라는 공문이 왔습니다."

의자에 등을 붙인 서동수가 말을 이었다.

"아질란은 동성을 흔들어놓을 작정을 한 것 같습니다."

말문이 막힌 셋이 눈만 끔벅였을 때 서동수가 임청에게로 머리를 돌렸다.

"청, 어떻게 되었나?"

한국어로 묻자 임청이 유창한 한국어로 대답했다.

"네. 대사관에 공문을 보냈습니다. 담당 부대사가 분명히 받았다는 확인을 해주었습니다."

낭랑한 목소리로 말한 임청이 입을 딱 닫았으므로 경성맨 셋은 어리둥절했다. 셋을 번갈아 보던 서동수가 곧 이유를 알겠다는 표정을 짓고 입을 열었다.

"중국 대사관에 신고를 한 겁니다. 동성의 모체는 중국이고 본사도 중국에 있어요. 이집트 개발부는 중국 회사를 건드린 것입니다."

문에서 벨이 울렸을 때는 오후 1시 35분이었다. 룸서비스로 점심을 시킨 것이 늦게 오는 바람에 민혜영이 손목시계를 본 것이다. 문에 가깝게 있었던 임청이 대답하고 문을 열었다. 그때 열린 문으로 사내들이 임청을 밀치면서 들어섰다. 군복 차림의 사내들이 쏟아지듯 침입한 것이다. 감찰군이다.

"누구야?"

기가 센 임청이 날카롭게 소리쳤지만 그들은 눈도 깜박하지 않았다.

"당신들 누구야?"

임청의 기세에 기운을 얻은 민혜영이 맞받아 소리쳤을 때 서동수는 이영만, 최상호, 박주신과 함께 응접실로 들어서는 감찰군을 보았다. 7, 8명이나 되었고 양복 차림의 사내가 뒤를 따르고 있다. 지휘자 같다. 그 지휘자가 소파에서 엉거주춤 일어선 넷을 둘러보며 물었다.

"한국인 미스터 서는 누구지요?"

"납니다."

바로 대답한 서동수가 웃음 띤 얼굴로 셋에게 말했다.

"쿠데타 일으킨 놈들이라 행동은 빠르구먼."

물론 한국어이다. 그때 지휘자가 서동수에게 말했다.

"당신을 뇌물을 제공하려고 시도한 혐의로 체포한다."

"뇌물?"

되물은 서동수가 콧수염을 길렀지만 아직 30대로 보이는 사내에게 되물었다.

"내가 누구한테 말인가?"

"개발장관 아질란에게, 바로 이곳에서."

사내가 손끝으로 방을 가리켰다. 얼굴에 웃음이 떠올라 있다.

"아질란 장관이 신고를 했어."

그때 서동수가 머리를 끄덕이며 방안의 한국인들을 보았다.

"잘 되었어."

이것은 한국어이다. 민혜영과 임청을 번갈아 보면서 서동수가 한국어로 말을 이었다.

"아질란이 왔을 때 녹화를 해두었어. 카림한테 말해서 그 필름을 복사해서 대사관과 고위층에 보내라고 해."

서동수의 시선을 받은 임청과 민혜영이 동시에 머리를 끄덕였다. 그때 감찰군들이 다가와 서동수의 양팔을 잡았다.

"회장님."

감정이 격해진 민혜영의 두 눈에 눈물이 고이더니 금방 주르르 흘러내렸다. 그러나 임청은 당돌했다. 또렷한 한국어로 서동수에게 말했다.

"걱정마세요, 회장님. 제가 바로 중국 대사관에 달려가겠습니다."

경성건설의 세 남자는 그 동안 눈만 끔벅이고 있었는데 분위기에 휩쓸렸는지 이영만이 한마디 했다.

"기운 내십시오, 회장님."

지휘관의 지시로 감찰군은 서동수의 여권만 소지시킨 채 연행했고 거처 수색은 하지 않았다. 그날 오후 9시에 한국의 방송국에 뉴스 특보가 떴다. 3개 국영 방송국에서 일제히 특보가 뜬 것이다.

'한국인 기업가, 이집트 카이로에서 감찰군에게 체포, 연행됨.'

이런 내용이었지만 KBC에서는 보도 내용이 더 구체적이었다.

'미수금을 받으려고 협상 중에 갑자기 연행되었는데 이집트 관계 당국자의 의도적인 공작으로 보임.'

이것은 민혜영으로부터 보고를 받은 비서실장 유병선과 동성의 경영진이 KBC와 호흡을 맞춘 결과였다. 자초지종을 들은 KBC에서는 대특종의 분위기를 느낀 것이다.

거기에 〈영웅캠프〉로 이어지는 극적 드라마를 연상했을 수도 있다. 그러나 한국 방송국들은 중국 측의 반응을 전혀 예상하지 못하고 있었다.

"동성은 중국에 본부를 둔 세계적 기업으로 중국인 근로자만 3만 명에 육박하는 대기업입니다."

중국 국영방송 CCTV의 유명 앵커 양밍이 상기된 얼굴로 말했다. 베이징 시간으로는 오후 8시 10분, 서울과 동시에 사건을 보도하는 중이었지만 1시간 시차가 있기 때문이다. 양밍이 분한 표정으로 수억 명의 시청자를 보았다.

"이집트 관계자는 뇌물을 주려고 했다는 이유를 대었지만 동성은 즉시 당시의 CCTV 기록을 이집트 정부와 주 이집트 중국 대사관에 제출, 사건이 조작되었음을 주장한 상태입니다."

중국이 한발 더 깊숙이 보도한 것은 의도적이다. 중국 측이 앞장을 서는 것이 유리했기 때문이다. 그래서 한국 측에는 정보를 한 단계 늦춰 보내고 있다. 양밍이 말을 이었다.

"본 방송국에도 당시의 필름이 전달되었는데, 분석한 결과 아질란 측이 주장한 내용이 조작되었음을 확인하였습니다."

이제 상대방 이름까지 거명하고 있다.

"저런 개새끼들이 있나?"

베이징에서 식당을 경영하는 왕 씨가 소리쳤다. 왕 씨의 딸 미미가 동성의 직원인 것이다.

"이집트에 항공모함을 보내야 돼."

식당에서 밥을 먹던 손님 중 하나가 손을 흔들면서 열변을 토했다.

"우리 육군을 10만 명쯤 보내든지, 저놈들에게 대중국의 위엄을 보여야 돼."

오후 4시 반, 이집트 주재 중국 대사 위판상은 이집트의 국가비상대책위원회 위원장의 비서실장 키슈렉 중장과 마주 앉아 있었다. 서동수가 체포된 지 3시간 만이었으니 발 빠른 행동이다. 위판상은 무관 광청 대교(大校)를 대동하고 있었는데 키슈렉의 태도는 정중했다.

"그럼 이 증거물을 보시지요."

이미 이야기를 해놓은 터라 인사를 마치고 자리에 앉았을 때 위판상이 말했다. 그러자 광청이 탁자 위에 노트북을 내려놓더니 화면을 켰다. 곧 17인치 모니터에 선명한 화면이 떴고 소리가 울려 나왔다. 아질란이 서동수를 찾아온 순간부터가 화면에 그대로 재생되고 있다. 아질란의 방문은 10분도 되지 않아서 끝났기 때문에 그들은 화면이 정지될 때까지 지루함을 느낄 겨를도 없었다. 광청이 노트북을 덮었을 때 위판상이 부드러운 표정으로 키슈렉을 보았다.

"비서실장 각하의 공정한 판단을 바랄 뿐입니다."

중국 정부는 신군부 세력에 호의적이었다. 지난달에 중국과 이집트 양국 정부는 경제 협약을 체결했다. 위판상의 시선을 받은 키슈렉이 머리를 끄덕였다.

"예, 저 증거물을 놓고 가시지요. 제가 위원장께 보고드릴 때 필요합니다."

"당연히 놓고 가겠습니다."

"오해가 있으면 풀도록 하겠습니다."

"감사합니다. 중국 정부를 대신해서 다시 한 번 감사를 드립니다."

회견은 이렇게 끝났다. 만족한 표정으로 차에 오른 위판상에게 앞쪽 자리에 앉은 광청이 물었다.

"대사님, 한국 대사관에서 여러 번 전화가 왔었습니다. 회동 결과를 알려달라고 부탁을 했는데요."

차가 정부 청사를 떠나 대로에 진입할 때까지 입을 꾹 다물고 있던 위판상이 입을 열었다.

"알려주지 마."

"예, 대사님."

"재주는 곰이 부리고 돈은 한국 놈이 먹는 꼴이 될 것이다."

"과연 그렇습니다."

광청이 몸을 돌렸고 위판상은 어깨를 펴고는 좌석에 등을 붙였다.

"기가 막힌 타이밍이다."

〈영웅캠프〉의 PD 오태곤이 눈을 치켜뜨고 말했다. 눈이 작아서 치켜떴어도 보통 사람이 그냥 뜬 눈밖에 되지 않는다.

"여기서 풀려나오고, 미수금까지 받아낸다면 그것만으로도 〈영웅캠프〉 소재를 꽉 채우고도 남아."

"60분도 짧아요."

작가 김은정도 맞장구를 쳤다.

"더구나 이번 미수금은 동성의 미수금이 아네요. 경성건설 미수금이라구요. 한국 업체를 위해 나섰다가 그렇게 되었으니까 더 감동적이죠."

그때 보도부장 노금봉이 말했다.

"MBS, SBC가 열심히 보도하고 있으니까 당분간 놔둬. 모른 척하자구."

둘의 시선을 받은 노금봉이 쓴웃음을 지었다.

"서동수를 〈영웅캠프〉로 잡아놨다는 걸 알면 바로 보도를 안 할 테니까 말야."

"하긴 그러네요."

김은정이 머리를 끄덕였을 때 오태곤이 핸드폰을 꺼내 버튼을 눌렀다. 오후 10시 반, 셋은 방송국 근처의 한식당 방 안에서 소주를 마시는 중이다. 이윽고 오태곤이 둘의 시선을 받으면서 핸드폰을 귀에 붙였다.

"예, 저, 오태곤입니다."

그때 수화구에서 동성의 비서실장 유병선의 목소리가 울렸다.

"예, PD님, 무슨 일이십니까?"

"저기, 카이로에서 무슨 연락 없습니까? 궁금해서 그러는데요."

그때 유병선이 잠깐 주춤하는 것 같더니 대답했다.

"중국 대사관에서 이집트 정부 측 고위층과 만났습니다. 누구인지는 말씀드릴 수 없지만 대사가 찾아가 만난 것은 확실합니다."

"정, 정말입니까?"

놀란 오태곤이 작은 눈을 힘껏 부릅떴고 둘은 바짝 긴장했다. 그때 유병선의 말이 이어졌다.

"동성 본사가 중국에 있으니까요. 중국 회사나 마찬가지죠. 근로자가 3만, 가족까지 합하면 20만 명 가까운 중국인이 동성 가족입니다."

"그, 그렇지요."

"중국 대사관이 적극적으로 나서주고 있습니다. 중국 외교부도 움직이고 있는 것 같습니다."

"우, 우리는요? 한국 말입니다."

"아, 당연히 열심히 뛰고 있지요. 하지만 중국이 선수를 친 것 같습니다."

"그렇군요."

"이건 KBC에만 말씀드리는 것입니다."

"잘 알겠습니다. 고맙습니다. 그리고,"

입맛을 다신 오태곤이 말을 이었다.

"다른 방송국에는 정보 주지 마세요. 그리고 〈영웅캠프〉 이야기는 절대로 꺼내시면 안 됩니다. 잘 알고 계시지요?"

"아, 그러믄요."

"정보 있으시면 언제라도 전화 주세요. 기다리고 있겠습니다."

한껏 부드럽게 말한 오태곤이 핸드폰의 정지 버튼을 누르고는 어깨를 폈다.

"중국 대사가 이집트 고위층을 만났답니다."

"어이쿠."

놀란 노금봉이 수첩을 꺼내들었다. 특종인 것이다. 오태곤이 유병선으로부터 들은 이야기를 정신없이 적은 노금봉이 자리를 차고 일어나 방을 나갔다. 그때 김은정이 오태곤에게 말했다.

"진짜 이번 〈영웅캠프〉는 대박이 될 것 같아요. MBS, SBC가 사전 광고까지 해 주는 셈이니까요. 몇 억짜리 광고죠."

"거 참."

가는 눈을 치켜뜬 오태곤이 김은정을 보았다. 두 눈이 번들거리고 있다.

"영웅을 탄생시킬 기가 막힌 아이디어가 떠올랐어."

한수정이 카이로에 도착했을 때는 다음 날 오전 11시 반이었다. 이영만으로부터 연락을 받고 바로 날아온 것이다. 공항에서 시내로 들어오는 차 안에서 이영만이 보고했다.

"어제 중국 대사가 비상대책위원장 비서실장인 키슈렉을 만났고 오늘 오전에는 한국 대사가 외교부에 들어갔다가 나왔습니다."

한수정은 시선만 주었으므로 이영만이 말을 이었다.

"중국 측에서 적극적입니다. 그래서 다행입니다."

"……."

"제가 보고드렸습니다만 서 회장이 너무 강하게 나간 것 같습니다. 아질란이 부패했다는 소문이 났어도 성급한 것 같다는 생각이 듭니다."

"……."

"아질란과 사이가 좋지 않다는 것을 보여주는 것은 성공했지만 이렇게 빨리 보복을 해올지는 몰랐거든요."

"……."

"MBS, SBC에서 연락이 자주 오고 있는데 인터뷰는 사절했습니다."

그때 한수정이 물었다.

"앞으로 어떻게 하실 계획이죠?"

그 순간 승용차 안에 무거운 정적이 덮여졌다. 앞좌석에 앉은 최상호 부장도 몸을 굳히고 있다. 한수정의 시선이 떼어지지 않았으므로 이영만이 입을 열었다.

"예, 지금 상황으로서는 기다리는 수밖에 없습니다. 중국과 한국 대사관이……."

"중국 대사관에 가보셨어요?"

"예? 아니, 저는……."

이영만이 어깨를 늘어뜨렸을 때 한수정이 다시 물었다.

"한국 대사관은요?"

"예, 영사를 만났습니다."

"언제요?"

"오늘 오전에 한 9시 반쯤……."

"가서 만났습니까?"

"호텔로 찾아왔습니다."

이제 이영만의 얼굴이 딱딱하게 굳어져 있다. 머리를 돌린 한수정이 최상호의 뒤통수를 바라보며 말했다.

"보고하는 건 쉽죠."

이영만은 숨을 죽였고 한수정의 말이 이어졌다.

"방관자처럼 말이에요."

그러고는 한수정이 입을 꾹 다물었으므로 차 안은 더 무거운 정적에 덮여졌다. 어디선가 침이 식도를 넘어가는 소리가 들렸다. 숙소는 서동수와 같은 나일강가 킹덤호텔이다. 방으로 들어선 한수정은 혼자 있고 싶다면서 이영만과 부장들을 돌려보냈다. 그러나 30분쯤이 지났을 때 방의 전화기가 울렸다. 동성의 회장 비서 임청이라는 것이다.

"오신다는 말씀을 듣고 기다리고 있었습니다."

또랑또랑한 목소리의 여자다.

"저는 위층에 있는데 언제 뵐 수 있겠습니까?"

"지금이라도 좋아요."

목소리만으로도 개운한 느낌이 든 한수정이 말했다.

"내가 거기로 갈까요? 몇 호실이죠?"

"1801호실입니다. 기다리고 있겠습니다."

한수정은 전화기를 내려놓고 바로 방을 나왔다. 18층에서 엘리베이터 문이 열렸을 때 한수정은 앞에서 기다리는 여자를 보았다. 자신도 여자지만 잠깐 숨이 멈추는 느낌이 드는 미인이다.

"한 감사님이시죠? 전 중국 본사의 회장실 비서 임청입니다."

공손히 머리를 숙여 보인 임청이 인사를 했다. 그러고는 옆쪽 방으로 안내했는데 방문 앞에도 미녀 하나가 서 있다. 그 순간 한수정의 심장 박동이 빨라졌다.

"전 한국 본사의 회장실 비서 민혜영입니다."

그 미녀가 머리를 숙여 인사를 하더니 문을 열고 안내를 했다. 셋이 응접실로 들어서자 아랍인 사내 하나가 서 있다가 한수정을 향해 한국식으로 인사를 했다.

"전 이집트 동성의 관리부장 카림입니다."

사내가 영어로 인사를 했을 때 한수정은 동성의 저력을 실감했다. 체계적이고 질서가 잡혔다. 이 셋의 서열을 바로 알 수가 있었는데 임청, 민혜영, 카림의 순이다. 윗사람에 대한 예의로 서열이 높은 순서로 인사를 했다. 누가 시킨 것 같지도 않았다. 넷이 자리 잡고 앉았을 때 그것이 드러났다. 한수정이 위쪽 상석에 좌측의 소파에는 임청, 민혜영이, 우측에 카림이 앉은 것이다. 그때 임청이 먼저 입을 열었다.

"언론에 정보가 새어 나가면 불리할 것 같아서 경성 부사장한테도 알리지 않았습니다. 중국 대사는 회장님이 결백하다는 증거물을 이집트 고위층에 전달했습니다."

그러고는 임청이 중국대사 위판상이 키슈렉을 만난 상황을 이야기했다. 숨을 죽이고 있던 한수정의 눈에 생기가 살아났다. 그때 임청이 영어로 카림에게 말했다.

"카림 씨, 지금 이집트 내부 상황을 말씀드리세요."

카림이 상체를 세우고 한수정을 보았다.

"이집트 군부 집권층은 이것을 기회로 삼아서 부패한 고위층을 소탕할 것 같습니다."

한수정이 다시 숨을 죽였고 카림의 말이 이어졌다.

"아질란 등 구세력도 만만치가 않아서 계획을 세우고 결행하는데 시간이 좀 걸릴 것 같습니다."

"그렇다면……."

한수정이 입을 떼었다.

"그때까지 회장님은 나오시지 못한단 말인가요?"

"그렇습니다."

"지금 어디 계시죠?"

"군 감찰대 안의 구치소입니다."

"면회도 안 되나요?"

"안 됩니다."

머리를 저은 카림이 말을 이었다.

"무사하신 건 확인했습니다."

그때 이번에는 민혜영이 한국어로 말했다.

"감사님, 이 정보가 한국 측에 들어가면 안 됩니다. 만일 방송을 타면 회장님 신상에……."

"걱정하지 말아요."

정색한 한수정이 민혜영을 똑바로 보았다.

"난 회장님이 KBC의 〈영웅캠프〉에 출연하실 예정이라는 것까지 알고 있어요."

"죄송합니다."

"우리 회사 일로 이렇게 되셨는데 어떤 방법을 쓰든 도와드려야죠, 방해를 하다니요?"

"감사합니다."

그러자 한수정이 길게 숨을 뱉고 나서 이번에는 임청에게 물었다.

"중국 대사관에 감사 인사를 드리지 않아도 될까요?"

"그러시지 않아도 됩니다."

임청이 맑고 큰 눈으로 한수정을 보았다.

"중국 대사관으로서는 당연히 할 일을 하고 있거든요."

그렇다면 기다리는 수밖에 없다. 어깨를 늘어뜨린 한수정의 시선이 임청과 민혜영을 스치고 지나갔다. 미녀들이다. 하나는 중국 미녀, 또 하나는 한국 미녀, 서동수는 미인만 비서로 채용하는 모양이다. 다시 심장박동이 빨라졌으므로 한수정은 심호흡을 했다. 그러나 참지 못하고 말이 나와버렸다.

"두 분 비서가 모두 빼어난 미인이시네."

같은 날 오후 4시에는 비서실장 유병선이 도착했다. 그런데 유병선과 함께 온 한 무리가 있다. 바로 KBC의 〈영웅캠프〉 팀이다. 오태곤 PD가 작가 김은정, 그리고 촬영팀까지 데리고 온 것이다. 오태곤의 기가 막힐 아이디어가 바로 이것이었다. 아예 서동수가 체포되어 있는 시점부터 〈영웅캠프〉를 시작한다는 것이다. 상황을 들은 유병선은 감동해서 두말하지 않고 동행을 허가했다. 추진위원장인 사장 박한재도 찬성한 것은 물론이다.

"대박이다!"

오후 6시 반, 호텔 방 안에서 임청과 민혜영, 카림으로부터 상황 설명을 들은 오태곤이 흥분을 참지 못하고 소리쳤다. 김은정도 입이 귀밑까지 벌어지도록 웃는다. 손뼉까지 친 오태곤이 다시 외쳤다.

"그렇지, 목숨을 건 협상, 애국 그리고 한 기업가의 용기를 기폭제로 삼은 이집트 정권의 내부 혁명! 응?"

오태곤의 시선을 받은 김은정이 작가답게 말을 이었다.

"서둘러야겠어요. 비서분들과 카림 씨의 인터뷰도 해놓아야겠고, 오늘부터 밤새워야겠어요."

"회장님이 석방되는 장면을 극적으로 잡아야겠어요, 연출이 필요해."

"이집트 정권의 숙청작업과 경성건설 미수금 회수로 끝을 장식하면 진짜 대박이죠. 이건 그냥 논픽션이니까!"

오태곤이 상기된 얼굴로 유병선을 보았다. 작은 두 눈을 한껏 치켜뜬 모습이다.

"이것 한방으로 서 회장님은 차기 대통령 후보가 될 수도 있을 겁니다. 내가 보증할 수가 있어요."

"아이구, 그렇게까지……."

유병선이 손까지 흔들었지만 싫지 않은 표정이다. 얼굴의 웃음기가 지워지지 않았다.

"우리 〈영웅캠프〉 위력을 모르시는 모양인데, 한번 나와서 장관되는 건 일도 아니란 말입니다."

오태곤이 무시당한 것처럼 이맛살을 찌푸렸다.

"이번 〈영웅캠프〉를 보면 전 국민이 감동할 겁니다. 물론 우리가 잘 만들어야겠지만 말입니다."

그러면서 오태곤이 자리에서 일어섰다.

"이거 실례하겠습니다. 지금부터 우린 회의해야 합니다."

KBC 팀도 같은 호텔에 방을 잡았으므로 문 앞까지만 배웅하고 돌아온 유병선과 동성팀은 다시 회의실에 모였다. 유병선은 비서실의 〈영웅캠프〉 팀 두 명을 더 데려왔으므로 테이블에 둘러앉은 남녀는 모두 여섯이다. 카림도 있었기 때문에 회의는 영어로 진행되었다.

"가장 정보를 빨리 받을 수 있는 사람은 임청과 카림이야. 받는 즉시 보고를 하도록."

유병선이 임청과 카림을 번갈아 보면서 지시했다. 임청은 중국 대사관을 통해, 카림은 정부부터 시작해 군부대에 깔린 군(軍) 시절 인맥을 통해 정보를 얻는 것이다.

민혜영은 한국 대사관을 맡았고 비서 하나는 경성건설을, 또 하나는 연락 담당이 되었다. 유병선이 생기 띤 얼굴로 모두에게 당부했다.

"KBC에 적극 협조하도록, 하지만 KBC 측에 정보를 넘기기 전에 꼭 나한테 보고를 하도록."

유병선은 언론의 생리를 아는 것이다.

아무리 관계가 좋다고 하더라도 약점 잡힐 일은 하지 않는 것이 이롭다. 이윽고 회의를 마친 유병선이 카림까지 이끌고 방을 나갔으므로 프레지던트룸에는 임청과 민혜영 둘이 남았다. 어느덧 오후 8시 반이다. 그때 민혜영이 문득 물었다.

"언니, 지금 회장님은 뭘 하고 계실까?"

임청은 28세, 민혜영은 25세다. 둘은 이제 언니 동생 사이가 되었다.

그로부터 사흘이 지난 오전 10시경에 이집트 정권은 내부 혁명을 일으켰다. 국가비상대책위원장 모하메드가 주도한 숙청, 이른바 '클린 혁명' 이다. 혁명 작업은 전 세계에 보도되었는데 KBC는 전 세계에서 유일하게 모하메드를 인터뷰하는 특전을 받았다, 이것만으로도 대특종이어서 오태곤은 인터뷰 통보를 받자 호텔 로비에서 덩실덩실 춤을 추었다. 오후 1시 반, 한국 시간으로는 오후 8시 반이 되었는데 한국 시청자는 TV 앞에 몰려 앉았다. 이미 두 시간 전부터 뉴스 속보로 예고한 터라 대부분의 술집, 가정에서는 KBC를 켜놓고 있다. 시청률 62%, 뉴스 속보로서는 초유의 기록이다. 그것은 미리 동성의 회장 서동수가 이집트 정권의 내부 혁명을 촉발, 또는 목숨을 건 기업가의 도전 정신, 또는 동성의 서동수 과연 죽었는가 혹은 살해당했을지도 모른다 등으로 사흘 동안 KBC가 끊임없이 시청자들을 쑤셔대었기 때문이다. 모두 오태곤의 작품이다. 오태곤은 〈영웅캠프〉를 위해 불을 지른 셈인데 인터뷰가 성사될지는 몰랐던 것이다. 이것은 〈영웅캠프〉 이전에 오태곤에게 '최고 취재상' 의 타이틀을 보장해주고도 남는다. 오늘의 인터뷰어는 오태곤, TV 화면에 모하메드와 나란히 앉은 오태곤이 한국어로 물었다.

"각하, '클린 혁명' 을 축하드립니다. 이 혁명의 동기와 목적은 무엇인지요?"

그러자 모하메드가 열띤 목소리로 혁명과 집권 세력의 목표, 이집트의 미래에 대해서 열변을 토해내었다. 그것이 5분 이상 길어졌지만 한국 시청자들은 참을성 있게 기다렸다. 지루한 시청자들은 잠깐 채널을 다른 곳으로 돌렸다가 꼭 돌아왔다. 모하메드의 말이 끝났을 때 오태곤이 어깨를 부풀리며 물었다.

"각하, 한국인 기업가 서동수 회장이 지금 구속되어 있습니다. 서동수 회장이 이집트 '클린 혁명' 을 촉발시킨 계기가 되었다는 소문도 있는데요, 어떻게 생각하십니까?"

이것이다. 한국 국민들이 이것을 듣고 싶었던 것이다. 대한민국이 조용해진 것 같았는데 사실이었다. 모두 입을 다물었기 때문이다. 그때 모하메드가 빙그레 웃었다. 짙은 콧수염과 턱수염 사이로 흰 이가 다 드러났다. 그러고는 말했다.

"그렇습니다. 계기가 되었지요."

통역을 맡은 교환교수 김 박사가 한국어로 번역을 하기도 전에 시청자의 90% 이상이 바로 알아들었다. 모하메드가 말을 이었다.

"서 회장의 용감한 행동이 계기가 되었지요. 그는 우리들의 친구입니다."

이것도 시청자의 대부분이 알아들었다. 술잔을 쥔 샐러리맨들의 눈은 벌게졌으며 집에서 혼자 TV를 보던 아주머니들은 목이 메었다. 방송으로 듣던 운전자들은 숨을 들이켰으며 임금 인상을 요구하며 며칠째 농성하던 노동자들은 숙연해졌다. 그때 오태곤이 다시 물었다.

"서 회장을 한국 KBC의 〈영웅캠프〉에 출연시키려고 합니다. 그 자격이 있겠습니까?"

그때 모하메드의 눈이 가늘어지더니 곧 커다랗게 머리를 끄덕였다.

"그럼요. 그는 진정한 영웅입니다."

이제 모하메드의 얼굴이 엄숙해졌다.

"용기 있는 인간만이 선택을 받아야 합니다. 진정한 영웅은 잔재주를 부리지 않습니다. 나는 서 회장의 몸을 부딪쳐온 그 용기를 존경합니다."

시청자들은 오태곤의 콧구멍이 벌름거리는 것 따위는 보지 않았다. 그렇다. 영웅은 다 같다. 영웅은 어느 곳에서도 인정을 받는다. 그것이 진정한 영웅이다. 그때 KBC 시청률이 68.5%였다.

서동수가 석방되었을 때는 다음 날 오전 9시경이었다. 한국 시간으로는 오후 4시, 미리 통보를 받은 KBC팀이 군 감찰대 앞에서 서동수를 맞는 장면이 전국으로 방영되었다. 그런데 환영 인사들이 거창했다. 서울에서 날아온 국회의원이 몇이나 되었던 것이다. 국회 외교위원장 고동배 의원, 야당 측 간사 조성팔 의원, 그리고 서동수의 고교 선배인 이대용 의원에 지역구 의원 백춘식이다. 제각기 명분이야 있었지만 서동수의 고향인 대전 지역구 의원 백춘식까지 온 것은 기가 막혔다. 지금까지 서동수는 고향이 대전이기만 했을 뿐 한번도 총선투표를 한 적이 없었기 때문이다. 그러나 막강한 국회의원을 무시할 수는 없는 노릇이다. 오태곤은 KBC 사장의 직접 지시를 받고 넷을 감찰대 앞 요지에 배치해줘야만 했다. 외교위원장은 서동수와 대담하는 장면을 요구했지만 오태곤이 사생결단의 자세로 막아서 같이 사진을 찍어주는 것으로 타협을 했다. 감찰대 정문을 나온 서동수가 화면에 비쳤을 때 시청자들은 숨을 들이켰다. 서동수는 면도를 깨끗하게 했고 옷도 단정했다. 시청자 대부분은 TV를 하도 많이 보아서 오히려 연출가 빰칠 만한 재목이 많다. 이럴 때 서동수는 수염을 깎지 못한 덥수룩한 얼굴과 꾀죄죄한 차림으로 나와야 심금을 울려주는 효과를 낸다. 그것이 30여 년 닦아온 TV쪽 내공이다. TV 연속극은 초등학교 3학년 수준으로 나가야 대박이 난다는 것이 정설인 것이다. 그런데 서동수는 말끔한 용모로 나왔다. 8일 동안 수염을 길렀으면 볼 만했을 터였다. 그것을 내심 기대했던 오태곤도 서동수를 본 순간 실망했다. 그러나 10초쯤이 지났을 때 가슴이 미어지는 느낌을 받았다. 바로 이것이다. 이것이 전혀 연출을 의식하지 않는 태도다. 그리고 시청자들도 똑같이 느낄 것이었다. 이젠 시대가 달라졌다. 지금은 초딩 3학년 수준이 아니다. 적어도 이런 다큐는, 〈영웅캠프〉만은.

"감상이 어떠십니까?"

자꾸 옆으로 붙으려는 이대용과 백춘식을 제지한 오태곤이 묻자 서동수가 빙그레 웃었다.

"아유, 힘들었어요, 감옥이 다 그렇죠."

"이집트 국가비상대책위원장께서는 서 회장님이 영웅이라고 하셨는데요, 그런 칭찬을 받은 소감을 한 말씀……."

그때 앞쪽에서 작가 김은정이 두 손으로 종이를 펼쳤다.

'생방송이에요' 라고 적혀 있다. 그것을 본 서동수가 쓴웃음을 지었는데 오태곤의 질문과 제법 어울렸다. 서동수가 입을 열었다.

"내가 우연히 그렇게 된 것이죠, 영웅이라니, 어림도 없습니다."

서동수가 카메라를 향해 천천히 머리를 저었다. 정색한 표정이다.

"세계 각국에, 아니, 한국 안에서도 묵묵히 일하면서 국가와 민족을 위해 공헌하는 영웅이 얼마든지 있습니다."

말문이 막힌 오태곤이 입만 벌렸을 때 서동수의 말이 이어졌다.

"이 기회에 말씀드리지요. 난 〈영웅캠프〉에 나가지 않겠습니다, 내가 영웅으로 불릴 자격이 없는 데다 만일 내 말에 청소년들이 속아 넘어가서 나중에 실망하면 큰 죄를 짓게 되는 것이니까요."

"아, 아니, 회장님."

마이크를 끄고 싶은 오태곤이 말까지 더듬었고 접근할 기회를 노리던 국회의원 넷이 주춤했다. 그때 서동수가 발을 떼면서 말했다.

"인간은 제 분수를 아는 것이 가장 중요합니다. 그래야 저 자신은 물론 상대방에게도 피해를 끼치지 않게 되거든요."

6장

보스의 자격

요르단 수도 암만(Amman)은 중동에서 가장 안정된 나라 중에 든다. 압둘라 빈 알 후세인 왕이 통치하는 요르단은 하심 왕국이다. 암만의 컨티넨탈호텔 안, 12층 로열룸에서 서동수와 한수정이 마주보고 앉아 있다. 오후 9시 반, 서동수는 오후 4시에 도착했고 한수정은 세 시간 늦은 7시에 이곳에 온 것이다. 물론 카이로에서 따로 출발했기 때문이다. 방도 한수정은 11층이다. 짐을 풀고 나서 한수정이 찾아온 것인데 들뜬 표정이다. 서동수가 풀려난 지 오늘로 나흘째가 되었다. 그 동안 KBC의 〈영웅캠프〉팀은 한국으로 돌아갔고 국회의원들은 서동수가 풀려난 날 떠났다. 카메라가 따라붙지 않은 서동수는 그들에게 무의미한 존재일 뿐이다.

"어떻게 해줘 오빠?"

한수정이 묻자 서동수는 심호흡부터 하고 나서 대답했다.

"오랜만인데 내가 위에서 할게."

"응?"

되물었던 한수정이 곧 눈을 흘겼다. 그러나 입술은 웃음으로 비틀려졌다.

"장난 말고."

"나, 오래 참았어."

"글쎄, 내가 해줄게, 누가 뭐래?"

"넌 내가 시키는 대로만 하면 돼, 네가 뭘 어떻게 해줄 것인지 물을 필요가……."

"3억 2,000만 불에서 7%니까 2,240만 불이야."

정색한 한수정이 말을 잘랐다. 서동수가 소파에 등을 붙였고 한수정의 말이 이어졌다.

"돈이 어제 오후에 영국 은행으로 입금되었어."

경성건설의 잔금이 입금된 것이다. 그래서 한수정은 수수료를 지급하려고 그런다. 한수정이 상기된 얼굴로 서동수를 보았다.

"오빠 덕분에 회사가 살았어. 잔금을 받았다고 했더니 글쎄 은행 세 곳에서 장기 대출을 해주겠다는 제의가 왔어, 회사 신용도가 뛰어오를 거야."

"네가 위에서 해줄래? 처음에 말이야."

"오빠, 계좌 번호를 말해, 지금 당장 입금시킬 테니까."

그때 서동수가 탁자 위에 놓인 수첩에서 쪽지를 꺼내 한수정에게 내밀었다.

"여기 계좌 번호가 적혀 있어, 은행하고."

쪽지를 받아본 한수정이 머리를 기울였다.

"오빠, 할라비가 누구야?"

"재정위원."

놀란 한수정이 눈만 크게 떴고 서동수가 말을 이었다.

"내가 석방되고 나서 모하메드 측근에게 연락을 했어, 내 수수료를 모두 이집트 정부에 반납하겠다고 말이야."

"……."

"그랬더니 재정위원 할라비에게 보내라고 연락이 온 거야, 그 할라비 계좌는 이집트 정부의 계좌야."

"……."

"클린 혁명을 일으킨 정부야, 나도 그 분위기에 맞춘 셈이지."

서동수가 얼굴을 펴고 웃었다.

"그랬더니 내가 암만으로 떠나기 전에 모하메드 비상대책위원장이 전화를 해왔더구먼."

숨을 들이켠 한수정의 표정을 본 서동수가 입맛을 다셨다.

"야, 너, 섹시하다, 씻고 왔지?"

"오빠, 뭐라고 왔는데? 전화로 뭐라고 했냐고?"

한수정이 다급하게 물었지만 서동수가 자리에서 일어섰다.

"벗고 이야기하자."

"아이고, 나 미쳐."

했지만 한수정도 따라 일어섰다. 그러더니 와락 다가와 서동수의 허리를 안는다.

"아이구 오빠."

비명처럼 소리친 한수정이 절정으로 치솟고 있다. 뜨거운 몸은 땀에 젖어 미끈거렸고 가쁜 숨소리와 함께 신음이 점점 높아졌다. 두 쌍의 팔다리가 어지럽게 엉켰다가 비틀렸어도 리듬이 맞는다. 갑자기 한수정이 두 팔로 서동수의 목을 감아 안더니 힘껏 하반신을 추켜세웠다. 엄청난 힘이다. 서동수의 온몸을 두 발로 받아 올린 셈이다. 그 순간 한수정이 턱을 추켜올리면서 폭발했다. 입을 딱 벌렸지만 숨을 멈췄기 때문에 소리가 뱉어지지 않는다.

"으음."

대신 서동수가 상처 난 맹수처럼 신음했다. 참던 대포가 발사된 것이다. 그때였다. 다리의 힘을 푼 한수정이 무너져 내리면서 커다랗게 신음을 뱉었다.

"아아악."

쾌락의 탄성이다. 참지 못하고 마음껏 지르는 함성, 그 순간 서동수는 온몸이 한수정의 몸 안으로 빨려드는 느낌을 받는다. 녹는 것 같다. 하반신의 가장 뜨거운 부분부터 용암 속으로 빨려 들어가는 것 같다.

"아아아아."

한수정의 신음이 길게 이어지고 있다. 이제 두 팔은 서동수의 허리를, 두 다리가 엉덩이 밑부분을 엉켜 조이고 있어서 빈틈이 없다. 마치 뱀이 감아 죽이는 것 같다. 서동수는 그 자세 그대로인 채 머리를 들고 한수정의 입술에 키스했다. 신음을 이어가던 한수정이 입을 벌려주었지만 미처 혀가 나오지는 않는다. 온몸이 아직 굳어져 있었기 때문이다. 그러나 서동수는 정성스럽게 한수정의 입술과 잇몸에 입을 맞췄다. 그때 한수정의 신음이 그치더니 숨을 연거푸 들이켰다. 머리를 든 서동수가 한수정의 눈에서 귀밑으로 흐르는 눈물 줄기를 보았다. 서동수가 몸을 더 붙이면서 한수정의 눈물을 입술로 핥으며 물었다.

"좋아서?"

"으응."

한수정의 두 손이 서동수의 목을 감아 안았다.

"나, 죽을 뻔했어."

온갖 찬사가 많지만 이때는 모든 단어가 다 시(詩)요, 찬사다. 숨을 고른 한수정이 이제는 서동수의 입을 맞췄다. 혀가 빠져나와 서동수의 입안을 휘젓더니 제가 먼저 빨아 삼킨다.

"오빠, 사랑해."

잠깐 입을 뗀 한수정이 가쁜 숨을 고르면서 말했다.

"그리고 존경해."

"아이구, 야."

한수정의 이마에 입술을 붙였다가 뗀 서동수가 그때야 몸을 떼고 옆에 누웠다. 아직도 방 안은 뜨거운 열대우가 지난 숲속 같다. 천장을 향해 반듯이 누운 서동수가 한수정을 한쪽 팔로 끌어당겼다.

"앞으로 동성하고 경성건설은 이집트 시장에서 인정을 받게 될 거다."

한수정이 서동수의 가슴에 얼굴을 붙였다. 그러고는 더운 숨을 뱉으면서 말했다.

"나, 욕심 부리지 않을게. 오빠."

"무슨 말이야?"

"이대로만 지내면 돼."

손가락으로 서동수의 맨가슴을 문지르면서 한수정이 말을 이었다.

"그렇게 오래가고 싶어."

"그래야지."

서동수가 손을 뻗어 한수정의 엉덩이를 움켜쥐었다.

"나도 널 놓치기 싫으니까."

"이젠 내가 위에서 해줄게."

한수정이 두 손으로 서동수의 남성을 감싸 쥐었다. 부드럽고 뜨거운 손이다.

전화기를 내려놓은 한수정이 서동수를 보았다. 다음날 오전 9시, 둘은 룸서비스로 아침식사를 시켜 먹고 난 참이다.

"돈 보냈대. 2,500만 불."

계약서 대로라면 2,240만 불이었지만 이집트 정부에 보내는 돈이다. 한수정은 모양 좋게 2,500으로 맞춘 것이다.

"잘했어."

가운 차림의 서동수가 안락의자에 앉아 창밖을 바라보며 말했다.

"모하메드 위원장에 대해서 알아보았더니 청렴하고 강직한 사람이었어, 일가친척 중에서도 치부한 사람이 없더구만."

"……."

"내가 암만으로 떠나기 전에 모하메드가 전화로 말했어. 곧 빅 오더를 줄 거라고 말야."

숨을 죽인 한수정이 시선만 주었고 서동수가 말을 이었다.

"그래서 며칠 여기서 기다리려고 해."

"오빠, 나두."

눈을 크게 뜬 한수정이 다가와 서동수의 목을 뒤에서 감아 안았다.

"여기 같이 있을 거야. 그래도 되지?"

"그럼 페트라나 다녀올까?"

"좋아."

한수정이 세게 목을 감았으므로 서동수가 팔을 들어야만 했다.

"그런데 비서들은 다 어디 있어?"

"아래층."

서동수가 웃음 띤 얼굴로 한수정을 보았다.

"그런데 남자 비서만 둘 남았어. 나머지는 휴가 보냈다구."

"휴가?"

"포상휴가지. 모두 금일봉을 받고 지금 발리의 호텔에서 쉬고 있을 거야."

"나도 그래야겠네."

정색한 한수정이 말을 이었다.

"오빠한테 배울 점이 많아."

"내가 다 잘 하는 건 아냐."

쓴웃음을 지은 서동수가 한수정의 허리를 끌어당겨 무릎 위에 앉혔다. 가운 차림의 한수정은 팬티도 입지 않았다. 서동수의 손길이 거침없이 한수정의 골짜기를 덮었다.

"또?"

한수정이 몸을 비틀었지만 무릎 위에 앉혀진 터라 다리만 더 벌어졌다. 서동수의 손가락이 동굴 안을 더듬자 한수정이 두 손으로 목을 감아 안았다.

"페트라 골짜기보다 이 골짜기가 더 신비스럽다."

바로 앞에 펼쳐진 한수정의 젖가슴을 입술로 물면서 서동수가 말했다.

"더 달콤하고."

"그럼 가지 마. 나도 이렇게 있는 것이 좋아."

한수정이 헐떡이며 말했을 때 탁자 위에 놓인 핸드폰이 울렸다. 서동수의 핸드폰이다. 한수정이 손을 뻗어 핸드폰을 집더니 서동수에게 건네주었다. 발신자 번호를 잠깐 들여다본 서동수가 핸드폰을 귀에 붙였다.

"예. 서동수입니다."

영어로 대답했더니 곧 굵은 사내의 목소리가 울렸다.

"예. 난 비상대책위 위원장 비서실장 키슈렉입니다."

"예. 비서실장님."

긴장한 서동수가 핸드폰을 고쳐 쥐었고 한수정이 무릎에서 일어나 앞쪽 소파에 앉았다. 그때 키슈렉이 말을 이었다.

"이틀 후에 카이로에서 뵙지요. 위원장께서 만나자고 하십니다."

"예. 가지요. 그런데……."

"상의할 일이 있어서입니다. 시작해야 할 건설 공사가 있고 군수품과 소비재 구입도 급합니다. 그 일 때문입니다."

"알겠습니다. 이틀 후에 뵙겠습니다."

서동수의 표정을 본 한수정이 웃었다.

고혹적인 웃음이다.

"분위기를 알고 계실 겁니다."

마주 보고 앉았을 때 오태곤이 거두절미하고 말했다. 그 순간 유병선의 얼굴에 웃음이 떠올랐다. 격식에 젖은 유병선에게 오태곤의 행태는 신선하다. 동성 서울 본사의 비서실 안, 오전 11시 정각이다. 서동수가 석방된 후에 유병선은 한국으로 돌아온 것이다. 굳은 표정으로 오태곤이 말을 이었다.

"시청자들의 요청으로 서 회장님 석방 장면을 세 번이나 방영했단 말입니다. 알고 계시지요?"

"〈영웅캠프〉에 나오셔야 한다는 여론이 폭발적입니다. 이거, 환장하겠습니다."

그 동안 오태곤이 전화상으로 세 번, 편성본부장이 한 번, KBC 부사장이 한 번 유병선에게 전화를 했다. 모두 서동수가 〈영웅캠프〉에 나와야 한다고 주장, 또는 부탁을 한 것이다. 동성 사장 박한재는 KBC 사장과 국회의원 박갑수에게서 전화를 받았다는 것이다. 박갑수는 정보통신위원장이다. 그리고 오늘 오태곤이 회사에 찾아왔다. 어깨를 부풀린 오태곤이 말을 이었다.

"아십니까? 청와대에서도 저한테 연락이 왔단 말입니다. 서 회장이 〈영웅캠프〉에 출연하면 기업들의 사기는 물론 국민 정서에도 도움이 되겠다고 했습니다."

"……."

"청와대 누구냐고는 말씀 못 드립니다. 청와대 고위층이고 대통령 최측근이라고만 알고 계십시오. 나도 이런 일 처음 겪었으니까요."

오태곤이 상기된 얼굴로 유병선을 보았다. 이제는 목소리까지 떨린다.

"이것이 무슨 말씀인지 아시지요? 바로 대통령이 바라고 있다는 말입니다. 대통령이오."

오태곤이 무의식 중에 둘째손가락을 세우고 흔들었는데 그 끝이 유병선의 얼굴까지 내려갔다가 올라갔다. 호흡을 고른 오태곤이 유병선에게 물었다.

"지금 서 회장님, 어디 계십니까?"

"요르단에 계시는데……."

"내가 아는 전화번호는 통화가 안 되는데 전화번호 좀 알려주시지요."

"잘 아시면서, 곤란합니다."

"청와대가 움직이면 분위기가 무겁게 됩니다. 실장님도 아실 겁니다."

"오더 때문에 회장님은 경황이 없으십니다. 국익부터 생각해야지요. TV 출연은 그다음입니다."

"오더요?"

오태곤의 눈동자가 흔들렸다. 그 안쪽의 뇌는 몇 십 배 더 흔들렸을 것이다.

"무슨 오더 말입니까?"

"이집트 오더지요."

당연하지 않으냐는 얼굴로 유병선이 말을 이었다.

"〈영웅캠프〉로 만들어진 인연이니까 오 PD님께 특종을 또 드리지요. 이틀만 참고 계시면 회장님이 이집트에서 따낸 빅 오더를 단독 보도하도록 해 드리지요."

이제는 오태곤이 숨도 쉬지 않았고 유병선의 얼굴이 상기되었다.

"하지만 사전에 뉴스가 나가면 깨질 수가 있습니다. 그러니까 이틀만 기다려 주세요."

"그, 그러면 이집트 정부가 회장님에 대한 보상 차원에서……."

"그렇죠. 대가를 받는 겁니다."

"으음."

오태곤의 입에서 저절로 신음이 터졌고 두 눈은 번들거리고 있다. 자신의 일에 몰두한 인간들의 표정은 가끔 신이 들린 것 같다. 바로 오태곤의 지금 모습이 그렇다. 이윽고 오태곤이 헛소리처럼 말하면서 일어섰다.

"이틀, 이틀 후에 대특종이 나오겠군."

빅 오더다. 카이로에 재입국한 서동수는 이집트 정부로부터 50억 달러가 넘는 오더를 받았다. 20억 달러짜리 건설공사 및 30억 달러의 군수품과 소비재 오더다. 근래에 발주된 가장 큰 오더였는데 이집트 정부는 입찰 방식도 거치지 않고 한국과 중국의 합작법인인 동성과 계약을 했다. 동성은 건설회사도 보유하고 있는 터라 수주한 건설 오더를 경성건설과 공동 작업을 한다고 발표되었다. 동성의 중국계 건설 인력과 경성의 기술이 결합하면 불가능이 없을 것이었다. 이것은 현지에서 독점으로 특종 보도를 한 KBC의 멘트였다. 물론 담당 PD는 오태곤이다. 카이로로 날아온 오태곤 팀은 서동수와 같은 킹덤호텔에 투숙하고 있었는데 먼저 특보로 경성의 오더 수주 현황을 생방송으로 보내고 나서 서동수와의 인터뷰를 잡았다. 생방송이 나간 지 한 시간 후다. 서동수 옆에는 다시 카이로로 돌아온 비서실장 유병선이 붙어 있다. 방송 30분 전, 방에서 유병선이 서동수에게 말했다.

"회장님의 구속, 석방, 빅 오더 수주에 이르기까지 연속 특종 보도로 이어졌고 이제 인터뷰가 되었습니다."

응접실 안에는 둘뿐이었지만 유병선이 목소리를 낮췄다. 얼굴이 상기되었고 열기가 오른 두 눈이 번들거린다.

"회장님, 청와대에서도 회장님 동향에 각별하게 신경을 쓰고 있다는 것입니다. 특히 대통령이……."

"아, 글쎄……."

유병선의 말을 막은 서동수가 이맛살을 찌푸렸다.

"유 실장, 의도가 뭐야?"

"예, 그것은……."

서동수의 성품을 아는 유병선이 상반신을 똑바로 세웠다.

"이것이 회장님께 어떤 전기(轉機)가 될지 모른다는 생각이 들었기 때문입니다."

"전기?"

"예, 저는 이 기회를 어떻게든 최대한 응용해서 회장님을 부각시키는 것이 제 임무라고 생각합니다."

다시 유병선의 목소리가 높아졌다.

"이 기회를 놓치는 것은 회장님은 말씀드릴 것도 없고 저한테도 천추의 한이 될 것입니다. 대통령까지 회장님을 눈여겨보고 계신다는 것입니다."

"……."

"거짓말까지 지어내서 제 주가를 높이는 인간들도 많은 세상인데 회장님은 이 기회를 놓치시면 안 됩니다."

그때 서동수가 어깨를 늘어뜨리면서 길게 숨을 뱉었다.

"나, 지난번에 이대용 의원한테도 말했어, 정치 안 한다고."

"회장님, 저는……."

"하긴 정치는 민생을 편안하게 해주는 것이 목적이고, 기업가는 기업을 일으켜 그것을 현실화시켜주었다. 하지만 난 나를 잘 알아, 난 너무 부족해."

머리끼지 저은 서동수의 얼굴에 쓴웃음이 떠올랐다.

"그렇군, 이 기회에 그것을 명확하게 하는 것이 낫겠다."

혼잣말이었지만 유병선이 숨을 들이켰다. 상기되었던 얼굴이 순식간에 굳어져 있다. 유병선이 눈을 가늘게 뜨고 서동수를 보았다.

"회장님, 무슨 말씀이십니까?"

그때 문에서 노크 소리가 들리더니 민혜영이 들어섰다. 손에 핸드폰이 들려 있다. 다가온 민혜영이 둘의 중간 부근에다 시선을 두고 말했다.

"청와대 비서실장 전화인데요."

유병선이 숨을 들이켜는 소리가 들렸다. 그때 민혜영이 말을 이었다.

"회장님과 통화를 하시고 싶다는데요."

"양용식이올시다."

수화기에서 굵은 목소리가 울려나왔을 때 저도 모르게 긴장한 서동수가 어깨를 폈다. 양용식이 누구인가? 역대 비서실장 중 가장 강골(强骨)로 알려진 인물, 65세에 4선의원 출신, 한때 정계에서 은퇴했다가 갑자기 한대성 대통령에게 발탁되어 정치권을 놀라게 만들었다. 과연 인사가 만사라는 말이 맞다. 양용식 비서실장 체제가 되자 청와대와 대통령의 권위까지 치솟았다. 그 양용식이 직접 전화를 해온 것이다.

"예, 실장님, 저, 서동수입니다."

서동수가 정중하게 대답했을 때 민혜영은 소리 없이 몸을 돌렸고 유병선이 자리에서 일어나 옆쪽으로 비켜섰다. 예의 바른 태도다. 그때 양용식이 말했다.

"서 회장님 덕분에 기업인들 사기가 올라갔습니다. 잘 하셨습니다."

"감사합니다. 실장님."

서동수가 눈동자를 굴렸지만 앞뒤 생각할 겨를도 없이 양용식이 물었다.

"곧 인터뷰하시겠지요?"

"예, 그렇습니다."

예고가 나간 것이다. 숨을 죽인 서동수의 귀에 양용식의 말이 이어졌다.

"〈영웅캠프〉에 출연하지 않으신다는 장면을 보고 저도 감동을 받았습니다. 하지만 이번 인터뷰에서는 그런 말씀을 하지 않으셨으면 해서요."

양용식의 목소리는 부드러웠지만 서동수는 긴장했다. 그래서 낮게 물었다.

"무슨 말씀이신지요?"

"정치에도 서 회장님 같은 헌신적인 인물이 필요합니다. 그러니 미리 정치를 안 한다는 말씀을 하실 필요가 없다는 것입니다."

"……."

"제가 서 회장님을 위해서가 아니라 국가를 위해 말씀드립니다. 예, 노파심이죠."

"감사합니다."

"귀국하시면 대통령께서 한번 뵙자고 하실 겁니다."

"영광입니다."

"그리고 참,"

잊었다는 듯이 양용식의 목소리가 높아졌다.

"사람은 어느 단계쯤에 오르면 본인의 뜻대로 살기가 어렵게 되더군요. 본인이 어떻게 생각하건 국가의 이름으로 불리게 되면 나서지 않을 수가 없더란 말입니다."

그러더니 덧붙였다.

"그러고 보면 인간은 어떤 면으로든 소용이 있는 것 같습니다."

자신의 이야기를 빗대어 말한 것 같다. 통화를 끝낸 서동수가 핸드폰을 건네주었을 때 유병선이 조심스럽게 말했다.

"회장님, 인터뷰 준비를 하셔야겠습니다."

유병선이 손목시계를 보는 시늉을 했다.

"지금 프레스룸에서 기다리고 있습니다."

"비서실장이 나한테 정치 이야기는 하지 말라더군."

불쑥 서동수가 말하자 유병선이 몸을 굳혔다.

"사람은 앞으로 어떻게 될지 모르니까 성급하게 약속을 하지 말라고 하셨어."

"맞는 말씀입니다."

어깨를 부풀린 유병선의 말이 빨라졌다.

"모두 회장님을 생각하고 말씀하신 것입니다. 호의적이죠."

"귀국하면 대통령이 만나자고 하실 것이라는데."

"만나보셔야지요."

그것 보라는 표정을 짓고 유병선이 열기 띤 눈으로 서동수를 보았다.

"회장님은 지금 국민들에게 얼마나 희망과 용기를 심어주고 있는지를 잘 모르고 계실 것입니다. 대통령께서도 인정하고 계신 것 아닙니까?"

서동수는 손목시계를 보면서 일어섰다. 인터뷰 시간이 된 것이다.

서동수가 똑바로 카메라를 보았다. 시청자를 정면으로 본 셈이다.

"장사는 주고받는 것이 원칙입니다. 인간사도 마찬가지 아닙니까? 서로 주고받는 관계는 오래갑니다. 그러나 한쪽만 주거나 받는 일방적인 관계는 오래가지 못합니다."

KBC 앵커가 빅 오더를 딴 원인을 물어보았던 것이다. 앵커는 40대 후반의 노련한 김기중이다. 저 혼자서 떠드는 위인이 아니어서 인기가 좋았고 출연자도 편하게 털어놓는다. 김기중이 머리만 끄덕였고 서동수는 말을 이었다.

"나는 이번 오더에서도 내가 내놓을 것을 분명하게 했을 뿐입니다. 그것이 이집트 정부에 신뢰를 주었다고 생각합니다."

그때 김기중이 부드러운 표정으로 물었다.

"지난번에 〈영웅캠프〉에 출연하지 않겠다고 하셨는데요, 출연을 바라는 시청자가 많습니다. 출연하실 의향은 없으십니까?"

"지금도 생각은 변하지 않았습니다."

서동수도 웃음 띤 얼굴로 말을 이었다.

"이 정도 인터뷰면 되지 않을까요?"

"〈영웅캠프〉는 성장 과정에서 지금까지의 인생을 드러내는 프로그램이죠."

"별로 모범이 되거나 감동을 드릴만한 사연이 없을 것 같습니다."

"정치를 하실 생각은 없으신지요?"

불쑥 김기중이 물었으므로 카메라 옆에 서 있던 유병선이 숨을 들이켰다. 각본에 없었던 질문이다. 각본대로 진행하리라고는 믿지 않았지만 기습적이다. 자연스럽게 흘러가다가 방심한 상태에서 기습했다. 그때 서동수가 빙그레 웃었다.

"아시다시피 아직 그럴 생각을 할 여유가 없었습니다."

"여유가 있을 때 생각해보시겠군요."

"그때 일을 지금 어떻게 알겠습니까?"

"안 하겠다는 말씀은 안 하시네요."

"인생사는 알 수가 없지요."

그래놓고 서동수가 덧붙였다.

"사람은 어느 단계쯤에 오르면 본인의 뜻대로 살기가 어렵게 되니까요. 이것은 제가 존경하는 분께 들은 말입니다."

바로 30분 전 청와대 비서실장 양용식이 한 말이다. 인터뷰를 마쳤을 때 인터뷰어 김기중과 PD 오태곤의 표정은 더운 날 미지근한 물을 마신 것 같았다. 그러나 유병선의 표정은 밝다.

"잘 하셨습니다."

방으로 들어선 서동수가 소파에 앉았을 때 유병선이 다가가 섰다.

"특히 마지막에 본인의 뜻대로 살기가 어렵게 된다는 말씀이 의미심장했습니다."

이현령비현령(耳懸鈴鼻懸鈴), 즉 귀에 걸면 귀걸이, 코에 걸면 코걸이 식의 답변이 가장 안전한 법이다. 치우치면 적이 생기기 때문이다. 그때 다시 민혜영이 핸드폰을 쥐고 방안으로 들어섰다. 그것을 본 서동수가 먼저 물었다.

"미스 민이 박씨를 물고 오는 제비 같구나, 또 누구야?"

그러고는 못을 박았다.

"이번에도 좋은 소식이겠지?"

그 순간 민혜영의 얼굴이 빨갛게 달아올랐다.

"네, 경성건설 감사님이세요."

"그렇군."

손을 내민 서동수가 얼굴을 펴고 웃었다.

"기분 좋은 상대다."

서동수가 핸드폰을 받아 들었을 때 민혜영과 유병선은 같이 몸을 돌렸다. 민혜영은 그렇다고 쳐도 유병선의 이번 행동은 조금 민감한 부분이 있다.

"응, 나야."

방 안이 비었으므로 그렇게 대답했더니 수화기에서 한수정의 목소리가 울렸다.

"내가 기분 좋은 상대야?"

목소리가 밝다. 다 들은 것이다. 한수정도 다시 카이로에 들어와 있다. 빅 오더 때문이다.

보잉사에서 제작한 서동수의 전용기 동성 1호기가 양곤의 밍글라돈 국제공항에 도착했을 때는 오후 2시 반경이다. 공항에는 미얀마 법인장인 레이가 마중 나와 서동수를 맞는다. 대기시킨 리무진의 뒷좌석에 나란히 앉았을 때 레이가 머리를 돌려 서동수를 보았다. 리무진 뒤쪽은 앞쪽과는 유리창으로 막혀 있어서 뒤쪽이 보이지도 들리지도 않는다. 그래서 뒤쪽 좌석이 밀실 같았는데 한국산 리무진을 수입한 것이다.

"일 잘 끝나셨어요?"

"응."

"뉴스로 다 보았어요."

시선을 준 채로 레이가 나긋나긋한 목소리를 이었다.

"구속, 석방, 오더 수주까지. 이젠 보스는 세계적으로 유명인사가 되었어요."

"여자하고 밀회도 못 하겠다."

손을 뻗어 레이의 스커트를 젖힌 서동수가 말했다.

"난 그것이 제일 걱정이야."

레이의 팬티 속으로 손을 넣었더니 금방 골짜기가 닿았다. 그때 레이가 다리를 벌려 서동수의 손을 맞는다.

"여기서 한번 할까?"

동굴 안으로 손가락을 넣으면서 서동수가 물었다.

"회사까지 몇 분이 걸리지?"

"20분인데 괜찮겠어요?"

레이가 벌써 초점이 멀어진 눈으로 서동수를 보았다. 반쯤 벌려진 입에서 뜨거운 숨결이 뱉어지고 있다.

"그럼 네 집으로 갈까?"

레이의 저택까지는 한 시간 정도가 걸리는 것이다.

"운전사한테 집으로 가라고 하지요."

레이가 옆에 놓인 전화기를 들더니 운전사한테 지시했다.

"저택으로 가자."

"레이, 너도 이젠 프로가 다 되었다."

"5년이에요, 보스."

스커트를 벗으면서 레이가 대답했다.

"기르는 강아지도 석 달이면 길드는 법이랍니다."

팬티를 벗은 레이의 하반신은 알몸이 되었다. 이미 바지와 팬티를 내린 서동수의 몸 위로 오르면서 레이가 말했다.

"카이로에서 여기로 오실 줄 알았어요."

서동수의 남성을 쥔 레이가 익숙한 동작으로 몸에 넣더니 긴 신음을 뱉었다. 두 손으로 서동수의 어깨를 움켜쥔 레이가 몸을 흔들었다.

"보스, 그렇게 목숨을 걸고 부딪치는 이유는 뭐죠."

"그렇게 살아야 된다."

레이의 동굴에서는 뜨거운 용암이 흘러 넘쳤지만 탄력이 강하다. 어금니를 문 서동수가 이 사이로 말했다.

"나는 죽을 때까지 안주하지는 않을 거야."

"보스의 목표는 돈 아닌가요?"

레이의 목소리는 떨렸고 신음이 섞여져 있다. 눈을 치켜떴지만 눈동자는 번들거리기만 할 뿐이다.

"맞아."

서동수가 몸을 비틀어 레이를 밑으로 눕혔다. 그러고는 두 다리를 치켜 올리고 다시 몸을 부딪쳤다. 레이의 입에서 긴 신음이 터졌다. 리무진은 소리 없이 달려가고 있다. 서동수가 거칠게 몸을 흔들면서 말을 이었다.

"돈이다. 그러나 앞으로는 모으기만 하지 않을 거야."

이제 레이는 비명 같은 탄성만 뱉어내었고 서동수의 목소리가 차 안을 울렸다.

"모은 만큼 쓸 거야. 쉴 새 없이 돈을 돌게 만들 것이라고."

그것이 재벌들의 치부 비결이기도 했다. 끊임없이 자금을 유통시키는 것, 그때 다시 레이의 신음이 터졌지만 리무진은 계속해서 달려가고 있다.

미얀마에서 서동수는 국빈 대접을 받는다. 왜냐하면 서동수의 동성그룹이 미얀마의 경제 발전에 엄청난 기여를 하고 있기 때문이다. 동성은 미얀마에 12개의 생산 공장을 가동하고 있었는데 고용 인원만 해도 10만 명이 넘었다. 12개 공장의 수출액은 15억 달러, 미얀마 전체 수출량의 10%를 차지했다. 따라서 동성의 현지법인장 레이의 위상도 높아질 수밖에 없다. 더구나 레이는 30세의 미인인데다 동성의 사주 서동수의 현지처 행세를 공공연하게 하고 있는 상황이다. 미얀마에 입국한 지 이틀째 되는 날 아침 저택에서 아침을 먹던 서동수는 식당으로 들어서는 레이를 보았다. 레이는 방금 외부에서 걸려온 전화를 받았다.

"보스, 정보국장의 전화였습니다."

식탁 앞쪽에 앉은 레이가 차분한 표정으로 말을 이었다.

"한국의 DBC 방송국 팀이 어제 오후에 양곤에 도착했다는데요."

서동수는 잠자코 국수를 씹으며 듣는다.

"이미 서너 명이 인터뷰를 했고 여기 사진도 찍어간 것 같습니다."

"……."

"정보국장은 그들이 보스와 저의 관계를 집중적으로 취재하고 있다는 것입니다. 인터뷰도 거기에 초점을 맞췄다고 하는데요."

레이의 얼굴에 쓴웃음이 번졌다.

"한국 방송국이기 때문에 모두 호의적으로 편의를 봐주고 있다는 것입니다."

"당연하지."

입안의 음식을 삼킨 서동수가 지그시 레이를 보았다.

"레이, 흥분하지 마라. 그럼 더 섹시하게 보인다."

"보스."

"그럼 내 출근시간이 늦어져. 널 벗기고 싶어지거든. 지금 널 보면서 내가 달아오르고 있어."

"보스, 농담하실 때가 아닙니다."

정색한 레이가 말했지만 서동수는 젓가락을 놓고 식탁에서 일어섰다. 식당 벽에 걸린 시계가 오전 7시 반을 가리키고 있다.

"레이, 침실로 가자."

"보스."

레이가 눈까지 치켜떴지만 서동수는 발을 뗐다. 서동수는 아직 가운 차림이다. 2층 침실로 향하는 계단을 오르면서 서동수가 머리를 돌려 레이를 보았다. 레이는 막 자리에서 일어서는 참이다.

"그것이 언론의 사명이다. 진실을 보도해야 된다고."

"보스, 악의적인 취재입니다."

"날 한쪽에서 너무 띄웠으니 깎아내리는 쪽도 있어야지. 그래야 이야기가 재미있어진다."

"남의 이야기처럼 말씀하시는군요."

뒤를 따르면서 레이가 이맛살을 찌푸렸다.

"정보국장은 저한테 그들의 필름을 압수하고 추방시킬 수도 있다고 했습니다. 지금 보스의 결정을 기다리고 있어요."

"놔두라고 해."

"이해할 수 없어요, 저는."

"빨리 와, 레이."

계단을 오른 서동수가 침실로 들어서면서 입고 있던 가운을 벗어 던졌다. 그러자 알몸이 드러났다. 그것을 본 레이가 눈을 흘겼지만 잠자코 침실의 문을 닫더니 옷을 벗기 시작했다.

"이것도 잘 된 거야, 레이."

드러나는 레이의 알몸을 보면서 서동수가 이 사이로 말했다. 알몸으로 서 있는 서동수의 두 눈이 번들거리고 있다.

"인간 서동수를 다 보여주라고 해."

"대박이다!"

DBC의 PD 오수환이 핸드폰을 귀에서 떼고 나서 소리쳤다. 오수환은 방금 서동수의 현지처로 알려진 미얀마 현지법인장 레이와의 인터뷰 약속을 잡은 것이다. 흥분으로 얼굴이 벌게진 오수환이 둘러서 있는 카메라 감독과 기자, 작가를 번갈아 보았다.

"이봐, 준비해! 다섯 시간 남았어!"

"시간은 충분해요."

카메라 감독이 말했을 때 작가 홍윤정이 들뜬 목소리로 물었다.

"따끔따끔한 질문을 해도 될까요?"

"당연하지!"

눈을 치켜떴던 오수환이 곧 얼굴을 일그러뜨리며 웃었다.

"주변 분위기는 갖춰졌으니까 레이를 등장시키기만 하면 돼! 다 된 거야!"

그렇다. 경쟁사인 KBC가 지금까지 대특종 연타를 계속해서 날렸지만 이것 한 방으로 날아갈 수가 있는 것이다. 지금까지 서동수는 너무 미화되었다. KBC가 〈영웅캠프〉를 위해 과장시킨 것이다. 이제 서동수의 진면목이 드러난다. 이것이 바로 언론의 사명이다. 부산하게 움직이는 스태프들을 보면서 오수환이 심호흡을 했다. 서동수가 미얀마로 떠난다는 정보를 얻고 나서 무릎을 쳤던 것이다. 미얀마 현지법인장인 레이가 서동수와 내연의 관계라는 정보는 오래전에 입수한 터였다. 고위층의 결재도 순식간에 받아낸 오수환은 미얀마에 도착하고 나서부터 노다지를 만난 기분이었다. 우선 말이 통하는 한국인 사업가를 찾아 서동수와 레이에 대해서 취재를 했더니 대박이 터졌다.

"서동수 씨는 성공한 사업가로 비춰졌지만 비열한 포식자죠. 철저한 약육강식으로 기업을 성장시킨 것입니다. 그 때문에 미얀마에 진출한 한국계 경쟁업체는 대부분 도산했습니다."

한국인 사업가 박기출이 분개한 표정으로 말했다.

"저도 실컷 이용을 당하고 나서 팽 당했습니다. 그러고는 제가 수십 년간 피땀 흘려 이룩한 공장을 강탈당하다시피 했습니다."

박기출의 두 눈에 눈물이 맺혀졌다.

"잘 아시겠지만 서동수의 배경 때문에 저는 항의도 제대로 못하고 이렇게 거지가 된 채 미얀마를 벗어나지도 못하고 있습니다."

그리고 동성의 공장에서 근무했다는 여직원도 박기출이 소개해주었다. 미얀마 현지인으로 영어에 유창했다.

"레이 씨가 서 회장의 현지처라는 것은 모두가 알죠. 레이가 제 입으로도 말하고 다녔으니까요."

따오라는 여자가 말을 잇는다.

"서 회장은 여자들과의 파티에 하룻밤 수만 불씩을 뿌린다고 들었습니다. 그러면서 술값보다 적은 돈을 자선사업에 투자하면서 생색을 내는 것이죠."

그리고 양곤의 식당 종업원과 서동수와 레이가 자주 들른 것도 인터뷰를 했다.

"레이가 인터뷰를 받아들인 건 아직 우리 의도를 모르기 때문이야."

오수환이 작가 홍윤정에게 말했다. 인터뷰 내용을 구상하던 홍윤정은 머리만 끄덕인 채 시선을 들지 않았고 오수환이 말을 이었다.

"그러니까 시작은 호의적인 분위기로 나가다가 양념처럼 파고드는 스타일로 해. 끝까지 의도를 감추란 말이야."

"알고 있어요."

머리를 든 홍윤정이 오수환을 보았다.

"혹시 서동수 회장이 인터뷰장 근처에 나타나지는 않을까요?"

순간 오수환은 숨을 멈췄다. 하긴 그들이 앉아 있는 이 호텔도 서동수 소유다.

비서실장 유병선의 전화가 왔을 때는 오후 3시경이다. 서동수는 현지법인 사무실에서 전화를 받았다. 서동수가 응답하자 유병선은 인사를 마치고 나서 대뜸 물었다.

"회장님, 그곳에 DBC 취재팀이 갔지 않습니까?"

"그래서?"

"그자들은 DBC의 〈진실이 알고 싶다〉 팀입니다. 제가 방금 연락을 받았습니다."

서동수는 의자에 등을 붙였고 유병선의 말이 이어졌다.

"DBC는 경쟁사인 KBC의 특종보도에 열을 받은 상황입니다. 거기에다 〈영웅캠프〉 팀에 대한 경쟁의식도 있구요. 그래서 이번에 회장님의 사생활과 기업 내막에 대한 취재를 기획한 것 같습니다."

유병선의 목소리에 점점 열기가 띠었다.

"저도 방금 KBC 측에서 연락을 받았습니다. DBC팀이 미안마로 떠났다는 정보를 받고 바로 저한테 연락을 해준 것입니다."

"두 시간 후에 레이가 DBC와 인터뷰를 하기로 했어."

"네에?"

외마디 비명을 뱉은 유병선이 말까지 더듬었다.

"회, 회장님, 그것은 보류시키시는 것이, DBC 의도는 뻔합니다. 그들에게 말려드는 것이 됩니다."

"그럼 언론을 막고 속인다는 말인가?"

정색한 서동수가 묻자 유병선은 더 더듬거렸다.

"아, 아니, 그, 그런 의도는 아닙니다. 저쪽이 악의적으로 나오는데 말려들 필요는 없다는 것이……."

"거짓으로 꾸며낸다면 반박은 해야지. 하지만 피하지는 않겠어."

맺듯이 말한 서동수의 목소리가 부드러워졌다.

"나는 내 딸한테만 부끄럽지 않은 아버지가 되는 것으로 만족해. 그러면 돼."

그러고는 전화를 끊었더니 앞쪽 테이블에 앉아 있던 레이가 물었다.

"보스, 무슨 일이 있어요?"

"아니."

눈을 가늘게 뜬 서동수가 레이를 보았다. 옅게 화장을 하고 투피스 정장 차림의 레이는 눈이 부시도록 아름다웠다.

"레이, 아름답구나."

서동수의 시선을 받은 레이가 수줍게 웃었다.

"모두 보스가 만들어주신 때문이죠."

"그런가?"

"제 몸의 모든 곳에 보스의 입과 손끝이 닿지 않은 곳이 없으니까요."

"꿀처럼 단 말이구나, 레이."

"보스는 절 진정한 여자로 태어나게 만들어주셨어요."

"인터뷰 때 그대로 말해도 된다."

그러자 레이가 활짝 웃었다. 소리 없이 웃는 모습이 활짝 피어나는 백합 같다. 그때 핸드폰의 벨이 울렸으므로 서동수가 집어 들고 발신자를 보았다. KBC PD 오태곤이다. 핸드폰을 귀에 붙인 서동수가 응답했다.

"예, 서동수올시다."

"회장님, KBC 오태곤입니다."

서두르듯 인사를 마친 오태곤이 말을 이었다.

"회장님, 레이 법인장의 인터뷰를 허락하셨습니까?"

"두 시간 후에 할 겁니다."

"그렇다면."

호흡을 고른 오태곤의 목소리가 굵어졌다.

"저희 팀도 오늘 중으로 미얀마로 가겠습니다. 당하고만 있을 수는 없으니까요."

그러더니 길게 숨을 뱉는 소리가 들렸다.

"저도 처음에는 왜 인터뷰를 받아들이셨나 하고 의아했지만 이제 이해합니다."

"보스는 저를 여자로 만들어주셨습니다."

레이가 그렇게 말했을 때 DBC PD 오수환은 춤을 추고 싶은 심정이 되었다. 그러나 꾹 참는 바람에 콧구멍이 벌름거렸다. 양곤의 동성호텔 프레스룸 안이다. 조명을 환하게 밝힌 방 안에서 다시 DBC 기자 민소라가 물었다.

"어떤 면에서 말씀이시죠? 자세히 말씀해주시면 고맙겠네요."

민소라는 자타가 공인하는 한국 방송계의 미녀 기자다. 미스코리아가 빰 맞을 만한 몸매에 미모를 갖췄다. 그런데 화면에 나란히 비친 레이와 비교하니 뭔가 2% 쯤 부족해 보였다. 그것을 자신도 의식했는지 말이 길어졌다. 그때 레이가 대답했다.

"모든 점에서요. 여자가 갖고 싶고 느낄 수 있는 모든 것을 충족시켜 주셨습니다. 그래서 보스는 제 선생님이자 은인이나 같습니다."

그것을 한국어로 번역한 통역사 최명훈의 목소리가 떨렸다. 이제 심장 박동이 터질 것처럼 거칠어진 오수환은 옆에 선 작가 홍윤정이 들고 있던 백지를 빼앗아 들었다. 그러고는 백지에 사인펜으로 크게 휘갈겨 쓰고는 흔들었다.

'성적 관계를 물어! 성관계!'

당장 본론으로 들어가라는 것이다. 그것을 본 민소라가 생글생글 웃으면서 물었다.

"그것은 성적 관계도 포함된 것인가요?"

통역하는 최명훈의 얼굴이 상기되었다.

그러자 레이가 바로 대답했다.

"그럼요. 그런 면에서도 보스는 저를 여자로 만들어주셨습니다. 완벽한 여자로요."

그때 화면에 비친 레이의 얼굴은 뒤에 조명이 없었는데도 빛을 품고 있는 것처럼 보였다. 두 눈이 반짝였고 반쯤 벌려진 붉은 입술은 막 용암을 분출하려는 분화구 같다. 그것을 본 오수환도 반쯤 넋이 빠진 얼굴이 되었다가 정신을 차렸다.

"컷!"

오수환의 모습은 마치 KO승을 선언한 심판 같았다. 승자는 자신이 키운 제자 민소라다. 지금까지 수도 없이 제자와의 게임을 심판했고 또 모두 승리해 왔지만 오늘처럼 시원한 KO승은 드물다. 서동수는 동성호텔 최상층에 위치한 VIP룸에서 인터뷰 장면의 녹화 필름을 보았다. 녹화 필름은 전방위로 찍은 것이어서 오수환이 백지에 한글로 '성적 관계를 물어! 성관계!' 라고 쓴 것을 흔드는 장면에서 "컷!" 하고 외치는 모습까지 다 찍혔다. 이윽고 상영이 끝났을 때 서동수가 웃음 띤 얼굴로 레이를 보았다.

"레이, 이제 넌 한국에서 유명 인사가 되었다."

"보스, 괜찮겠어요?"

걱정스러운 얼굴로 레이가 묻자 서동수는 머리를 저었다.

"상관없어."

"무슨 말씀이세요."

"결과를 다 받아들인다는 말이야."

어느덧 정색한 서동수가 레이를 보았다.

"레이, 너, 정직하게 말했지?"

"그래서 후련해요."

"그러면 됐다."

서동수의 시선을 받은 레이가 어깨를 늘어뜨렸다. 긴장이 풀린 것이다.

"벌거벗고 거리에 나온 느낌이 들기도 해요. 보스."

그러자 자리에서 일어선 서동수가 레이의 옆에 앉았다. 손을 뻗어 레이의 어깨를 당겨 안은 서동수가 볼에 입술을 붙였다. 몸을 돌린 레이가 두 팔로 서동수의 목을 감아 안더니 입술을 내밀었다. 반쯤 감긴 눈에서 눈동자가 반짝이고 있다. 서동수는 꽃잎 같은 레이의 입술을 빨았다.

서동수가 칭다오 본사에 돌아온 것은 다음날 오후 5시경이다. 칭다오 본사는 중국뿐만이 아니라 세계 26개국에 기반을 굳힌 동성의 본부인 것이다. 그래서 칭다오 공항 근처의 공업지역인 청양에 30층 건물을 신축해서 그것을 동성의 거점으로 삼았다. 중국은 서동수가 뿌리를 굳히도록 만들어준 땅인 것이다.

"무사히 귀국하셔서 반갑습니다."

회장실로 들어선 소천이 웃음 띤 얼굴로 말했을 때 서동수가 활짝 웃었다.

"소천, 네 인사를 받으니까 제대로 실감이 난다."

소천은 이제 본사에서 기조실 부장을 맡고 있다. 또한 직영매장 7개를 소유한 졸부 측에 든다. 앞쪽 자리에 앉은 소천이 서동수를 보았다.

"회장님이 이집트의 '클린 혁명' 에 계기가 되셨다는 언론 보도가 지금도 나가고 있습니다. 동성의 이미지가 크게 높아졌습니다. 직원들의 사기도 올랐구요."

"그런 식의 치사는 실감이 안 난다."

"산둥(山東)성 당서기실에서도 연락이 왔습니다. 귀국하시는 대로 연락을 해주시면 약속을 잡겠답니다."

"그건 제대로 피부에 닿는 느낌이군."

서동수의 중국어는 유창해서 이젠 중국인 수준이다. 소파에 등을 붙인 서동수가 지그시 소천을 보았다. 그 동안 소천은 결혼했다가 2년 만에 이혼했다. 밝고 뒤끝이 깨끗한 성품이었는데 결혼과 이혼의 과정을 겪더니 그늘이 끼었다. 그러나 부쩍 성숙한 분위기가 풍긴다. 소천도 이제 32세가 된다. 동양의 총무과장 때 처음 만나 어느덧 8년의 세월이 흐른 것이다.

"소천, 널 만난 지 8년이 되었다."

서동수가 말하자 소천은 눈이 부신 표정을 지었다.

"그렇군요. 보스."

"넌 그때 스물네 살짜리 사원이었지."

"그래도 경력 2년차였죠."

어깨를 부풀렸다가 내린 소천이 말을 이었다.

"보스를 보면 눈이 부셔요."

"내가 밝은 색 옷을 좋아하긴 해."

"보스를 만난 것이 행운이었어요."

"네 임무는 중요해. 다른 곳으로 옮길 생각은 안 하는 게 낫다."

그러자 소천이 풀썩 웃었다.

"뭘 부탁하려는 게 아닙니다, 보스."

소천은 기조실 관리부장 직책이지만 감사, 감찰 업무를 맡는다. 정부로 말하면 감사원 역할이다. 심복이 아니면 안 되는 직책인 것이다.

"보스, 이 본부장의 횡령 금액이 500만 위안입니다."

그때서야 소천이 손에 들고 있던 서류를 서동수 앞에 놓았다. 이 본부장은 동성의 의류사업 본부장인 이인섭을 말한다. 동양에서 함께 일하다가 업자에게 리베이트를 요구한 것이 발각되어 사직했던 이인섭이다. 동성을 설립한 서동수가 다시 이인섭을 불러 의류사업 본부장까지 승진시켰지만 이번 소천의 감사에 걸린 것이다. 이미 수시로 보고를 받고 있었던 터라 서동수는 시선만 주었고 소천의 말이 이어졌다.

"한번 배신한 사람은 두 번째에도 가책을 느끼지 않는 것 같습니다, 보스."

이인섭은 원자재 구입비를 불려 차액을 착복했다. 500만 위안이면 10억 원 정도 되는 금액이다.

"왕 사장은 이 본부장을 공안에 고발하는 것이 낫다고 합니다."

왕 사장은 관리 출신의 전문경영인이다. 소천의 시선을 받은 서동수가 길게 숨을 뱉었다.

"이인섭은 재산을 많이 모았어. 그러니까 횡령액만 변상시키고 퇴사시키도록."

최고경영자가 다 완벽할 수는 없다. 그것은 아예 불가능한 일이다. 그러나 가만 보면 최고경영자, 성공한 최고경영자만이 보유할 장점이 있다. 그 장점이 다른 단점을 다 누른다고 봐도 될 것이다. 위대한 장점이다. 한 우물만 파는 것, 무조건식의 믿음, 절약, 또는 먼 곳을 보는 안목, 치밀함, 부하들을 거느리는 성품에 이르기까지, 그 장점이 성공의 원인이다. 원인 없는 결과는 없다. 우연히 최고경영자가 되는 사람은 없는 것이다. 오랜만에 집에 돌아온 서동수가 딸 미혜를 안으면서 생각했다. 나는 완벽하지 못한 인간이다. 딸에게도 좋은 아버지가 아니다. 가정을 이루는 것도 실패했다. 과연 내 장점은 무엇인가? 그때 미혜가 말했다.

"아빠, 나, TV 보았어."

"응? 무슨 TV?"

소파에 나란히 앉은 서동수가 미혜를 보았다. 어머니와 형수가 웃음 띤 얼굴로 지나갔다. 둘 만의 시간을 주려는 배려다.

"한국 TV, 거기서 아빠 이야기를 했어."

미혜는 이제 중학 2학년이다. 사춘기가 되어서 예민했지만 이제는 환경에 적응하고 있다. 미혜의 얼굴을 환했고 두 눈이 반짝였다.

"아빠가 이집트에서 한 일, 〈영웅캠프〉 이야기, 석방되어 나오는 장면도 다 보았어."

서동수는 숨을 들이켰다. 이만한 보람을 어디서 찾겠는가? 다음 순간 레이의 인터뷰가 걱정되었다. 미혜가 그것을 어떻게 받아들일 것인가?

"고맙다."

미혜의 손을 쥔 서동수가 한마디씩 힘주어 말했다.

"이렇게 잘 커줘서."

"시간 지나면 크는 거야."

생각 없이 불쑥 말했겠지만 미혜의 대답이 또 가슴을 쳤다.

"아빠, 이번 여름 방학 때는 유정이, 지연이하고 같이 지내기로 했어."

미혜가 환해진 얼굴로 말을 이었다.

"같이 공부도 하고."

공부는 흉내나 내겠지만 크면 부모보다 친구하고 있는 것을 좋아하게 된다. 그때 어머니가 다가왔다.

"넌 왜 〈영웅캠프〉에 나가지 않으려고 하는 거냐?"

오후 8시 반이다. 형 서민수는 아직 들어오지 않았지만 식구는 다 집 안에 있다. 앞쪽 자리에 앉은 어머니가 정색하고 다시 물었다.

"다 나가려고 야단이던데 넌 왜 나오라는데도 빠져?"

"그러니까 말예요."

형수 박애영도 다가와 어머니 뒤에 섰다. 벼르고 있었던 것 같다.

"이집트에서 풀려나오신 장면을 보고 우리 식구들은 다 울었다구요. 미혜가 얼마나 울었는지 아세요?"

잔정이 많은 박애영이 눈이 금방 벌겋게 충혈되었다.

"아니, 서방님 같은 분이 〈영웅캠프〉에 나가셔야지 누가 나가요."

얼굴을 펴고 웃다 서동수의 눈앞에 전처 박서현의 모습이 스치고 지나갔다. 박서현은 남편 정영철과의 사이에 다시 자식 둘을 낳고 지금은 이쪽과 연락을 끊은 상태다.

"두고 보십시다."

그렇게 말한 서동수가 자리에서 일어섰다. 몸은 녹아내리듯이 피곤했지만 머릿속은 깨끗해졌다. 그래서 가슴이 따뜻해졌고 원기가 일어난다. 이것이 바로 가정이다. 비록 한쪽이 비었지만 나름대로 채웠고 미혜도 비뚤어지지 않았다. 그것이 물질 덕분이라고 해도 그렇다. 내 장점은 임기응변력인가?

"박기출 씨는 동성의 오더를 받아서 회사를 운영하다가 사고를 일으켰지요."

미얀마 한인회장 유갑수가 정색하고 말을 이었다.

"원단을 팔아먹고 회사에 불을 지른 것입니다. 그것이 발각되어 미얀마 경찰의 조사를 받고 한 달 동안 구속되었지요. 그 사건이 여기 기사로 났습니다."

유갑수가 대서특필된 신문을 펴 보였는데 미얀마어다. 다만 박기출의 얼굴이 어린애 손바닥만 하게 찍혀져 있다. 60대의 유갑수가 열띤 얼굴로 화면을 보았다.

"동성에 막대한 손해를 입힌 박기출이 서 회장을 비난하다니요? 그 사건으로 동성이 엄청나게 손해를 입었지만 아직 변상도 받지 못하고 있습니다. 박기출은 동성에 공장을 빼앗겼다고 하는데 거짓말입니다. 다른 채권자한테 압류당한 공장을 동성이 그 채권자로부터 인수한 것입니다."

그러고는 유갑수가 머리를 저었다.

"같은 한국인으로서 부끄럽습니다. 그래서 제가 미얀마에서 사업을 하는 한국인 사업가 127명 중 122명의 성명서를 가져왔습니다."

유갑수가 화면에 대고 사인한 서류를 펼쳐 보였다.

"나머지 5명은 현재 외유 중이거나 병원에 입원한 사람입니다."

그러자 화면에 비친 성명서 내용을 읽었는데 유갑수가 지금까지 말한 것을 확인한다는 내용이다.

"좋아, 다음."

KBC PD 오태곤이 활기 띤 목소리로 말하자 화면에 다시 녹화 필름이 떴다. 이번에는 동성의 미얀마 공장 공장장이라고 자신을 소개한 마리안이다. 40대 중반쯤의 마리안은 차분한 표정의 여자로 손에 서류를 쥐었다. 마리안이 수줍은 표정으로 입을 열었는데 유창한 영어를 한다.

"따오는 회사에서 공금을 횡령한 것이 발각되어 6개월 동안 감옥에 갔다가 나왔습니다. 여기 증거 서류가 있습니다."

마리안이 똑바로 화면을 보았다.

"따오가 회장님을 비난했다는 말을 듣고 공장 직원들에게 물었더니 따오와 한국인 미스터 박이 이 사건 직전까지 동거하고 있었다고 합니다. 그 증인을 열 명은 더 데려올 수가 있습니다."

그러더니 마리안이 수줍게 웃었다.

"사진을 찍어놓은 사람도 여러 명 있다고 하네요. 같이 놀러간 적도 있다는군요."

"됐어."

손뼉까지 쳐서 필름을 정지시킨 오태곤이 심호흡을 했다. 양곤의 코리아호텔 방안이다. 오태곤이 웃음 띤 얼굴로 주위를 둘러보았다.

"자, 이제 DBC가 내보내기만 기다리면 된다. 이것도 대특종이야."

옆에 서 있던 카메라 감독, 작가, 연출보조, 아나운서까지 따라 웃었으므로 방안 분위기가 떠들썩해졌다. 오태곤 팀이 미얀마에 온 지 이틀 만에 올린 개가다. 동성의 미얀마 법인에서 전해준 DBC 인터뷰 정보를 바탕으로 한인회와 동성 공장을 접촉했더니 적극적인 협조를 받은 것이다. 특히 한인회의 협조는 놀랄 정도였다. 한인회 간부 거의 전원이 나서서 성명서를 만들어 내었다.

"이젠 서 회장이 〈영웅캠프〉에 나오지 않을 수가 없게 되었어."

오태곤이 제 말에 제가 머리를 끄덕이며 말을 잇는다.

"DBC가 깨고, 또 우리가 탕 터뜨리면 열기는 뜨겁게 달아오르는 거야."

눈을 가늘게 뜬 오태곤이 앞쪽을 보았다.

"그렇지, 지난번 서 회장이 말한 것처럼 본인의 뜻대로 살기 어렵게 되는 단계가 된다."

깼다. 그것도 무참하게, DBC는 무슨 원한이라도 있는 것처럼 박기출과 따오의 증언을 방영하면서 서동수를 몰아붙였다. 서동수와 레이가 같이 있는 장면을 계속 끼워 넣으면서 레이의 말을 여러 번 반복시켰다.

"보스는 저를 여자로 만들어주셨습니다."

다음에 민소라의 질문.

"그것은 성적 관계도 포함된 것인가요?"

"그럼요. 그런 면에서도 보스는 저를 여자로 만들어주셨습니다. 완벽한 여자로요."

그 사이에 배경으로 미얀마의 왕궁처럼 화려한 동성호텔이 깔린다. DBC PD 오수환의 작품이다. 목적은 문외한이라도 뻔하다. 서동수는 영세기업의 고혈을 빨아먹는 악덕 기업가이며 저는 여자를 위해 수만 불씩을 펑펑 쓰면서 가난한 근로자에게는 몇 불도 안 내놓는 파렴치한, 레이의 사치와 호사, 그리고 섹스를 위해 놀아나는 난봉꾼 이미지다.

DBC로서는 대특종이다. 지금까지 KBC에 의해 미화되고 과장된 서동수의 본색이 드러난 것이다. 방송이 나간 후에 이번에는 거의 모든 일간지에서 동성의 서울 본사와 중국 본사에까지 서동수를 찾는 연락이 왔지만 접촉이 되지 않았다. 서동수가 단절시켰기 때문이다. 그것이 사실이냐는 문의에도 동성 측은 함구하는 바람에 DBC 측은 신바람이 났다. 매 시간 자막을 내보냈고 뉴스 시간에는 꼭 끼워 넣었다. 연평도 포격 사건만큼의 비중이었다. 그래서 만 이틀이 지났을 때 대한민국의 3년 이상 된 개까지 모두 서동수에 대해 알게 되었다. 이틀째 되는 날 오후 6시 반, KBC PD 오태곤이 홍대 앞 카페에서 칵테일 잔을 앞에 놓고 앉아 있다. 한국산 위스키에다 사이다를 섞은 칵테일이다. 앞에는 작가 홍윤정이 앉아 있어서 데이트하는 모양이지만 실제는 여론을 들으려는 것이다. 이곳 칵테일바 '르망'은 20대에서 30대 여자들의 단골이다. 전문직, 중상류층 여자들의 여론을 듣고 싶었기 때문이다.

"레이라는 애, 제법 세련되었지?"

옆 테이블의 한 여자가 말했으므로 오태곤의 그쪽 귀가 곤두섰다. 여자는 셋.

"애가 괜찮데, 섹시하고."

하나가 말을 받았고.

"서동수 멋지던데, 여자를 그렇게 해주면 멋지지."

또 하나가 말하자 처음 말을 꺼낸 여자가 맞장구를 쳤다.

"그럼, 그런 남자가 비난 받을 이유가 뭐야? DBC 애들 미친 것 같아."

"맞아, 내 남친은 더 흥분하더라. 그게 무슨 잘못이냐고?"

"서동수가 그거 잘 하나봐."

"넣고 두 시간이래."

목소리를 낮췄지만 다 들렸다. 그때 홍윤정도 목소리를 낮추고 말했다.

"세상이 달라졌어요. 대부분 이런 분위기예요. 당한 박기출이 병신이라는 거죠."

오태곤은 심호흡만 했고 홍윤정의 말이 이어졌다.

"제 엄마 아빠도 그래요. 서 회장이 잘난 사람이라고, 더 멋이 있어 보인다네요. 순진한 우리 엄마까지 그래요."

그것은 오태곤도 같다. 서동수를 비난할 줄 알았던 와이프 유수현이 옆 좌석의 여자들과 같은 말을 했던 것이다. 그때 다시 옆 좌석의 말이 들렸다.

"KBC에서 서동수를 〈영웅캠프〉에 출연시키려고 한다던데 나오면 시청률로 대박 나겠어."

"그러게."

두 시간이라고 말했던 여자가 목소리를 높였다.

"도대체 그런 사람을 출연시켜야지 KBC는 뭘 하는 거야?"

그리고 그날 저녁 9시에 KBC는 '서동수 특집'을 방영했다. DBC의 특집을 보완하는 형식의 방송이었지만 제목이 충격적이었다. DBC의 〈진실을 알고 싶다〉에 맞춰 KBC는 〈진실은 이것이다〉라고 제목을 붙인 것이다. 그러니 TV를 켠 가정은 모두 KBC로 채널을 옮겼다. 홍대 앞 카페 르망에 모였던 세 여자도 마찬가지다. 먼저 미얀마 한인회랑 유갑수 씨가 나와서 조목조목 이야기를 하는 동안 시청자들의 열기가 뜨거워졌다.

"이런 씨발."

DBC의 본관 휴게실에서 TV를 보던 오수환 PD가 이 사이로 말했다. 옆자리에 앉아 있던 후배 기자가 슬그머니 일어나 사라졌다.

"이 씨발놈이."

화면에서 이제 동성 공장장의 이야기가 끝나가고 있었는데 오수환이 다시 욕설을 뱉었다. 그때 뒤쪽 의자에 앉아 있던 작가가 일어나 화장실 쪽으로 가는 시늉을 하더니 복도로 나갔다. 오수환은 이를 악물었다. 저것들은 증거로 승부를 겨눈 것이다. 당했다.

"거 봐."

서동수의 '넣고 두 시간' 소문을 말했던 양미연이 소리쳐 말했다. 양미연은 지금 TV를 보면서 핸드폰으로 친구 김서은과 통화를 한다. 김서은은 DBC가 미쳤다고 한 여자다.

"내가 뭐랬어? 서동수가 그것도 잘 하고 멋진 놈이라고 했지?"

"그래, 내가 뭐래?"

김서은이 맞장구를 쳤다. 마치 제 오빠가 살인 누명을 벗은 것처럼 들뜬 목소리다.

"서동수가 대통령이 돼야 돼."

요즘은 걸핏하면 대통령이지만 어쩌랴? 대통령은 최고의 찬사를 받고 올라가야 할 직위인 것이다.

〈진실은 이것이다〉 프로가 끝났을 때 KBC PD 오태곤은 길게 숨을 뱉었다.

"축하해."

다가온 보도부장 노금봉이 어깨를 세게 쳤으므로 오태곤이 이맛살을 찌푸렸다. 복도로 나온 오태곤의 주위로 선후배들이 모두 알은 체를 하고 지나갔다.

"이봐, 시청률 42%야, 태대박이라구!"

노금봉이 헐떡이며 말했으므로 오태곤은 다시 어깨를 늘어뜨렸다. 만일 〈영웅캠프〉로 이어지지 않는다면 이것은 마치, 그렇게 세우기만 하고 넣지 못한 꼴이 될 것이다.

그 시간에 서동수는 칭다오 동성의 회장실에서 막 TV 화면을 끈 참이다. 칭다오는 오후 8시 20분이다. 한국보다 1시간이 늦다. 〈진실은 이것이다〉 프로를 다 보았지만 어쩐지 가슴이 개운하지 않았으므로 서동수는 소파에 등을 붙였다. 씻겨져야 할 텐데 무언가 찌꺼기가 남아 있는 느낌이 든 것이다. 그때 노크 소리가 울리더니 방 안으로 임청이 들어섰다. 손에 서동수의 흰색 핸드폰이 쥐어져 있다.

"회장님, 서울의 블루하우스입니다."

중국인 비서 임청이 청와대를 그렇게 표현했다. 검은 두 눈동자가 반짝이고 있다. 서동수의 시선을 받은 임청이 말을 이었다.

"비서실장이십니다."

숨을 들이켠 서동수가 핸드폰을 받아 귀에 붙였다. 빠르다. 〈진실은 이것이다〉를 보았구나.

"예, 서동수입니다."

응답했더니 곧 양용식의 목소리가 울렸다.

"방금 KBC를 보았습니다. 서 회장님도 보셨지요?"

"예. 실장님."

"제가 며칠 전에 드린 말씀 기억하시지요?"

양용식의 목소리는 부드러웠지만 울림이 강했다.

한대성 대통령은 취임 3년 3개월이 되었으니 5년 임기에서 바야흐로 집권 하반기로 들어선 상황, 이때쯤 되면 가만있던 놈도 뜬금없이 나대고 언론은 또 가만있는 엄한 인간을 붙잡고 휘둘러대는 것이 통례다. 그런데 이번 한대성 치하에 이르러서는 조용했다. 여야가 다 고만고만, 어슷비슷한 대권 주자가 늘어선 바람에 흥미를 유발시키지 못한 탓도 있지만 첫째 한대성이 후계자를 지목하지 않은 때문이다. 이런 상황에서 나댔다가는 당장 끝장이 날 것이고 야당인 민족당 측에서는 상대를 보고 나서 이쪽 선수를 내세운다는 방침인 것이다.

"제가 이야기했습니다."

다음 날 아침, 한대성과 둘이 있게 되었을 때 양용식이 말을 꺼내었다. 책상에 앉은 한대성이 지그시 양용식을 보았다. 한대성은 68세, 양용식보다 세 살 연상으로 과묵하다 온건한 성품이나 한번 한다면 하는 성품, 국민 지지도는 평균 50%대, 물론 취임 첫해에는 70%까지 솟았지만 계속 50%대다. 이만하면 역대 최고기록이라고 언론에서 떠들어대었지만 한대성은 무덤덤하다. 별명이 포커페이스, 의원 시절에는 '오리발' 이었다. 시치미를 뚝 떼는 것에 선수였기 때문이다. 양용석이 말을 이었다.

"이번에 〈진실은 이것이다〉로 서동수가 신드롬을 일으켰지만 이 인기가 언제까지 지속될지 의문입니다."

양용식이 대통령의 테이블에 바짝 다가섰다. 윗사람 모시는데 익숙한 터라 모서리에 비스듬히 서서 정면을 가로막지 않는다.

"게다가 서동수는 약점이 많습니다. 서동수가 고교 선배인 이대용 의원한테 그랬다고 합니다. 여자 관계가 복잡해서 정치 못 한다고 말입니다. 그뿐만 아닙니다. 서동수가 동양전자 팀장이었을 때 리베이트를 먹은 것이 탄로가 나서 의류사업부소속 중국 공장으로 좌천이 된 것입니다."

"……."

"중국 공장에서 다시 거액의 리베이트를 챙긴 다음 독립해 나갔다는 소문이 있습니다."

"……."

"민족당 측에서는 벌써 서동수를 '리베이트 백과사전' 또는 '삥땅의 명수'로 부르고 있습니다. 웃음거리 소재가 무궁무진하다는 말까지 들립니다."

"……."

"물론 인간적인 매력은 있습니다만……."

그때 한대성의 눈동자에 초점이 잡혔다.

"솔직하지요?"

불쑥 한대성이 묻자 양용식이 입안의 침을 삼켰다.

"예, 대통령님."

"용감해요?"

"그건……."

숨을 들이켰다 뱉은 양용식이 대답했다.

"그런 것 같습니다."

"그럼 봅시다."

만나자는 말이었으므로 양용식이 호흡을 가누었다. 서동수에게 〈영웅캠프〉에 출연하라고 말한 것은 한대성이었던 것이다. 그러나 그 이유는 말해주지 않았다. 전처럼 불쑥 한마디 던졌는데 이번 일은 그냥 시킨 대로는 못 하겠다.

"대통령님."

한대성을 부른 양용식이 시선을 맞췄다.

"언론은 물론 당에서도 대소동이 일어날 것입니다. 그것을 어떻게 수습하면 좋겠습니까?"

진즉 묻고 싶었던 말이었는데 청와대로 부른다니 이제는 어쩔 수 없다. 그때 한대성이 어깨를 부풀렸다가 내리더니 한마디 했다.

"자문을 받으려는 거요."

"예, 서동수올시다."

수화기에서 서동수의 목소리가 울렸을 때 오태곤은 어깨를 부풀렸다가 내렸다. 깊게 숨을 들이켰다가 뱉은 것이다. 오전 11시 정각, 칭다오 시간은 10시다. 오늘은 〈진실은 이것이다〉가 방영된 지 이틀 후, 서동수에 대한 평판이 가장 치솟는 시기다. 대개 사건이 탕, 터지면 그 터진 순간을 0으로 치고 사흘까지 치솟는다. 그러고 나서 내려가는 것이다. 강도에 따라 다르긴 하나 일주일이면 약발이 떨어진다. 그 안에 다시 만들어야만 한다.

"접니다. 오태곤입니다. 회장님."

오태곤이 정성스럽게 말했다. 겨우 연결이 된 통화다. 그 동안 통화시도를 열 번은 했을 것이다. 하지만 번번이 차단당했다가 오늘은 되었다. 놓치지 말아야 한다. 그때 서동수가 응답했다.

"아, 예, 오랜만입니다."

"예, 정말 오랜만입니다. 엊그제 〈진실은 이것이다〉는 보셨지요?"

"예, 봤습니다. 수고하셨어요."

그렇지, 서동수가 이쪽 신세를 잊을 수는 없을 것이다. 인사치레라도 먼저 전화를 해줬어야 옳다. 어깨를 편 오태곤이 호흡을 고르고 나서 물었다.

"회장님, 준비되셨습니까?"

"뭘 말입니까?"

"〈영웅캠프〉 출연 말씀입니다."

서동수가 입을 다물었으므로 오태곤의 말이 빨라졌다.

"전에 그렇게 말씀하셨지요? 사람은 어느 단계쯤에 오르면 본인이 뜻대로 살기가 어렵게 된다고 말씀입니다."

"아이구, 다 외우고 계시네."

서동수의 목소리에 웃음기가 띠어졌으므로 오태곤의 심장 박동이 빨라졌다.

"회장님, 지금이 바로 그때입니다. 회장님이 〈영웅캠프〉에 나오셔서 국민들에게 희망을 심어주셔야 합니다."

"……."

"그것이 기업가로서 그리고 대한민국 국민으로서 회장님의 의무이기도 합니다."

다 저쪽에서 출연시켜달라고 로비를 했지 이쪽에서 이렇게 국민과 의무까지 팔아먹으면서까지 부탁하기는 처음이다. 오태곤의 이마에서 진땀이 배어 나왔다.

"회장님."

다시 오태곤이 간절하게 불렀을 때 서동수가 말했다.

"하지요."

"예?"

되물었던 오태곤이 낚시에 걸린 고기가 빠질 것이 겁난 낚시꾼처럼 서둘렀다.

"예. 감사합니다. 그럼 날짜 잡겠습니다."

했다가 바로 말을 바꾸었다.

"내일 저희가 칭다오로 찾아가면 되겠습니까?"

"내일 말입니까?"

"예, 내일 첫 비행기로 가겠습니다."

"그러시지요."

"전에 유 실장한테 인터뷰 내용을 드렸으니까 준비는 하셨을 것입니다."

신바람이 난 오태곤은 이미 책상에서 일어나 있다.

"그럼 내일 뵙겠습니다. 회장님."

전화기를 내려놓은 오태곤이 주먹을 쥐더니 허공에 대고 흔들었다. 마침 주위에 사람이 없었기 때문에 한마디 내뱉었다.

"심봤다!"

경력 15년 차 PD로 그 동안 산전수전 다 겪은 오태곤이다. 오태곤은 이것이 서동수에게 어떤 계기가 될지도 모른다는 생각도 했다. 그렇다면 자신은 그 길을 만들어준 인간이 되는 것이다. 이것이 바로 PD의 보람 아니겠는가? 다시 구내전화기를 쥔 오태곤의 몸은 활기에 차 있었다. 〈영웅캠프〉 스태프들을 모으려는 것이다.

그로부터 닷새 후, 청와대 대통령 관저의 식당 휴게실에 두 사람이 앉아 있다. 대통령 한대성과 비서실장 양용식이다.

의전비서관 박기만은 뒤쪽에 서 있었는데 손에 리모컨을 쥐었다. 셋의 시선은 앞쪽에 걸린 100인치 TV에 모아져 있다. 두께가 1센티밖에 안 되는 최신형 제품이다. 시간은 오후 8시 반, 대통령이었지만 광고를 안 볼 수가 없다. 박기만이 적절한 시간에 켰어도 대통령은 광고를 두 개나 보고 나서 〈영웅캠프〉가 시작되었다. MC는 KBC의 중견 아나운서 이수한과 유미경, 둘 다 노련했고 여유롭다. 초대손님을 편안하게 해주면서 화제를 이끌어 나간다. 미모를 내세우거나 잘난 척을 하지 않는다. 초대손님 서동수가 나오자 양용식이 먼저 긴장했다. 헛기침을 세 번이나 한다. 대통령은 시치미를 뚝 뗀 얼굴로 서동수를 응시했다. 먼저 이수한이 웃음 띤 얼굴로 물었다.

"캠프 출연을 여러 번 고사하셨어요. 왜 그러셨어요?"

서동수가 따라 웃으며 대답했다.

"〈영웅캠프〉라뇨? 제목부터 부담이 되었죠. 내가 너무 약점이 많은 인간이어서요."

그러자 유미경이 조금 긴장한 표정으로 물었다.

"어머, 무슨 약점이 그렇게 많으세요?"

"난 제대로 끝낸 일이 거의 없습니다. 모두 실패작의 현재진행형이죠."

이제는 정색한 서동수가 말을 이었고 두 MC는 시선만 준다. 이것이 두 MC의 장점이다.

"결혼 생활도 이혼한 상태인데다 딸에게 정상적인 부모 교육도 못 시킵니다. 직장도 리베이트를 먹다가 좌천된 후에 제대로 적응하지 못하고 뛰쳐나와 사업을 시작했지 않습니까? 이 사업도 현재는 성장하고 있지만 진행입니다. 내세울 게 없지요. 그래서 영웅은 당치도 않습니다."

"겸손한 말씀이세요."

이수한이 위로했다.

"하지만 동성은 이제 세계적인 대기업 아닙니까?"

이번에는 유미경이 치켜세웠다. 서동수가 쓴웃음을 지었다.

"겸손한 척하는 것이 아닙니다. 나보다 몇 배나 훌륭한 기업가가 대한민국에 수백 명이 있습니다. 내가 이렇게 출연하게 된 것은……."

서동수의 시선이 화면을 응시했다.

"자극을 좋아하는 시청자, 시대의 영향을 많이 받았기 때문일 겁니다."

그때 양용식이 다시 헛기침을 했고 뒤쪽에 선 박기만이 긴장했다. 여기 셋도 시청자였기 때문이다.

"그건 서 회장님 생각이시구요."

이수한이 부드럽게 반론했다.

"우리는 이 시대에 적응해서 성공해나가는 서 회장님을 보고 있는 것 같은데요."

"난 타락한 인간입니다."

정색한 서동수가 말했으므로 양용식이 마침내 대통령을 보았다. 그러나 대통령은 여전히 '오리발' 얼굴이다. 그래서 양용식이 머리를 돌려 박기만을 보았지만 서동수의 말이 이어졌다.

"전처하고 이혼한 이유도 내 사생활 때문이었죠. 만나는 여자가 많았습니다. 아까 제가 리베이트 먹다가 좌천되었다고 말씀드렸죠? 제가 리베이트 먹는 선수였습니다. 도사였죠."

"저거, 편집."

마침내 어깨를 부풀린 양용식이 대통령 앞이지만 목소리를 높였다.

"저놈들, 편집도 안 했나."

당황한 박기만이 제가 당장 편집이라도 할 기세로 리모컨을 권총처럼 TV에다 대고 겨누었을 때 대통령이 입을 열었다.

"그대로 내보내게 한 거야."

양용식이 숨을 들이켰다. 대통령의 얼굴에 웃음이 떠올라 있는 것이다.

"됐다, 이 자식!"

손바닥으로 의자 팔걸이를 내려친 민족당 의원 양성기가 얼굴을 펴고 웃었다. 그러나 두 눈이 번들거리고 있다. 방금 서동수의 말을 들은 것이다. 옆에 앉은 백기현은 잠자코 TV만 들여다본다. 그때 다시 MC 이수한이 말했다.

"서 회장님을 멘토로 삼고 있는 청소년, 대학생, 20대와 30대 직장인이 많습니다. 너무 부정적인 말씀만 하지 마시고……."

"그래서 제가 정직하게 말씀드리는 것입니다."

정색한 서동수가 똑바로 화면을 보았으므로 양성기가 긴장했다. 저를 보는 것 같았기 때문이다. 서동수가 말을 이었다.

"제가 〈영웅캠프〉에 출연하겠다고 결심을 굳힌 것은 제가 이룩한 것보다 실패하고 잘못했던 과거를 털어놓음으로써 여러분에게 반면교사의 도움을 드리겠다고 생각했기 때문입니다."

"으음."

이 신음은 백기현한테서 나왔다. 백기현은 야당 원내총무로 4선이다.

별명이 여우, 처세의 달인이다. 이제 입만 딱 벌리고 있는 양성기는 2선으로 입이 거칠고 경박하지만 야당에 꼭 필요한 인재다. 돌격대장 역할이기 때문이다. 그때 유미경이 부드러운 표정으로 묻는다.

"하지만 회장님, 이렇게 기업을 이루신 데는 회장님만의 장점, 특기가 있으실 텐데요. 그것이 무엇이라고 생각하세요?"

"그건 솔직함이라고 생각합니다."

바로 대답한 서동수의 얼굴에 웃음이 떠올랐다. 서동수가 말을 이었다.

"그 솔직함은 자신감 또는 용기가 배경에 자리 잡고 있어야 가능하다고 생각합니다. 그 자신감이 없으면 솔직함은 책임 회피, 또는 임기응변의 방책으로 사용되기 쉽지요."

MC 둘은 시선만 주었는데 이것이 다른 풋내기들과 다른 점이다. 풋내기들은 몇 초 간의 침묵이 무서워 말도 안 되는 말을 이어가기 때문이다. 서동수가 똑바로 양성기를 보았다.

"저에게 실패는 또 다른 기회의 시작이었습니다. 억지로 그렇게 맞추다 보니까 습성이 되었고 이제는 실패를 두려워하지 않게 되더군요."

그러더니 이를 드러내고 웃었다.

"그것은 인생사에도 마찬가지입니다."

"저놈, 위험한데."

서동수의 말이 끝났을 때 백기현의 입에서 불쑥 튀어나온 말이었다. 여의도의 일식당 '도쿄' 의 방안이다. 머리를 든 양성기가 백기현을 보았지만 입을 열지는 않았다. 무슨 말인지 모를 만큼 양성기의 머리가 나쁘지는 않다. 그 시간에 KBC의 PD 오태곤에게 보도부장 노금봉이 말했다.

"어이, 시청률 64%야."

노금봉의 목소리가 떨렸다.

"세상에 2014년에 64%라니, 이것은 '모세의 기적' 보다 더하다."

KBC 본관 구석의 휴게실 안이다. 사람을 피해 이곳에 박혀 있는 오태곤에게 노금봉이 찾아온 것이다.

"벌써 난리가 났어. 이건 재방을 열 번쯤 해야 돼."

이제 노금봉은 가쁜 숨을 몰아쉬고 있다. 자리에 앉지도 못하고 오태곤 주위를 빙빙 도는 중이다.

"서동수가 정치를 해도 될 거야. 이 분위기라면 차기 대통령도 문제없다."

"……."

"그렇지. 오 PD, 넌 홍보수석을 해. 난 문광부 장관을 준다면 사양하지 않겠다."

"……."

"참 내 아파트하고 과천 땅."

하더니 제 정신을 차린 노금봉이 서둘러 갔는데 벌써부터 청문회에 대비하려는 기세다. 오태곤이 그때서야 폐에 담긴 숨을 길게 뿜었다.

전에는 대통령이 같이 식사하자면서 사람들을 부른 모양이지만 한대성 대통령은 다르다. 청와대 비서관은 서동수에게 저녁식사를 하고 오시라는 것이었다. 시간도 오후 8시로 적당했다. 대통령 앞에서 밥이 제대로 들어가는 인간은 좀 덜되었거나 간이 배 밖으로 나왔거나 중의 하나일 것이다. 한대성은 그렇게 실용적이었다. 자, 서동수는 8시 정각에 청와대 대통령 관저 안 다과실에서 대통령과 비서실장 양용식, 국정수석 장경수와 넷이 둘러앉았다. 서동수는 오늘 국정수석 장경수의 얼굴을 처음 본다. 대통령과 비서실장 양용식이야 언론에 자주 비쳤지만 장경수는 못 보았다. 그리고 애당초 청와대 조직에 관심도 없었고 국정수석이 무엇을 하는 직책인지도 모른다.

"TV 잘 보았습니다."

대통령이 웃음 띤 얼굴로 말을 꺼내었다.

"아주 유익했습니다."

"감사합니다."

서동수가 앉은 채로 머리를 숙였다. 가문의 영광이다. 대한민국 대통령이 거저먹는 자리인가? 요즘 정치인이 가장 비난받는 무리지만 정치는 정치인이 해야 한다. 그래야 난맥 같은 국정이 풀린다. 말 몇 마디, 공약 몇 개에 풀리는 정치라면 나도 하겠다. 그것이 서동수의 신념이다. 한대성의 시선을 받은 서동수의 가슴이 뛰었다. 한대성 또한 산전수전 다 겪은 정치인이다. 이 '오리발'의 머릿속에 지금 무엇이 들었는지 아무도 모를 것이다. 이것이 한대성의 장점이자 무기다. 그때 한대성이 말을 이었다.

"서 회장님은 대중의 심금을 울리는 재능이 있습니다. 주변에서 누가 정치 해보라고 하지 않던가요?"

"있었습니다."

한대성의 시선을 받은 서동수가 입술 끝만 올리며 웃었다.

"하지만 저 자신을 잘 알기 때문에 사양했습니다."

"어떤 점 때문에 사양하신 겁니까?"

"첫째 공부를 안 했기 때문이지요."

한대성이 잠자코 있는 것은 계속하라는 신호다. 서동수가 말을 이었다.

"정치도 자산이 있어야 합니다. 형체도 없는 유권자의 지지만 얻고는 견뎌내기가 힘들다고 생각했습니다."

"……."

"조직을 갖추고 뜻을 함께하는 심복을 키우고, 자금력을 확보한 후에 국민한테 덤비기에는 시간이 너무 들 것 같고 남는 장사가 안 될 가능성이 컸습니다."

"왜요? 누구는 30, 40년씩 노력하는데……."

웃지도 않고 한대성이 말하자 서동수는 머리를 저었다.

"대통령이 되어야만 애국하는 것이 아닙니다. 떡볶이 아줌마도 세금으로 애국합니다. 저는 대통령 5년 하려고 그렇게 투자하는 것이 낭비라고 생각하는 사람입니다."

"국회의원을 몇 십 년씩 하는 사람도 있지 않습니까?"

"연봉이나 면책특권, 다른 특전을 다 없앤다면 과연 몇 사람이나 하겠습니까?"

"그렇군."

"제 분수를 아는 것이 중요합니다. 저는 기업가로 족합니다. 아직 신념도 굳지 않아서 대기업도 과분한 인간입니다."

"겸손하시군."

혼잣말처럼 말한 대통령이 머리를 들고 양용식과 장경수를 번갈아 보았다.

"역시 내가 예상했던 대로야."

그러자 장경수가 당장 뭘 적으려고 덤벼들었지만 막상 적을 것이 생각나지 않는 모양으로 다시 머리를 들었다. 그것을 본 대통령이 말을 이었다.

"앞으로 장 수석을 통해 연락드리겠습니다만 내 자문을 맡아주시면 고맙겠습니다."

그날 밤, 서동수가 이태원에 위치한 요정 '이화'의 방 안으로 들어섰을 때는 11시가 되어갈 무렵이다.

"어이구, 어서 오너라."

반색을 하면서 맞는 사내는 물론 고교 동창 강정만이다. 강정만은 10시 반에 약속을 했는데도 9시부터 와서 기다리고 있던 참이다. 제 파트너는 물론 서동수 파트너까지 방에다 불러놓고 야금야금 술을 마신 것이 양주 한 병을 다 먹었다.

"어서 오십시오."

서동수가 방 안 아랫목에 앉자마자 마담과 함께 중년 여자가 들어와 정중하게 인사했는데 척 보아도 이 집 사장이다.

"제가 이 집 대표 양선화입니다."

그렇게 인사한 여자가 정성이 깃든 표정으로 말을 이었다.

"이렇게 뵙게 되어서 영광입니다. 최선을 다해서 잘 모시겠습니다."

대표는 서동수를 TV에서 본 것이다. 이어서 새 상이 들어왔고 아가씨들이 각각 자리에 앉는 것이 한 치도 중복되지 않고 물 흘러내리는 것처럼 진행된다. 특급 요정은 이런 데서 표시가 나는 것이다. 이곳은 대기업 회장, 장관급 이상 관료, 정치인도 3선 이상급만 온다는 특급 요정이다. 아가씨도 티나게 연예계에서 픽업해온 것이 아니라 산에서 산삼을 찾아내듯 마담들이 시중에서 데려온다고 했다. 물론 소문만 듣고 이곳을 예약한 강정만도 처음이다.

"인사해라."

대표는 나갔고 상 끝에 앉은 마담이 아가씨들에게 말했다.

"오수정입니다."

서동수의 파트너가 치마를 부풀리면서 큰절을 했다. 연분홍 치마저고리를 입은 여자는 그야말로 그림 같다. 가슴 밑의 잘록한 허리를 보자 치마 속에 감춰져 있는 풍만한 하체가 눈앞에 떠올랐다. 서동수의 입에서 저절로 탄성이 터졌다. 대통령을 만나고 온 흥분이 뜨거운 열기로 덮이면서 기쁨과 욕망의 시너지로 증폭되었다. 인사를 마치고 서동수의 옆에 앉는 오수정을 마담이 소개했다.

"스물다섯인데요. 경선대학 영문과를 졸업하고 오양상사에서 2년 동안 근무하다가 이곳에서 일한 지 두 달 반 되었습니다."

서동수는 숨을 들이켰다. 이것은 영업사원이 제품을 건네주면서 품질내역을 설명하는 것이나 같다. 이것은 또한 품질보증을 의미한다. 옆에 두고 묻고 자시고 할 과정을 생략까지 해준 터라 약간 삭막하긴 해도 일석 삼조다. 마담은 이연숙, 30대 중반쯤으로 보였는데 농염했다. 요정에서는 파트너 대신 가끔 마담하고 연애하는 서동수가 혹할 만한 상대다. 서동수가 바닥이 보이는 술병을 보더니 마담에게 물었다.

"저놈이 벌써 한 병을 다 마셨군. 저거 얼마짜리야?"

대기업 회장은 그런 것은 안 물어보는 모양인지 이연숙이 주춤하다가 대답했다.

"300만 원인데요, 회장님."

"제일 비싼 술이 있을 텐데, 얼마지?"

"500만 원짜리가 있습니다."

이연숙이 겸손하게 술 이름을 말하지 않는 것이 마음에 든 서동수가 머리를 끄덕였다.

"그놈을 마시자고."

소리 없이 일어서는 이연숙의 치마에서 물컹한 향기가 맡아졌다. 색향(色香)이다. 모두 서동수가 대통령을 만나고 온 것을 아는 것 같다. 서동수가 강정만에게 말해줄 때 입 다물고 있으라고 하지도 않았다. 어떤 대통령은 소문이 나면 하루 전에도 장관 임명을 취소했다지만 서동수는 다르다. 그래서 서동수가 술잔을 들고 말했다.

"자, 대통령의 건강을 위하여 건배다."

서유기 – ❸ 영웅의 조건

초판 1쇄 : 2014년 8월 20일

지은이 : 이원호
펴낸이 : 박경미
펴낸곳 : 도서출판 황금물고기

등록일자 : 2003년 12월 5일
등록번호 : 제 2013-000213호
주소 : 서울시 마포구 모래내로 83, 한올빌딩 3층
전화 : 02 · 326 · 3336
팩스 : 02 · 325 · 3339
E-mail : baumbook@hanmail.net

ISBN 978 – 89 – 94154 – 31 – 2 04810
ISBN 978 – 89 – 94154 – 28 – 2 (세트)